3

TOI, MA DOUCE INTROUVABLE

DANS LA MÊME COLLECTION

Une ville rose et noire — Pierre LE COZ
Tout ce qui est à toi... — Sandra SCOPPETTONE
Rouge, impair et manque — Eric KNIGHT
Trois jours d'engatse — Philippe CARRESE
Je te quitterai toujours — Sandra SCOPPETTONE
Mourez, nous ferons le reste — Christian CAMBUZAT
Le flic qui n'avait pas lu Proust (grand format) — Georges MORÉAS
Cap des Palmes — Alain NUEIL
Faux frère — Béatrice NICODÈME
Filet garni — Philippe CARRESE
Poissons noyés — Laurence GOUGH
La solution esquimau — Pascal GARNIER
Juillet de sang — Joe R. LANSDALE
Éloge de la vache folle — Christophe CLARO
Le Petit Parisien — Frank GOYKE
Billi Joe — Jean-Paul NOZIÈRE

SANDRA SCOPPETTONE

TOI, MA DOUCE INTROUVABLE

Traduit de l'américain
par Christophe Claro

FLEUVE NOIR

Cet ouvrage est paru sous le titre
MY SWEET UNTRACEABLE YOU
chez Little, Brown & Company

ISBN 2-265-05633-2

Pour Linda, bien sûr.

La joie nous rattache à l'éternité et la douleur au temps. Mais le désir et la peur font de nous l'esclave du temps, et seule l'indifférence peut mettre fin à ce servage.

Simone Weil

1

New York, l'été.

Je suis en train de prendre mon petit-déjeuner au *Waverly Place Luncheonette*, un snack climatisé, avec mon ami le lieutenant Peter Cecchi. Il a le même âge que moi, à savoir quarante-cinq ans, et il se dégage de ses traits rudes une certaine beauté. Ses yeux marron ont cette expression froide et neutre d'un homme qui en a vu plus qu'il n'était nécessaire.

Nous venons souvent ici parce que c'est un bar à flics, pas trop cher selon les critères new-yorkais, et que le service est rapide. Le décor est le même que dans n'importe quel snack – une salle carrée avec des banquettes, des petites tables, un comptoir et des tabourets.

Cecchi est mariée avec Annette, et moi avec Kip. Nous sommes en pleine conversation quand Ruby Packard, la serveuse, s'approche de notre table sans qu'on lui ait fait signe. Ses cheveux sont plaqués sur son crâne à la Ann Miller et font l'effet d'une perruque. Elle a un physique plutôt courtaud et des jambes comme des piliers. Ruby adore Cecchi. Elle adore les flics en général, mais plus particulièrement Cecchi, parce qu'il est très attentionné avec elle.

Quand nous sommes ensemble, même si je lui demande quelque chose, c'est à lui qu'elle répond.

— Cecchi, téléphone, dit-elle.

Ruby est économe de ses mots.

Il la remercie et va prendre la communication.

Je sors quelques pièces d'une des innombrables poches de mon pantalon kaki et rentre mon T-shirt bleu marine qui ne va pas avec la couleur de mes yeux, lesquels sont marron, comme mes cheveux, si vous ne comptez pas ceux qui sont gris, ce dont je me dispense.

— On a un cadavre dans une poubelle, déclare Cecchi en revenant. A l'angle de la 8e Avenue et de la 12e.

Je m'essuie la bouche avec une serviette et me lève pour le suivre.

— Je ne crois pas que…, commence-t-il.

— Oh si.

— Entendu, Lauren, mais restez à l'écart de tout ça.

Dehors l'air est lourd et chaud et le soleil paraît s'attarder dans le ciel. Une voiture de police bleue et blanche attend Cecchi. Il monte devant et moi à l'arrière. Le conducteur démarre sur les chapeaux de roue en mettant la sirène. Quand nous parvenons à la 8e, nous la prenons à contresens et nous arrêtons à côté d'une benne à ordures verte frappée en grosses lettres jaunes du nom Mazzafero.

L'odeur nous assaille immédiatement quand nous descendons du véhicule. Dissimuler un cadavre à New York, surtout à la mi-juillet, n'est pas chose facile. La décomposition commence tôt et l'odeur de mort ne ressemble à aucune autre.

Cecchi se faufile entre plusieurs flics en uniforme,

contourne la benne, puis se hisse sur un des rebords et jette un coup d'œil.

— Bon sang ! fait-il.

Je me rapproche et c'est alors que j'ai un haut-le-cœur. Je déglutis difficilement et réussis à me reprendre. Imitant quelques-uns de mes voisins, je sors mon mouchoir et le tiens contre ma bouche et mon nez.

Cecchi saute à terre, son visage blanc comme de la farine. Il essuie quelques gouttes de sueur à son front, repousse ses cheveux poivre et sel et hoche la tête.

— Bon sang, répète-t-il.

Ça ne doit pas être ragoûtant pour que Cecchi réagisse ainsi, et je n'ai pas trop envie de savoir ce que c'est. Mais il y a en moi une personne que rien n'arrêtera jamais.

Le mouchoir toujours pressé contre mon nez et ma bouche, je me hisse à l'aide de ma main droite. Les semelles de cuir de mes sandales dérapent et je dois m'y reprendre à deux fois. Cette fois je réussis, et alors que mes yeux arrivent au niveau du rebord de la benne, je sens mon cœur battre comme une sinistre fanfare.

Elle est allongée sur le dos et son visage n'existe plus. Les mouches ont déposé leurs œufs et les larves s'en donnent à cœur joie. Ses cheveux châtains sont étalés et ornés de détritus divers comme des rubans de pacotille. Elle a les jambes écartées, les bras repliés sur ses seins, et sa robe en coton est blanche avec comme motifs des petits chevaux bleus. Je redescends.

Une fois de plus, je me demande comment et pourquoi un être humain a pu finir comme ça. Qui était-elle ? Qu'a-t-elle fait pour connaître cette fin honteuse dans une benne ?

— Vous savez qui c'est ?

Cecchi secoue négativement la tête.

Je pourrais traîner un peu pour assister à la suite des événements mais je connais tout ça par cœur. Cela va être long et je ferais mieux de filer à mon bureau. Je demande à Cecchi de me tenir informée et me dirige vers la 12e Rue.

Nous sommes nombreux à sentir le danger qui émane des rues de New York, mais à présent, même en plein jour, je ne me sens pas à l'aise dans les rues de Greenwich Village. J'attribue cette peur à la menace constante que font peser les terroristes. Je suppose que ça remonte à l'explosion au World Trade Center en février dernier, suivi le 4 juillet de l'arrestation de conspirateurs. J'ai le sentiment que n'importe quoi peut se produire à n'importe quel moment. Cela a toujours été le cas, bien sûr, mais cette nouvelle menace plane comme une nappe de pollution.

Je continue de vivre comme avant, certes, mais un peu de mon amour pour cette ville s'est évaporé et une certaine tristesse s'est emparée de mon âme comme jamais par le passé. Je me demande combien de temps je resterai ici, combien de temps nous supporterons cet état de choses.

La rue serpente et alors que j'arrive au niveau d'un étal dans la 4e Rue Ouest, j'entends un homme dire au vendeur :

— Donnez-moi toute la monnaie que vous avez dans votre poche.

Je sais qu'il ne s'agit pas d'un hold-up parce que le type n'est pas armé et quel voleur qui se respecte irait demander de la ferraille ?

Le vendeur, un petit Coréen avec de grosses lunettes, plonge la main dans la poche de son pantalon, sort ses piécettes et les donne au type, qui a les cheveux et la moustache grisonnants.

Ce dernier dispose les pièces en pile, plie le bras, les doigts sur son épaule, et dépose l'argent près de la pointe de son coude, où elles oscillent dangereusement. Puis il les fait sauter en l'air et les rattrape dans sa main.

— Autrefois j'en rattrapais bien plus, dit-il avec un sourire triste, mais je suis trop lent à présent.

Au son de sa voix et à l'expression de ses yeux, je comprends que c'est sa façon à lui de s'apercevoir qu'il vieillit et je compatis. Nous avons tous nos trucs.

— C'était génial, dis-je.

— Vous auriez dû me voir quand j'étais jeunot… parfois je me faisais une pile de huit centimètres.

J'ai du mal à y croire mais je dis quand même :

— J'ai trouvé ça plutôt impressionnant.

Ses yeux reprennent un peu d'éclat.

— Vraiment ?

— J'en serais incapable.

— C'est normal.

— Pardon ?

— C'est censé être un compliment ou quoi ? Pourquoi est-ce que vous en seriez capable, hein ? Z'êtes une fille, non ?

Une fille.

— Une fille ? dis-je. C'est censé être un compliment ou quoi ?

— Comment ?

Je prends congé d'un vague geste. Qu'il aille au diable. Et qu'il pleure sa jeunesse sans moi.

Quand je parviens devant mon immeuble, je suis en nage. Chaque année le temps empire. Mais le métier de thérapeute de Kip et mes activités sporadiques de détective privée nous retenant ici jusqu'au mois d'août, nous supportons les conditions climatiques plus facilement que nous ne supportons les fêlés.

Il est vrai que les détectives privés, contrairement aux thérapeutes, ne prennent pas leurs vacances en août, et comme j'aime partir avec la femme de ma vie, même après treize années d'existence commune, nous avons adopté ce rythme. Mais la ville est un vrai cauchemar en juin et en juillet. En mai aussi, parfois. Ce mois de juillet-ci est le pire de tous.

Mon bureau, situé sur la 4ᵉ Rue Ouest et dominant la 7ᵉ Avenue, n'est pas climatisé. J'ai un ventilateur, un gros machin, mais il ne fait que la moitié du travail. J'achèterais volontiers un climatiseur si l'électricité du bâtiment était conforme. Je pourrais signaler cette infraction mais du coup mon loyer augmenterait, aussi je m'adapte.

Sur la porte de mon bureau figure l'inscription « Lauren Laurano, Détective Privée ». En entrant, j'ai l'impression de pénétrer dans un four à pizzas. Immédiatement je mets en marche le ventilateur, qui se met à ronronner comme une bétonneuse. Du coup, on n'entend plus les bruits de la rue.

Je m'assois à ma table de travail où se trouvent ce que je considère comme mes outils : un téléphone, un ordinateur portable Toshiba avec écran couleur, un modem, une souris et un tapis à souris.

Je regrette déjà de ne pas m'être arrêtée pour acheter du café glacé et un *doughnut* au chocolat. Le petit déjeuner me semble si loin. Je suspends mon sac au dossier de ma chaise. Il y a dedans un Smith et Wesson calibre trente-huit. Un .25 est fixé à ma cheville et un .44 Magnum se trouve dans le tiroir de mon bureau.

Je me sens : en sécurité, heureuse, abattue par la chaleur.

J'allume mon ordinateur. Il fait sa petite cuisine habituelle, puis m'amène directement dans Windows (je l'ai configuré exprès pour), et je clique deux fois avec la souris en positionnant le curseur sur l'icône Unicom, le logiciel télématique dont je me sers avec mon modem, puis j'attends que l'écran d'accueil apparaisse.

Je suis toujours épatée par le fait que je sache faire ça. Il y a tout juste quelques années j'étais complètement ignorante en matière d'informatique, mais j'ai dû apprendre à me servir d'un ordinateur et d'un modem pour débrouiller une affaire de meurtre. Dire que je suis devenue accro à cette technologie serait un euphémisme.

Kip dirait sûrement que pendant un temps j'étais devenue BBS-dépendante. Il existe des boîtes aux lettres électroniques où vous pouvez converser avec des gens, participer à des débats (plus connu sous le nom de GIS, groupe d'intérêt spécialisé), récupérer des fichiers (des logiciels gratuits), et vous livrer à mille autres activités.

Avec le temps, je suis devenue plus raisonnable et je ne me connecte plus désormais qu'à un seul serveur par jour, l'Invention Factory, où je consulte mon courrier et les messages que m'envoie David, mon correspondant électronique.

Alors que je suis sur le point de demander à mon modem de composer le numéro d'I.F., on frappe à ma porte. Le verre est fumé et je ne peux que deviner la silhouette d'une personne de petite taille (à peine plus d'un mètre cinquante, comme moi), et j'en déduis qu'il s'agit d'une femme. J'abandonne la manip et invite l'intruse à entrer. C'est plus fort que moi, mais j'avais envie de lire la lettre que m'avait écrite David, et même s'il s'agit sans doute d'une cliente potentielle, je la considère comme une intruse.

La porte s'ouvre et un homme entre. Il est, malheureusement, pour le monde où nous vivons, extrêmement petit pour un homme.

— Miss Laurano ?

Je me contente de hocher la tête.

— Entrez, asseyez-vous.

Il y a un fauteuil vert en face de mon bureau.

L'homme est habillé tout en noir – la tenue new-yorkaise typique. En l'occurrence : T-shirt, jean et bottes. Je me demande comment il fait pour supporter des bottes par cette chaleur, mais j'ai remarqué que certaines personnes en portent toute l'année. Il est doté d'une musculature qui dénote d'un entraînement régulier : pectoraux proéminents et autres protubérances aux noms divers.

Il s'avance sur mon parquet dans un bruit de métal, d'où j'en déduis qu'il a des ferrures à ses talons et semelles, et il me tend une main manucurée avant de s'asseoir.

— Je suis Boston Blackie, me dit-il.

Oh, non, pas ça. Fouillant dans ma pauvre mémoire, je me souviens d'une émission de radio dont parlaient mes parents et qui s'appelait ainsi. Et je crois aussi qu'il y a eu plusieurs films de ce nom. Jouait-il les détectives privés ?

Je lui serre la main.

— Vous êtes vraiment Mr. Blackie ?

— Juste Blackie, dit-il sérieusement.

— Et pour Boston ?

Il me regarde comme si j'étais idiote.

— C'est là d'où que je viens.

— Je vois. (Je devrais peut-être me sentir idiote, mais ce n'est pas le cas.) C'est pour vous différencier de Miami Blackie, Detroit Blackie et Kansas City Blackie ?

— Vous les connaissez ? me demande-t-il, ses yeux réduits à deux fentes accusatrices.

— Pas personnellement.

Je n'en reviens pas que ma vanne se soit révélée exacte.

Il se détend un peu, mais sa bouche reste tendue.

— Que puis-je faire pour vous, Blackie ?

— Ne demandez pas ce que vous pouvez faire pour Blackie, mais plutôt ce que Blackie peut faire pour vous.

J'en reste muette comme une carpe.

— Ça vous gêne si je fume ?

— En fait, oui. Je suis allergique. (C'est complètement faux mais c'est la seule raison qu'acceptent les fumeurs.) Donc, Blackie, que pouvez-vous faire pour moi ?

— Je peux vous engager, dit-il, comme s'il s'agissait d'une réponse en adéquation avec ma question et son affirmation péremptoire.

Je décide de laisser glisser pour l'instant.

— M'engager pour faire quoi ?

— Vous êtes bien détective, non ?

J'admets que c'est bien le cas.

— Vous engager pour mener une enquête, alors.

— Je ne *mène* pas d'enquêtes, Blackie, dis-je sur le ton de l'humour, je les *résous*.

— Comme vous voudrez. (Il est encore plus sinistre qu'avant, si la chose est possible.) Je veux que vous retrouviez ma mère.

— Elle a disparu ?

— Ouais. Ça fait des années.

— Combien d'années ?

— Trente-huit, lâche-t-il sans la moindre hésitation.

— Depuis votre naissance, c'est cela ?

— Ouais, exactement. Z'êtes fortiche.

— Merci.

— Ouais, Goldie a dit que vous étiez un as mais je voulais pas le croire, vu que vous êtes une nana.

Ça, je ne peux pas le laisser passer.

— Une femme.

— Comme vous voudrez.

— Qui est Goldie ?

— Un pote, dit-il avec méfiance.

Je ne connais pas de Goldie.

— S'agit-il de Grand Canyon Goldie ?

— Je croyais que vous le connaissiez pas.

— Vous n'êtes pas sérieux, quand même ?

— A propos de quoi ?

— Il s'appelle vraiment Grand Canyon Goldie ?

— Écoutez, vous le connaissez ou vous le connaissez pas ?

— J'essayais de deviner. Non, je ne le connais pas. Comment me connaît-il, lui ?

— Un type de l'intérieur lui a parlé de vous. Joe Carter.

Joe Carter. Un assassin que j'ai coincé quelques années plus tôt. Je trouve bizarre que Carter ait pu me recommander. Mais j'avais contribué à son arrestation, après tout. D'un autre côté, ça me filait les jetons de penser que Carter ait pu parler de moi.

— Bon, dit Blackie, ça marche ?

— Qu'est-ce qui marche ?

— Vous et moi. L'enquête. Z'allez la résoudre ?

— Je ne sais même pas de quoi il s'agit.

— Il s'agit de ma mère qui a disparu.

— Si elle a disparu depuis trente-huit ans, ça ne va pas être facile. Les pistes seront froides. Il me faudra beaucoup de renseignements. Vous avez un point de départ ?

Il sort une photographie de la poche de son T-shirt et me la tend. C'est un cliché en noir et blanc aux bords jaunis et usés. Une femme se tient debout devant une voiture – début des années cinquante, sans doute –, elle porte une jupe et un pull, des mocassins et des chaussettes, et un collier de perles. Elle est très belle mais ne semble pas heureuse. Je me demande pourquoi il existe tellement de photos de gens devant des voitures et si on pose encore ainsi de nos jours.

— C'est votre mère ?

— Ouais.

A sa voix, je comprends qu'il est ému.

Je retourne la photo. Quelqu'un a écrit au stylo :

Susie Mcmann, Stone Ridge, N.Y., 1953

Je sais que Stone Ridge se trouve dans le comté d'Ulster, dans le nord.

— Vous êtes né là ?

— Non, à New Paltz. J'y ai grandi aussi.

— Et vous vous appelez Mcmann ?

— Non. C'était son nom à elle. J'ai celui de mon père. Black.

— Ah, dis-je, comme si du coup je comprenais tout et non simplement l'origine de son surnom. Attendez un instant. Je croyais que vous aviez dit que vous étiez de Boston.

— On a emménagé là-bas plus tard, quand j'avais seize ans. Mais pas elle. Elle est morte dans un accident juste après que je sois né.

— Un accident ?

— C'est ce qu'ils m'ont dit.

— Qui ça ?

— Mon père, ma grand-mère, tout le monde.

Je ressens soudain de la tristesse pour cet homme qui s'est retrouvé sans mère.

— Ils ont dit qu'elle était morte dans un accident mais vous n'en croyez rien et maintenant vous voulez la retrouver ? Cela peut être risqué. (Il n'existe aucune façon satisfaisante de lui dire ce que ce je dois lui dire.) Elle ne veut peut-être pas qu'on la retrouve.

— Vous pensez qu'elle m'a abandonné, hein ?

Je ne sais pas quoi répondre.

— Faut croire que j'ai dû mal m'exprimer. Je veux que vous retrouviez son corps. Elle est morte et bien morte.

— Elle est morte, mais ce n'était pas un accident ?

— Ouais, c'est tout à fait ça. C'est ce qu'ils m'ont dit mais j'en crois pas un mot.

— Pourquoi vous auraient-ils menti ?

— Parce que c'est mon père qui l'a tuée.

2

— Vous êtes sérieux ?

— Ça ressemble à une plaisanterie ?

Je le pense presque mais je m'abstiens de le lui dire.

— Comment savez-vous que votre père a tué votre mère ?

— Écoutez, quand on vit dans un bled, on entend toutes sortes de trucs. Faut savoir faire la part des choses, si vous me suivez ?

— Développez.

— C'est compliqué.

— C'est souvent le cas.

— C'est difficile à décrire.

— Essayez.

Je commence à soupçonner ce type de n'avoir aucune base tangible.

— Je ne pense pas que ma mère soit morte de mort naturelle. Il n'y a pas de sépulture, rien. Et je ne crois pas qu'il y ait eu le moindre accident. Ils m'ont dit qu'elle avait été brûlée et qu'on avait dispersé ses cendres dans les bois à sa demande.

— Vous voulez dire incinérée ?

— Brûlée.

— Brûlée, d'accord. Il faut que vous sachiez que

l'absence de sépulture ne prouve en rien qu'il y a eu meurtre.

Il se lève d'un bond.

— Écoutez, si j'avais des preuves je l'aurais dénoncé il y a longtemps. Je n'ai pas de preuves. Ce que j'ai, ce sont, ce sont…

— Des impressions.

Du coup, il est gêné.

— Ben, ouais, on peut le dire comme ça.

C'est bien ainsi que je l'entends et ça m'horripile. Les impressions n'ont rien à voir avec les faits. Et les faits, il en faut dans une enquête criminelle.

— Et si vous me parliez de ces choses que vous avez entendues au cours de ces années.

— J'ai entendu dire qu'elle s'était enfuie. Qu'elle était morte dans un accident de voiture, aussi, ce qui est la version de mon paternel et de sa mère.

— C'est ce que vous entendiez par brûlée ?

— Ouais, fait-il comme s'il ne me trouvait pas assez intelligente pour m'embaucher.

— Il doit bien exister un rapport de police sur cet accident.

— Les rapports, ça se bidouille, si vous voyez ce que je veux dire.

De toute évidence, Blackie ne croit que ce qu'il veut bien croire.

— C'est tout ?

— Il paraîtrait que je ne suis pas le fils de mon père, que ma mère n'était pas vraiment ce qu'elle était, que j'étais le petit-fils d'un homme riche et puissant.

Où est-ce que j'ai déjà entendu ce genre d'histoire ?

Peut-être dans un film de Boston Blackie. En tout cas ce n'était pas dans un roman de Ross MacDonald.

— Qu'est-ce qui vous fait penser que votre père a tué votre mère ?

— C'est juste comme on disait tout à l'heure.

— Une impression ?

— Ouais.

Génial.

— Pourquoi réagir maintenant ? Pourquoi n'avez-vous rien fait plus tôt ?

Il contemple ses bottes comme si elles allaient lui fournir une réponse, puis lâche :

— J'étais occupé.

— Écoutez, Blackie, il faut que nous mettions une chose au point. Si vous souhaitez m'engager, vous devez me dire tout ce que vous savez et vous ne devez pas me mentir.

— La taule, marmonne-t-il.

Ah !

— Vous avez fait de la prison ?

Il hoche la tête. Je n'ai pas besoin de savoir pourquoi, à moins que cela ait un rapport avec l'enquête, aussi je lui pose la question.

— Nan. Une histoire de drogue. Ça fait un an que j'y touche plus. Je suis en liberté surveillée et ils vous disent de ne prendre aucune décision importante la première année, aussi j'ai attendu. Maintenant que je me suis amendé, je suis prêt à mettre la main sur ce fumier.

— Je vois. Vous avez de quoi me payer ?

J'ai horreur de parler argent mais il le faut bien.

— Oh, vous en faites pas pour ça. Je suis plein aux

as. De l'argent propre. Goldie a des superplans pour investir en bourse.

Ça devient franchement ridicule. Un ancien drogué qui boursicote en prenant conseil auprès d'un escroc ? D'un autre côté, pourquoi pas ? Il faut que j'en aie le cœur net.

— Vous m'assurez que c'est de l'argent propre ?

— Juré. C'est quoi vos tarifs ?

J'annonce la couleur et il me paie pour une semaine, me serre la main, me dit qu'il rappellera et s'en va.

Je n'ai même pas eu l'occasion de lui dire que j'acceptais, mais après tout l'argent et moi avons toujours fait deux et une enquête en vaut une autre. J'entre les informations qu'il m'a fournies dans ma banque de données. Cela prend du temps mais se révélera utile en temps voulu. Je n'ai pas grand espoir de résoudre cette affaire, car tout semble si vague. Mais je ferai de mon mieux. Quels que soient les antécédents de Blackie, ce type me semble honnête.

Quand j'en ai fini avec ce travail, je compose le numéro d'Invention Factory, me connecte et consulte directement ma boîte aux lettres. David et moi téléchargeons nos courriers au serveur principal parce que nous habitons tous les deux New York, bien que nous ne nous soyons jamais rencontrés. Cela gâcherait tout. Nous titrons nos lettres « PRIVÉ » afin que personne d'autre ne puisse les lire. Bien sûr le Sysop, l'administrateur du serveur, pourrait les consulter s'il le voulait, mais je sais qu'il n'en fera rien.

Je télécharge mon courrier. Cela prend environ six minutes parce que j'en profite pour lire d'autres messages. Récemment j'ai eu recours à Thèmes Gays,

Conspiration JFK, Interlope et Word – il s'agit du logiciel que j'utilise. Interlope traite des expériences paranormales, des ovnis, etc. Il existe des centaines de forums consultables mais le temps manque pour tout visiter.

Quand l'opération est terminée, je me déconnecte puis ouvre la courrier dans mon programme Winqwk, qui permet de lire et de répondre au courrier. Je suis prête à présent à lire la lettre de David.

Chère Lauren,

Je n'ai pas beaucoup de temps aujourd'hui parce que j'aide Mario à préparer sa nouvelle expo. Je trouve génial qu'il expose de nouveau et j'espère que ce ne sera pas la dernière fois… tu me comprends ? Ne désespère pas, mon amie, tu auras bientôt une nouvelle enquête et alors tu te plaindras de crouler sous le boulot, telle que je te connais. Je suis sûr que ça ne gêne pas Kip de faire bouillir la marmite quand tu n'as pas de client, si tu me passes l'expression. Quoi qu'il en soit, après avoir aidé Mario, j'irai me faire couper les cheveux, déjeunerai avec Destiny, puis me rendrai à la répétition de la nouvelle pièce. A un de ces jours, donc. Je suis sûr qu'un client va pousser ta porte aujourd'hui même. Je t'embrasse très très fort.

David

Mario Trinchieri est un peintre atteint du sida qui n'a pas exposé depuis trois ans. Destiny est un transsexuel et la pièce que met en scène David est une de ses œuvres et sera jouée par sa compagnie, « Les Nomades Absurdes ». Je n'ai jamais vu une seule pièce de David et nous ne sommes pas sûrs que je devrais franchir le pas. Nous tenons d'une certaine façon à préserver notre anonymat « physique », même s'il est probable que nous en savons plus l'un sur l'autre que quiconque d'autre. Kip, bien sûr, pense qu'on est fous. Elle ne comprend pas pourquoi nous refusons de nous rencontrer puisque nous nous apprécions tant. Je ne saurais l'expliquer.

David a presque raison au sujet de Kip réglant les factures quand je n'ai pas de quoi participer, mais parfois Kip et moi avons des problèmes d'argent. Elle est incapable de faire comme si de rien n'était jusqu'à ce qu'un détail la mette hors d'elle et alors elle me balance l'inégalité de nos revenus au visage. Ce n'est pas très joli à voir.

Kip a plein d'argent, nous nous considérons comme mariées, et, il y a peu, nous avons mis nos ressources en commun. Aussi je ne pense pas qu'il s'agisse vraiment d'argent quand ça explose. Elle sait que je suis fragile de ce côté et, ma foi, tous les amoureux ne s'en prennent-ils pas toujours au point le plus vulnérable de l'autre ? Pourquoi ? Je ne connais pas la réponse mais je sais que c'est le cas pour toutes nos amies qui vivent en couple.

Je pianote en vitesse une réponse pour David, où je lui dis qu'on vient de me confier une enquête, le remercie pour ses encouragements et lui promets de lui donner plus de détails la prochaine fois. Puis je me reconnecte à I.F., télécharge ma réponse, ce qui prend une seconde ou deux, me déconnecte et éteins ma machine.

Il est midi moins deux et je vais rentrer déjeuner à

la maison avec Kip. Ce n'est pas toujours possible mais de temps à autres nos horaires coïncident et nous aimons en profiter dès que c'est possible. Et maintenant que j'ai du boulot, après plusieurs semaines de stagnation, qui sait quand l'occasion se reproduira ?

***

Je traverse la 7e Avenue, manque me faire renverser par un taxi, échappe de peu à un cycliste absorbé par son walkman et parviens enfin sur l'autre trottoir. Il y a au carrefour un nouveau restaurant japonais qui a remplacé un restau diététique qui a succédé à un restaurant italien qui a repris le local d'un fast-food grec qui s'est spécialisé dans les fruits de mer qui a supplanté un restaurant japonais – tout ça en dix-huit mois. Je souhaite mentalement bonne chance à ce nouveau restau mais ne me fais pas trop d'illusions à son égard. La guigne semble être de rigueur.

Je tourne dans Perry Street et n'en crois pas mes yeux. Comment ai-je pu oublier ? Il y a là l'inévitable et insupportable équipe de tournage avec tout son matériel. Mais cette fois je serais mal venue de me plaindre parce qu'il s'agit d'un film écrit par Rick, mon voisin du dessus et ami, et Susan, également une amie. Et ce n'est pas un hasard s'ils tournent ici. Le scénario de Rick et Susan parle d'une détective privée du nom de Lauren Laurano qui habite dans Perry Street. Cybill Shepherd joue le rôle de la détective. On ne peut pas dire dans ce cas précis que l'art imite la vie ! Enfin, j'espère.

Comme je m'avance dans la rue, un type en jean,

avec un T-shirt portant l'inscription SADDAM AUX CHIOTTES m'arrête.

— 'scusez-moi, ma petite dame, mais ça vous gênerait pas de passer par l'autre côté, parce qu'ici on tourne.

— Vous tournez dans quel sens ?

Il se fend d'un sourire condescendant.

— Vous avez pas compris. Nous tournons un *film*. Vous pourrez le voir quand il sortira en salle, et si vous passez par l'autre rue ça nous facilitera le travail et on pourra dire comme ça que vous avez contribué à la bonne marche du tournage.

Cela doit être une des plus mauvaises raisons jamais données à quelqu'un pour ne pas se mêler d'un tournage.

— Je ne veux pas faire partie de ce film, dis-je.

Ça ne l'amuse pas.

— Bon, d'accord, est-ce que vous pouvez juste passer par l'autre côté ?

— Non. J'habite ici.

Ses yeux déjà petits s'étrécissent.

— Vous avez vos papiers ?

— C'est une blague ?

— Non.

Et me voilà confrontée à un dilemme. Je peux faire un scandale, exhiber ma licence de détective, ou tout simplement m'expliquer. Le problème à New York c'est que « simplement s'expliquer » ne veut rien dire. C'est un concept qui n'est pas encore parvenu jusqu'ici. Je vais quand même essayer.

— Vous vous appelez comment ? fais-je.

— Pourquoi ?

— Parce que je veux pouvoir vous appeler par votre nom quand je vous expliquerai qui je suis.

— Et qui êtes-vous donc ? fait-il avec mépris.

J'aimerais bien lui tordre son nez rougeaud. Tout cela est ridicule et je viens de perdre déjà une minute de mon temps.

— Bon, vous ne voulez pas me donner votre nom, très bien. Je m'appelle Lauren Laurano, je suis détective privée et j'habite dans cet immeuble devant lequel vous tournez et, d'une certaine façon, ce film parle de moi.

Je regrette immédiatement cette dernière précision.

Et j'ai bien raison parce que cette andouille me regarde comme si j'étais une échappée d'une convention Star Trek. Puis il rit. Longuement et à gorge déployée.

C'est alors qu'on vient à ma rescousse.

— Qu'est-ce qui se passe ? demande Rick en accourant.

Il est de nouveau bien en chair et a de gros cernes sous ses yeux. Je me demande si sa prise de poids est liée au tournage, ou à William, l'homme avec qui il vit.

Le type explique à Rick qu'il s'efforce de maintenir cette personne absurde et gonflante à l'écart du tournage.

Rick me regarde en roulant des yeux.

— Dwayne, c'est Lauren Laurano. Elle habite ici. En fait, on peut dire que ce film parle d'elle.

J'aurais dû me douter qu'il se prénommait Dwayne.

Le type me regarde, puis regarde Rick.

— Cybill joue son rôle ? fait-il, incrédule.

— Le rôle principal, dit Rick et il me prend par le bras et m'entraîne un peu plus loin.

— N'en veux pas à Dwayne, il essaie juste de faire son boulot.

— J'en veux à sa mère de l'avoir appelé Dwayne. Il était mal parti.

— Très juste. Nous allons tourner d'ici cinq minutes. Tu veux assister ou rentrer chez toi ?

— Je crois que je vais rentrer.

Je sais que cinq minutes veulent souvent dire une heure.

Susan s'approche de nous.

— Lobes ! dit-elle en me tendant les bras.

— Tonio !

Nous jouons souvent à parler comme des truands italiens parce que 1) c'est facile ; 2) c'est marrant ; 3) au début, c'était pour me charrier parce que je pestais contre tous ces livres et ces films qui dépeignent les Italiens uniquement comme des criminels ; 4) Tonio est le prénom par excellence du truand stéréotypé ; quant à « Lobes », ça fait référence à « lobes percés », mais nous sommes incapables de nous rappeler comment c'est devenu un surnom. Mais nous aimons bien l'effet que ça fait, une fois prononcé avec l'accent.

Susan est mariée à un homme charmant du nom de Stan qui est monteur. Nous passons souvent nos soirées ensemble et allons parfois le week-end dans leur maison de Sunrise Lake, en Pennsylvanie. Kip et Stan aiment faire des choses incroyables comme partir en promenade, rouler à vélo, nager ou faire du bateau. Susan et moi aimons rester devant la télévision pour regarder des films. Nous formons un quatuor très complémentaire.

— Félicitations pour ce premier jour de tournage, Tonio, dis-je.

— Merci. Je n'arrive pas à croire que ça arrive enfin.

— Tu aurais dû me prendre pour modèle depuis longtemps.

Susan a un joli visage, une peau lisse et de charmants yeux marron. Elle a la quarantaine et se teint les cheveux (comme Rick) parce que l'industrie du cinéma ne tolère que les jeunes. Aussi ses cheveux ont-ils aujourd'hui des reflets roux. La plupart du temps, Susan a un ensemble pour l'hiver et un autre pour l'été, même s'ils sont sujets chacun à de nombreuses variations. Aujourd'hui elle porte une chemise verte à col en V, un jean et des Reeboks. L'hiver, la chemise est à col montant. Ça n'a rien à voir avec une question d'argent. Elle aime porter des chemises, la sensation que ça procure, et ne voit aucune raison de porter autre chose. A moins qu'elle soit obligée de se rendre à un rendez-vous, ici ou à Hollywood. Dans ce cas-là, c'est talons, bas et tout le tralala.

— Tu vas assister à la prise, Lobes ?

— Non. Je vais aller déjeuner avec ma petite dame.

— J'te comprends.

— A plus tard.

Je me dirige vers ma porte, mais me fige en entendant un jeune acteur dire à Rick :

— Rick, je ne peux pas sortir cette réplique. Je n'arrive pas à me motiver dans ce sens. Enfin, quoi, pourquoi mon personnage dirait-il une chose pareille ?

Il n'y a absolument rien dans le scénario qui puisse me donner le souffle pour sortir cette réplique.

Rick consulte le scénar à l'endroit que lui désigne l'acteur.

— Il n'y a aucun sous-texte pour ça, se lamente l'autre.

Susan regarde le texte par-dessus l'épaule de Rick. Puis Rick et elle se regardent. Finalement, Rick dit :

— « Prends ce plateau. » La réplique, c'est : « Prends ce plateau. » Gary, où est le problème là-dedans ?

— Je ne suis pas au courant pour ce plateau.

— Qu'est-ce que tu veux savoir ?

— Bon sang, dit Gary, je n'ai pas envie d'embêter le réalisateur avec un truc pareil. Je pensais que vous m'aideriez. D'où est-ce qu'il vient, ce plateau ? A qui il appartient ? Il a quelle signification ? Est-ce trop demander de la part d'un pauvre acteur ?

Rick passe un bras avunculaire autour des épaules de Gary et se met à lui parler à voix basse. Je m'éloigne en me demandant comment Rick, Susan et le pauvre réalisateur supportent ça.

Je pousse la porte de notre immeuble. Kip a acheté ce bâtiment de grès brun il y a quelques années, et nous occupons les deux premiers étages tandis que Rick et William sont au troisième. Le quatrième est occupé par deux vestiges humains des années soixante qui continuent de fumer de la marie-jeanne — on sent l'odeur parfois jusque dans les couloirs. Nous les avons surnommés les LEDDES (Les Emmerdeurs Du Dernier Étage). Cela fait des années que nous essayons de les virer mais en vain.

Il existe deux entrées à notre duplex et j'utilise celle

qui donne directement dans la cuisine. Kip et moi nous efforçons de surveiller notre taux de cholestérol – ou plus exactement Kip s'efforce de surveiller le mien – aussi je sais que le déjeuner se résumera à une salade quelconque. Beuâârk. Mais ça vaut quand même le coup de déjeuner avec elle.

J'ouvre le réfrigérateur et l'horreur est là, au creux d'un énorme saladier enveloppé de papier d'aluminium. Quand je le dépose sur la table ronde, j'ôte la protection et jette un coup d'œil. C'est aussi grave que ce que je pensais. Mais je dois admettre que c'est impressionnant : la chose se compose d'environ seize légumes différents. J'ignorais qu'il en existait autant. Comme je mets la table, j'entends la porte s'ouvrir et me retourne, mon cœur pris dans une tourmente amoureuse. Cela n'arrive pas à chaque fois, bien sûr, pas après toutes ces années. Mais, de temps en temps, c'est comme si je voyais Kip pour la première fois, ou plutôt comme si, l'ayant déjà vue, je sais ce qui peut se passer.

Elle est grande et mince… enfin, grande par rapport à moi comme tout le monde, dans les un mètre soixante-quinze… les cheveux noirs, et des yeux qui, quand elle est triste, peuvent vous briser le cœur. Je ne suis pas la seule à la trouver renversante. Et cette façon qu'elle a de s'habiller ! Aujourd'hui, elle porte un chemisier de soie vert citron, un pantalon gris fait d'une étoffe ultra-légère avec une ceinture fine et grise, et des souliers assortis. Ses lunettes reposent sur le haut de sa poitrine, suspendues à un cordon.

— Salut ma biche, dit-elle, mutine, en m'embrassant tendrement.

— Mmmm.

Nous nous regardons dans les yeux.

— Qu'est-ce que je t'aime, fait-elle.

— Tant mieux.

— Tant mieux ? C'est ce que tu me dis quand que je te dis que je t'aime ? Tu ne manques pas d'air.

— Tu préférerais que je dise tant pis ?

— Très drôle. Je vois que tu as trouvé notre succulent déjeuner.

Je tente un faible sourire.

— Lauren, c'est pour ton bien.

— Je déteste les choses qui sont pour mon bien.

— Oui, je sais. Et puisqu'on parle de ton bien, je nettoyais un des placards ce matin et j'ai trouvé tous ces emballages froissés de Tootsie Roll.

— Ah bon ?

J'ai du mal à croire que j'aie pu oublier de les jeter.

— Ça doit être Rick, dis-je.

— C'est bien ce que je pensais… Ce n'est pas drôle, tu sais.

— Il n'y a pas de graisse dedans.

— Et tes dents, alors ? Elles vont tomber comme des tuiles d'un toit, et quand ça va se passer, ma cocotte, je ne serai pas là pour les rattraper au vol.

— Tu seras où ?

— Oh, quelque part en train de lire, quelque chose comme ça. Mais je ne rattraperai pas tes dents.

— C'est un soulagement.

Nous nous asseyons et Kip nous sert.

— Tu as lu le journal ce matin ? demande-t-elle.

Oh non. La presse mène la vie dure au président Clinton, et la machine de guerre Kip Adams fait rage.

— L'état de grâce est fini, à ce qu'ils disent. L'état de grâce ? C'est la crucifixion, oui.

— Pourquoi est-ce que ça te choque à chaque fois, ce n'est tout de même pas une découverte récente ?

— Non, mais la situation empire chaque jour que le Congrès fait. Ce type est infoutu de faire quoi que ce soit de correct, à les écouter. Et la population idem. Tu savais que quand on a bombardé Bagdad le président a gagné onze pour cent dans les sondages ?

— Tu m'en avais parlé, dis-je en m'efforçant de conserver un ton neutre.

— Ils veulent réduire le déficit, mais personne ne veut faire de sacrifices. Pour qui le prennent-il, Merlin l'enchanteur ? Et Hillary ? Mon Dieu ! L'autre jour, pendant l'émission de Bob Grant, un type a appelé pour dire que sa coupe de cheveux était censée lui donner l'air d'une pin-up alors qu'en fait ce n'est qu'une lesbienne. Tu te rends compte ?

— Ah bon, elle est lesbienne ?

— Lauren, s'il te plaît.

— Quoi ?

— Tu n'as rien compris.

— Ce que je comprends, c'est qu'il faut être cinglé pour suivre l'émission de Bob Grant.

— Non, ce n'est pas le problème. Le problème, c'est que des gens affirment qu'elle est lesbienne parce qu'elle a de la trempe. Ils utilisent ce terme comme une épithète.

Je croise mes mains sur ma poitrine dans un geste de fausse épouvante.

— Non ! Ce n'est pas possible ! Qui oserait faire une chose pareille ?

Un sourire passe sur ses lèvres puis disparaît sans laisser de trace.

— D'accord, d'accord. Je sais que nous sommes devenues la cible, que la question de l'avortement est réglée, mais je ne supporte pas ces attaques permanentes contre les Clinton.

— Que se passerait-il si tu ne lisais pas les journaux ou si tu arrêtais d'écouter les radios de droite ou de regarder les infos télévisées ?

Elle me lance un regard étonné.

— Tu es folle ?

— Sérieusement. Imagine comme tu serais détendue si tu n'étais pas en permanence sur le pied de guerre.

— Détendue ? Je serais un légume plongé dans l'ignorance, oui.

— En attendant, tu es un légume surinformé.

Elle se penche en arrière sur sa chaise et me regarde comme si je venais de laisser entendre qu'elle était un membre du fan-club de *La Croisière s'amuse*.

— Qu'est-ce que c'est censé vouloir dire ?

— Tu pestes et tu râles tout le temps. Tu gueules à propos de bidule ou de machin.

— Lauren, je ne gueule jamais.

— Si.

Je croque un légume.

— Comment oses-tu dire une telle chose ?

— Kip, sois honnête, tu es hystérique dès qu'il s'agit de politique.

— Je ne suis pas hystérique, je me sens concernée.

J'éclate de rire.

— Et franchement, reprend-elle, je trouve que tu devrais te sentir un peu plus concernée.

— Je le suis, à ma façon. Ma façon tranquille.

— Comment ? En te branchant sur Internet et en téléchargeant les débats de *Politique* ?

— Comment sais-tu qu'il existe un serveur qui s'appelle *Politique* ?

Un petit sourire retrousse ses lèvres.

— Je le sais, c'est tout.

Je suppose qu'elle fait plus que le savoir.

— Je ne me suis jamais connectée à ce serveur. J'en entends assez comme ça ici, merci.

— Lauren, tu ne t'intéresses donc pas à l'actualité ?

— Bien sûr que si. C'est juste que tu te mets dans tous tes états.

— Hystérique, cinglée, et gueularde. Charmant.

— Quoi qu'il en soit, il existe une actualité Lauren Laurano.

— Quoi ?

— On m'a confié une enquête aujourd'hui même.

— Oh, c'est super, ma belle. Raconte.

— Seulement si tu acceptes de laisser mijoter le Congrès et le sénateur un instant.

— Mais c'est déjà fait, dit-elle. Tu ne sens donc pas ce fumet ?

Je ne trouve rien à lui rétorquer, aussi je lui parle de Boston Blackie.

3

— Tu as essayé de l'en dissuader ? me demande Kip.

— Je n'en ai pas eu l'occasion. Il est déterminé, et il était clair que si je lui refusais mon aide il s'en irait engager quelqu'un d'autre. Je lui ai dit que je n'avais pas beaucoup d'éléments de départ et je lui ai expliqué que l'enquête allait être difficile. J'estime que c'était mon devoir moral.

Kip me sourit, d'un sourire à mi-chemin entre la dévotion et l'ivresse : l'idéal.

— Tu as eu raison. Le père de ce Lenoir est-il encore vivant ?

Kip et moi donnons à nos clients des noms de code et j'ai surnommé Blackie « Lenoir ». Pas très original, je l'admets.

— Il vit toujours et habite Stone Ridge avec sa vieille mère.

— Il est fils unique ?

— Pour autant que je le sache. Il n'a jamais laissé entendre que son père s'était remarié.

— C'est bizarre.

— Pourquoi ?

— Les veufs se remarient en général dans les deux années qui suivent le décès de leur moitié.

— Peut-être qu'il est le fils à sa maman dans toute sa splendeur ?

— Le papa en question a-t-il toujours vécu avec sa maman ?

— Il semblerait que oui.

— Peut-être que la grand-mère n'aimait pas sa belle-fille.

— C'est une possibilité.

— Donc, Grand-Mère a pu commettre le crime ?

— Je suppose que oui, dis-je à contrecœur.

Kip sait pourquoi.

— Lauren, il faut que tu surmontes ce blocage. Je suis certaine que ça affecte ton travail.

— Tu as raison.

Mais c'est plus fort que moi. J'ai du mal à imaginer qu'une femme puisse tuer quelqu'un.

— Tu veux que je te donne des noms ?

Elle pense aux tueuses en série.

— Non, merci.

J'ai déjà entendu la liste. Comparée à celle des hommes, elle est plutôt courte, mais je ne prends pas la peine de le lui faire remarquer.

— Mr. Lenoir n'avait pas l'air de soupçonner Grand-Mère. Il a clairement laissé entendre que c'était son père le coupable.

— Et alors ? C'est normal. Il en a peut-être bavé avec lui dans son enfance. Ce devait être Grand-Mère qui se chargeait des câlins.

— Affectueuse mais meurtrière ?

— Ça arrive. S'il peut exister des « garçons doux et calmes », il peut bien y avoir aussi des « grand-mères douces et calmes ».

— Tu as l'esprit tordu.

— Tu l'aurais également si tu côtoyais mes patients.

— Je vois pire. Au moins les tiens sont-ils suivis.

— Oui, comme PP. (Elle veut parler de Perry Pathétique, qui n'y arrive qu'avec des prostituées.) J'ai l'impression chaque fois que j'ouvre un journal que je vais apprendre que je soignais un nouveau Joe Rifkin.

— Tu ne le saurais pas ? Il ne te l'aurait pas dit ?

— Sans doute pas. Bien sûr, PP est en thérapie. Je doute que cela ait jamais été le cas pour Rifkin ou Dahmer.

— Ou même les autres, pour ce que j'en sais. Que ferais-tu si PP se révélait être un tueur en série ?

— Ce que je ferais ? Je m'évanouirais, tiens.

— Chochotte, va.

Elle éclate de rire.

— Bon, et tu vois qui, aujourd'hui ?

— Deux névrosées pépères et Ruban Jaune.

— Beuâârk.

— Tu l'as dit.

Ruban Jaune aime qu'on lui pisse dessus.

— Qu'est-ce que tu lui racontes ?

— Au sujet de… ça ?

J'acquiesce.

— Pour commencer, je ne lui dis pas « beuâârk ».

— Ah bon ? fais-je, faussement surprise.

— Je devrais peut-être. Peut-être qu'aujourd'hui je devrais dire ce que je pense, sans plus. Je me demande comment ils réagiraient.

— Tu veux dire que tu leur dissimules tes vraies pensées, Kip ?

— Bien sûr que non. Seulement, parfois, je leur cache mon, eh bien, mon dégoût. Je ne suis pas là pour porter des jugements, mais il m'arrive de ne pas pouvoir m'empêcher d'être négative. Au cas où tu ne l'aurais pas remarqué, je suis humaine.

— En fait, si, j'avais remarqué, dis-je en souriant d'un air salace.

Elle me gratifie du genre de regard qui m'atteint en plein plexus solaire avant de se mettre à descendre le long de mon corps.

— Et tu fais quoi, maintenant ? me dit-elle.

Je consulte ma montre.

— Tu as le temps ?

— Je ne parlais pas de ça, Lauren, même si ça me dirait bien.

C'est dans ces moments-là que j'envie les hétéros et les homos. Ils peuvent faire ça en quelques minutes. Même quand nous ne voulons pas sortir le grand jeu, ça reste le grand jeu. On parvient à se limiter à une vingtaine de minutes quand on n'a pas le choix, mais jamais moins.

— Je parlais de ton enquête, dit Kip.

— Oh, ça.

— Oui, ma biche, ça.

Je soupire.

— Ça te dirait une petite balade en voiture ce week-end ?

— Jusqu'à Stone Ridge ?

— Exactement.

— Tu m'emmèneras dîner dans un endroit romantique ?

— Ouais.

— On passera la nuit dans une auberge sylvestre ou dans un double-B ?

— Un quoi ?

— Un *bed and breakfast*.

— Kip, je sais ce que c'est, un double-B. Mais ton truc sylvestre, c'est quoi ?

— Comment ai-je pu épouser une telle ignare ?

— La chance, c'est tout.

— Ça veut dire champêtre, bucolique.

— Bucolique ? Oh, voilà qui est bien dit.

— Laisse tomber. Où en étais-je ?

— Dans une sylve.

— Tout juste. Et quand on y sera, tu me feras l'amour comme une folle ?

— Absolument.

Lentement, elle sourit et me décoche de nouveau son regard. Puis elle dit :

— Non, je crois pas. J'ai pas mal de boulot.

— Ma petite romantique !

*
* *

Quand je sors de l'appartement, je m'aperçois que je ne peux pas ouvrir la porte principale. J'ai beau tourner la poignée, la tirer, la maudite chose refuse de bouger. Je vais chercher une chaise dans le couloir, l'installe devant la porte et monte dessus afin de pouvoir regarder par les petits carreaux de la partie supérieure. Au moment où mon visage arrive à hauteur de la fenêtre, j'entends quelque chose qui ressemble aux cris que pousserait un éléphant blessé.

Il s'agit en fait d'un râle collectif émis par l'équipe

de tournage et, parce que je suis détective, j'en déduis que j'ai fait capoter un plan.

— COUPEZ ! Qui c'est ça, bordel ? lance une voix d'homme.

Ce doit être le réalisateur, Barry Berry.

Ma porte d'entrée s'ouvre et me révèle debout sur la chaise. Aurais-je l'air par hasard d'une idiote ? Nan !

— Mais qu'est-ce que vous foutez là ?

Barry Berry est de taille moyenne, avec d'épais sourcils semblables à deux petites haies grises au-dessus d'yeux perçants, couleur puce, et un nez autoritaire. Il porte un débardeur rouge, un pantalon de safari et un chapeau brun avec le bord roulé en dedans. Fichée à une de ses commissures se trouve une mince cigarette marron dont la fumée forme comme un halo autour de son visage.

Il est difficile de répondre à sa question, mais j'essaie quand même :

— Je crois que je suis debout sur une chaise dans mon entrée.

— Ah bon, sans blague ? (Il n'ôte pas sa cigarette de sa bouche pour me parler.) On essaie de tourner un film, ici.

— Oui, je suis au courant.

— Vous êtes au courant ! fait-il, exaspéré. Eh bien, puisque vous êtes au courant, qu'est-ce que vous faites debout sur cette chaise ?

Une fois de plus, Rick et Susan viennent à ma rescousse.

— Barry, elle habite ici.

— J'en ai rien à battre qu'elle habite ici, elle a foutu en l'air ce putain de plan.

Je descends de la chaise, vais la remettre à sa place et m'aventure sur le seuil.

— Miss ! s'écrie Barry Berry.

— Moi ?

— Vous. Ma chère petite, je sais que vous habitez ici mais il se trouve que nous sommes en plein tournage. (Il me prend par le bras et fait quelques pas avec moi comme s'il m'avait adoptée.) Voyez-vous, mon petit, ce genre de choses coûte un max de pognon et chaque fois qu'un plan est annulé, cela coûte de l'argent et nous fait perdre du temps. Vous le comprenez, n'est-ce pas, ma chérie ?

J'ai devant moi une parodie de réalisateur. C'est comme si cet homme avait appris ses répliques dans l'un des innombrables films qui parlent du monde du cinéma. Ce qui est plutôt déconcertant, parce que je ne suis pas sûre du rôle qui est le mien, et par conséquent de mon texte. Mais je fais de mon mieux.

— Comment aimeriez-vous que j'entre et sorte de chez moi ?

Il y va d'un petit gloussement courtois. Le charme n'opère pas.

— Si vous pouviez simplement attendre, ma très chère. C'est tout ce que je demande. Attendre, répète-t-il en travaillant ses dentales de façon dramatique.

— Attendre quoi ?

— Qu'on ait fini de tourner la scène.

Berry me regarde comme si j'avais le quotient intellectuel d'un lavabo.

— Mais, dis-je lentement pour accentuer son impression, comment saurai-je que la scène est terminée si je reste chez moi ?

Il me contemple sans rien dire. Ça s'éternise. Il ne sait pas quoi répondre, c'est clair.

— Et voilà, dis-je en me dégageant de son bras et en m'éloignant.

Je l'entends derrière moi qui crie à l'équipe :

— Il faut contrôler ces fous !

Comme j'arrive au niveau d'une des caravanes, la porte s'ouvre et Cybill Shepherd apparaît. C'est plus fort que moi, je me fige et la contemple.

— Salut, me fait-elle en souriant.

— Salut.

Elle est nettement plus grande que ce que je pensais et pas aussi mince, même si elle n'a pas la moindre once de graisse. Elle est vraiment très belle. Je prends soudain conscience qu'elle va jouer mon rôle. Si on peut dire. Rick et Susan ont basé leur personnage sur ma personne. C'est plutôt grisant.

Et voilà que Susan est à mes côtés.

— Cybill, dit-elle. Je te présente Lauren Laurano, tu sais, la détective qui a servi de point de départ à ton personnage.

— Oh ! fait Cybill en me tendant la main. Je n'arrive pas à croire que je vous rencontre pour de vrai.

Cela doit être une blague. Je lui serre la main et immédiatement je remarque que c'est une vraie poignée de main, si rare de nos jours.

— Vous devez mener une existence palpitante, dit-elle.

C'est absurde, mais je sens bien qu'elle est sincère. Cette femme est tout sauf artificielle. C'en est presque insupportable.

— Eh bien, pas aussi palpitante que la vôtre, dis-je telle la groupie bredouillante.

Elle éclate de rire. C'est le rire Cybill/Maddie et j'ai l'impression de la connaître, mais c'est seulement parce que j'ai adoré *Clair de lune, le film* et lui voue un culte, jusqu'à ce qu'il le recycle en série avec Bruce « Tout en nuance » Willis.

— Vous savez, ma belle, faire des films n'a vraiment rien d'une sinécure. Quand vous aurez un peu de temps, j'aimerais discuter avec vous.

— C'est vrai ? dis-je, surprise et me sentant stupide.

Heureusement, Cybill ne semble pas remarquer ma gaucherie.

— Le monde du crime me fascine et vous devez avoir plein d'anecdotes.

— Quelques-unes, dis-je en essayant d'adopter un ton insouciant, mais ça ne doit pas être très réussi.

— Où cette satanée bonne femme ? s'écrie soudain quelqu'un.

— C'est de moi qu'il parle, dit Cybill, il faut que j'y aille. J'espère qu'on pourra se parler bientôt.

— Promis.

La bouche grande ouverte, je la regarde s'éloigner dans la rue.

— Extraordinaire, non ? fait Susan.

J'acquiesce. Rien de ce que ferait Shepherd ne devrait me surprendre, car elle a été la première star de cinéma à participer au défilé gay de Washington en avril.

— A plus, Lobes, dit Susan en suivant Cybill.

Cybill.

Pourquoi n'ai-je jamais remarqué à quel point ce nom est exquis ? Pourquoi me suis-je si peu intéressée aux blondes ? Il m'apparaît désormais très clairement que les blondes sont belles et je suis prête à me teindre les cheveux dans l'heure qui suit.

Bon, d'accord, je suis sous le choc. Et alors ? Quelle lesbienne qui se respecte ne le serait pas ?

Le visage de Kip m'apparaît alors en gros plan en esprit.

Culpabilité.

De quoi devrais-je me sentir coupable ? Je n'ai pas le droit de trouver d'autres femmes séduisantes ? Soyons honnête, il existe quantité de femmes séduisantes dans le monde et quelque chose clocherait chez moi si je ne réagissais pas en voyant Cybill Shepherd. Exact ? Non que je pense un seul instant à faire quoi que ce soit à ce sujet même si Ms. Shepherd était d'accord, ce qui n'est pas le cas. Je ne suis assurément pas une de ces personnes qui pensent que la première personne qui leur parle gentiment leur fait des avances. Et je ne pense certainement pas que les femmes hétéros puissent changer aussi facilement, ce que je déplore.

Quoi qu'il en soit, je n'ai pas à me sentir coupable parce que je trouve Cybill séduisante. Si Kip pensait de même, je comprendrais tout à fait. Je serais même prête à en discuter avec elle. Nous sommes des adultes, après tout.

J'essaie d'imaginer notre conversation.

J'essaie vraiment.

Pour une raison inconnue, il ne se passe rien. Et puis zut. Je m'aperçois que ça fait un moment que je gamberge là-dessus et que ce n'est pas cela qui me fera avancer dans mon enquête. Il faut que je retourne à mon bureau et que je me renseigne sur le passé de mon client, de son père et de sa grand-mère.

Rien de plus facile.

Même un enfant peut trouver des informations s'il sait se servir d'un ordinateur... à en croire *Nuits blanches à Seattle*, en tout cas. Au moins, pour une fois, le héros était une héroïne.

Qui a dit que les choses ne s'amélioraient par pour les femmes ?

De loin, j'entends :

— Pourriez-vous avoir la gentillesse de quitter le plateau, bordel de Dieu !

J'éclate de rire et me demande contre quelle pauvre âme peste cette parodie de réalisateur. Et puis quelqu'un me tapote l'épaule et je comprends, sans qu'on ne me dise rien, et parce que je suis détective, qu'il s'agit de moi.

4

Nous sommes vendredi soir et les soucis de la semaine sont derrière nous. C'est un mensonge, mais j'aimerais que cela soit la vérité. Nos amies Jenny et Jill ont décidé de prendre leur week-end et de nous accompagner à Stone Ridge. Elles possèdent la merveilleuse librairie *Three Lives* dans le Village et ne prennent presque jamais de congés sauf les mardis et mercredis. Mais Hilary, leur patronne, a consenti à échanger leurs jours chômés.

Les deux J, ainsi que nous les appelons, sont nos meilleures amies vivant en couple. Elles sont ensemble depuis seize ans et ce sont elles qui nous ont fait nous rencontrer. L'an dernier Jenny a eu enfin quarante ans (quelque chose que nous attendions toutes… à l'exception de Jenny).

Jill a des cheveux d'un roux foncé et des yeux verts et embellit un peu plus chaque année. Parfois elle parle trop vite et nous devons lui dire de ralentir son débit. Elle est intelligente, créative et amusante.

Jenny est également toutes ces choses, mais elle a décidé d'assumer le rôle de la « râleuse », même si cela ne correspond pas à ce qu'elle est vraiment, parce que ça nous amuse. Elle est moins grande que Jill, ses cheveux sont châtains et bouclés, elle porte des lunettes et, sous un bon éclairage, ressemble à Debra Winger.

Et puis il y a Theo.

Theo, c'est leur chienne, un adorable terrier écossais. Elle est très bien dressée, comme si elle avait passé six cents ans à l'école. Les deux J ont commis l'erreur de ne jamais laisser Theo seule quand elle était chiot, et, quand elles ont essayé, ce fut un désastre. Theo a hurlé à la mort pendant toute leur absence. Maintenant elles peuvent sortir sans elle pendant quelques heures, mais ont décidé (!) de l'emmener pour ce voyage. Cela nous est égal, bien que cela signifie que nous devons descendre dans un motel, ce qui m'arrange d'ailleurs parce que je n'aime pas les histoires de salles de bains dans les auberges pittoresques et les *bed and breakfast*. J'ai assuré à Kip que je peux être aussi romantique dans un motel que dans une minuscule chambre d'hôte.

C'est Kip qui conduit notre Range Rover rouge. Ce n'est pas qu'elle n'apprécie pas la façon dont je conduis : elle la désapprouve carrément. Je la rends nerveuse. C'est assez intéressant parce que Kip a déjà eu deux accidents et moi aucun. Les accidents en question n'étaient pas de sa faute. Après tout, qu'importe si j'ai de moins en moins confiance dans mes talents de conductrice ?

Une autre raison pour laquelle nous avons demandé aux deux J de se joindre à nous, c'est que je vais devoir me livrer à mes activités de détective, et du coup Kip se retrouverait seule. Comme ça, elle aura de la compagnie.

Une cassette de Bobby Short sert de fond sonore et

nous sommes toutes de bonne humeur. Même Theo, qui dort, sa tête sur les genoux de Jill. J'aimerais qu'il s'agisse de vacances mais il faudra que j'attende le soir pour retrouver les autres… Enfin, je l'espère. Parfois on ne peut rendre visite aux gens que le soir. Mais nous sommes le week-end et les choses seront peut-être différentes.

— On arrive bientôt ? demande Jenny en voulant rendre drôle son rôle d'enquiquineuse.

— Plus que deux heures de route seulement, dit Kip.

Le meilleur aspect de ce trajet, c'est qu'il n'y a pas beaucoup de circulation. Si nous nous rendions aux Hamptons par une chaude soirée de juillet, cela n'en finirait pas.

— Qui c'est que tu recherches cette fois-ci ? demande Jill.

Ne pouvant révéler cette information, je réponds de façon vague :

— Une mère, disparue depuis trente-huit ans.

— La mienne a disparu depuis quarante et un ans, dit Jenny.

— Quarante-trois, ajoute Kip.

— Quarante-deux, dit Jill.

— Quarante-cinq, dis-je.

— Tu gagnes toujours, Kip, parce que c'est toi la plus âgée, dit Jenny.

— Merci, tu me réchauffes le cœur.

Le fait est que ma mère est sans doute la plus absente, attendu qu'elle est une alcoolique qui refuse de s'admettre en tant que telle. Jenny est proche de sa mère, Pat, une dramaturge qui habite SoHo. La mère de Jill est en Floride, mais depuis la mort du père de Jill, la mère et la fille se sont rapprochées. Et puis, bien sûr, il y a Carolyn, la mère de Kip. Carolyn est toujours là quand il le faut. Jamais absente. Et puisqu'elle m'a souhaité mon dernier anniversaire par téléphone et m'a même envoyé une petite carte, en ce qui me concerne, elle est parfaite.

C'est Kip qui a le plus aidé sa mère depuis que Tom a contracté le sida, même si ses deux autres enfants ont su être présents également. Tom, le plus jeune frère de Kip, habite San Francisco avec Sam.

Tom a appris qu'il était séropositif il y a trois ans et a traversé depuis plusieurs phases critiques. Il y a environ deux ans, il est venu avec Sam à New York pour essayer des médecines parallèles. Il est impossible de juger dans quelle mesure le traitement lui a réussi, mais peut-être cela a-t-il repoussé l'inévitable. La dernière fois que nous avons parlé à Sam il nous a dit qu'il trouvait que Tom descendait lentement la pente. Quand je pense à la mort de Tom, je ressens de la douleur, bien sûr, mais je suis également un peu effrayée par la décision commune que nous avons prise.

Les prévisions mondiales concernant le sida sont pires que jamais, et ce qui est ressorti de la convention allemande cette année a été en substance que personne ne savait rien, que les médicaments existants ne marchent sans doute pas, et qu'il n'existe aucun remède à court terme. Au moins Clinton semble se préoccuper de la situation, un changement positif depuis douze ans, et il a nommé un ministre du sida. Mais, quoi qu'on découvre, ce sera trop tard pour Tom et c'est ça qui est le plus difficile à admettre pour Kip.

— On arrive bientôt ?

Personne ne répond.

Mes recherches concernant Harold Black, son père et sa grand-mère n'ont rien donné. Black semble être un citoyen ordinaire.

— Est-ce que l'une d'entre vous est déjà allée en Ulster ? demande Jill.

— Seulement à Woodstock, répond Kip.

— Ouah !

— C'est comme la place Saint-Marc, dit Jenny.

— Non, dis-je, c'est comme Woodstock dans les années soixante.

— C'est assez beau, dans l'ensemble. Les maisons sont magnifiques. Mais ça devient très touristique l'été et le centre-ville est pris d'assaut par les derniers hippies, remarque Kip.

— Il y a une bonne librairie, dis-je en pensant au *Golden Notebook*.

— Ça me manquait déjà, dit Jenny.

— Rien ne nous oblige à passer par Woodstock, dit Kip. La police de Woodstock ne viendra pas nous chercher.

— Et les flics lesbiennes ? demande Jenny. Il n'y a pas des tonnes de gouines par ici ?

— Si, dis-je. Je crois qu'il y a une grande communauté lesbienne à Woodstock.

— Je déteste ce mot, dit Jenny.

— Quoi ?

— Quand on parle de communauté homo ou

lesbienne. Est-ce qu'on dit qu'il y a une énorme communauté hétérosexuelle ?

— Ce n'est pas la peine, dit Jill. Cela va de soi.

— Eh bien, moi je ne trouve pas, dit Jenny. On est bientôt arrivées ?

— La ferme ! Faisons-nous toutes en chœur avant d'éclater de rire.

*
* *

Je suis réveillée par le vacarme des oiseaux à cinq heures et demie ! C'est presque pire que le bruit des camions-poubelles. Je ne pense jamais à apporter de boules Quiès à la campagne. Je fixe la nuque de Kip, en espérant qu'elle aussi va se réveiller. Ça ne marche pas.

Nous sommes descendues au *New Eastern Motel*. Je n'aimerais pas connaître le *Old Eastern Motel*. Non que notre chambre soit particulièrement horrible, mais elle est juste décorée dans le style « Ennui & Monotonie ». En fait, Kip et moi adorons dormir au motel quel que soit son aspect tant qu'il est propre.

Je me lève en silence et vais prendre l'annuaire local posé sur le secrétaire. Je m'installe à la table ronde en Formica, sur une chaise en plastique orange. Pourquoi les chaises sont-elles toujours orange dans les motels ?

Blackie m'a communiqué l'adresse de Harold. Je consulte la liste des M pour voir combien il existe de Mcmann. Il y en a des tas. Retrouver des parents de la mère disparue de Blackie dans ce bazar de Mcmann relève du défi. Je pourrais arracher la page mais au lieu de cela j'ouvre sagement ma mallette, en sors mon carnet et entreprends de recopier noms et adresses. Quand j'ai fini, je range le carnet, sors mes notes de la mallette et les amène au lit pour les lire.

Saleté d'oiseaux.

Kip remue, ouvre un œil.

— Salut, dis-je gaiement à voix haute.

— Quelle heure il est ? grommelle-t-elle.

— Six heures moins vingt.

— Tu es folle ou quoi ?

— Ce sont les oiseaux qui m'ont réveillée.

— C'est grotesque. Rendors-toi.

— Je peux pas.

— Essaie.

— Je sais que je ne peux pas.

— Alors lis.

— C'est ce que je suis en train de faire.

Elle se redresse pour voir ce que je lis.

— Lis le livre que tu as apporté.

— Qu'est-ce que ça peut te faire, ce que je lis ?

— Rien.

Elle me tourne le dos.

Je pose mes notes par terre, me penche et embrasse Kip dans le cou.

— Arrête, dit-elle.

— Je croyais que tu voulais que je te fasse passionnément l'amour.

— Pas à une heure pareille.

— Il faut que j'attende que tu mettes tes gants blancs ?

J'obtiens un petit ricanement réticent.

Je glisse le bout de ma langue dans son oreille. Elle crie et se redresse, me donnant un coup de tête dans la bouche, et je crie à mon tour.

— Oh, chérie, je t'ai fait mal ?

— Ne sois pas idiote, tu sais bien que j'aime avoir mal.

Elle se redresse, me prend le visage à deux mains. Le choc a amené des petites larmes brillantes dans mes yeux.

— Tu pleures ! s'exclame-t-elle, horrifiée.

— Non.

— Qu'est-ce que je peux faire ?

Je plonge mon regard dans le sien en y mettant toute la lascivité dont je suis capable.

— Je croyais que tu souffrais ?

— Je suis prête à me sacrifier, dis-je en souriant.

— Quelle peste ! répond-elle en m'étreignant.

*
* *

Plus tard, nous rejoignons les deux J et nous rendons dans un charmant endroit pour prendre le petit déjeuner. Il s'ensuit une ardente discussion.

— Parfois, observe Jill, les femmes de la campagne en ont l'air.

— Un peu de compréhension, dit Jenny. Ce sont des gouines ici.

— Tu sais ce que tu viens de dire ? fait Kip.

— Comment ça ?

— Que tu peux reconnaître une lesbienne rien qu'en la regardant.

— C'est nouveau ?

Je m'attaque à mes pancakes à l'ananas.

— Tu es en train de dire qu'il existe un stéréotype.

— Eh bien, c'est le cas, persiste Jenny. Et c'est faux également. Mais ces gentilles dames derrière le comptoir sont des gouines.

Ce qui me gêne, c'est que je suis d'accord avec elle. Parfois c'est évident.

— Bon, on a découvert du premier coup un restaurant lesbien, et alors ?

— On a du mal à croire qu'il y en ait un à… on est où, ici ?

— Hurley.

— Enfin, quoi, dit Jenny, qu'est-ce qu'elles fichent ici ?

— Et toi, qu'est-ce que tu fiches ici ?

— Elles habitent là, elles. Moi je ne fais que passer.

Je regarde autour de moi. La clientèle se compose d'habitués, et ne m'apprendra rien. Il y a deux serveuses qui ressemblent à deux serveuses.

La salle est vaste et peinte en jaune et blanc, avec des tables et des chaises en bois de pin, deux vitrines abritant des pâtisseries maison et des sandwiches, et une cafetière à disposition du public. Des peintures champêtres décorent les murs et le menu est inscrit sur une ardoise. Des pots de fleurs pendent du plafond.

— Tu sais quoi ? dit Kip. Je m'imagine très bien.

— Tu t'imagines quoi ?

— Vivre ici.

— Oh non. Voilà qu'elle recommence.

Chaque fois qu'on passe dans un bled, Kip décide qu'elle veut y vivre. Un jour où nous nous étions arrêtées dans les Adirondack pour déjeuner, elle a découvert un exemplaire du *Adirondack Magazine* et a souscrit un abonnement. A présent les revues s'entassent dans un coin de notre salon sans qu'elle en ait jamais lu une seule.

— Passons nos prochaines vacances ici, Lauren.

— Et qu'est-ce qu'on fera ?

— Tu es tellement déraisonnable.

— Pardon ?

— Aucune imagination, dit Kip aux autres.

— Kip, nous ignorons tout de cette région. Si ça se trouve, on la détesterait.

— J'en suis déjà folle, dit-elle bêtement.

— Tu n'as même pas passé une journée ici.

— Mais je sais déjà. Le calme, l'absence de bruit, de stress.

— Pense au raffut que font ces oiseaux.

— Je ne supporterais jamais, dit Jenny.

— Quoi donc ?

— Le calme, l'absence de bruit, de stress.

— Le problème, dit Jill, c'est qu'il n'y a pas d'eau.

— J'ai vu des étangs, dit Kip.

— Des étangs ? fait Jenny. Beuark. Toutes ces choses qui grouillent, qui rampent.

— Vous savez où on devrait aller ? dis-je. A North Fork.

— Dans Long Island ?

— Y a plein d'eau.

Jenny rayonne tout à coup :

— On pourrait avoir un bateau là-bas, Jill. Réfléchis. Theo adorerait.

— Notez bien qu'elle ne dit pas : tu adorerais.

— Tu veux dire que tu serais prête à y habiter ? demande Kip.

— Bien sûr que non, dit Jenny. Juste pour les vacances.

— Mais il doit y avoir beaucoup de monde là-bas, non ?

— Au South Fork, oui. A cause des Hamptons.

— Peut-être que je trouverais la maison idéale là-bas, rêvasse Kip.

— Pour quoi faire ?

— Pour nos vacances.

— Je t'en prie, dis-je, ne fais rien sans me consulter.

— Bien sûr que non, chérie. Il faudrait que tu la voies avant que je débourse un seul dollar.

Je sens que cette allusion à l'argent signifie : C'est moi qui paie, alors qu'est-ce que tu veux dire de plus, hein ?

— Kip, ne fais rien d'impulsif, d'accord ?

— Je veux juste me renseigner, dit-elle.

Pourquoi est-ce que je ne la crois pas ? Je regarde Jill et elle hoche imperceptiblement la tête, une façon de me dire qu'elle fera de son mieux pour empêcher Kip de commettre une bêtise. Je me sens mieux.

— Il faut que j'y aille, dis-je.

Je me lève et ma serviette tombe par terre comme à chaque fois.

— Tu as perdu quelque chose ? demande Kip.

— Mon sang-froid, sûrement. Je crois que je vous retrouverai plus tard au *Hearth Castle*. Essayez de trouver un restau sympa pour dîner.

Je me penche et embrasse Kip sur le sommet du crâne, dis au revoir aux deux J, et me voilà partie.

Pendant que Kip prenait sa douche, j'ai passé un coup de fil, et l'ordre alphabétique m'a été favorable au premier coup. A. Mcmann s'est révélée être la sœur de Susie, Almay. Blackie n'a jamais parlé d'une tante, mais peut-être son frère et sa grand-mère ne lui en ont jamais parlé. Après m'être fait indiquer le chemin par Almay, j'ai pris rendez-vous avec elle.

Je tourne la clé de contact et fais gronder le moteur. Enfin seule derrière le volant ! La campagne est vraiment très belle. Mais comme tant d'endroits dans l'État de New York (comme partout ailleurs, peut-être), le paysage, avec ses belles fermettes et ces maisons en pierre, est gâché par les caravanes qui parsèment la région comme des verrues.

Almay Mcmann habite dans une de ces horreurs, une bicoque sur roues d'un bleu verdâtre. Le terrain devant est jonché d'enjoliveurs, de vieux pneus et d'objets non identifiables. Il y a aussi un chien jaune qui est couché par terre. Je ne peux pas m'empêcher de penser à une scène tirée d'un documentaire sur les gens qui vivent dans des caravanes.

Je me gare dans l'allée poussiéreuse et m'aperçois que j'ai peur de descendre du véhicule parce que la queue du chien ne s'agite pas et qu'il me fixe d'un air mécontent. Comme je me demande quoi faire, la porte de la caravane s'ouvre et une femme en descend. J'abaisse ma vitre.

— Ms. Mcmann ?

— Ouais.

— Le chien ne mord pas, n'est-ce pas ?

Cela déclenche un éclat de rire incompréhensible chez la femme.

— C'est vous la détective qui avez appelé ? demande-t-elle d'une voix grave et croassante.

— Oui.

— Venez. Vous n'avez rien à craindre.

Je lui fais confiance et sors de la voiture. Juste au moment où je ferme la portière le chien aboie et se précipite vers moi comme si j'étais son repas.

5

Le chien grogne et retrousse ses babines et je vois que Mcmann ne m'a pas menti. Pas de dents. Et maintenant il agite la queue.

Je pousse un soupir de soulagement, ne m'apercevant qu'à ce moment-là que j'ai retenu tout ce temps ma respiration. Mcmann est pliée en deux de rire : un rire qui ressemble à une vitesse mal passée. Prudemment, je tends la main et caresse la tête du chien jaune. Il agite la queue comme un fou.

Mcmann me sourit et je constate qu'elle ressemble à son chien. Pas de dents. En tout cas, pas de dents de devant. Elle est grosse et bosselée comme si elle était bourrée de coussins.

Elle a un étrange visage. Les yeux sont dissimulés par des lunettes foncées, ce qui en soi est bizarre. Pourquoi une femme comme elle porte-t-elle des lunettes de soleil ? Mais mon étonnement a quelque chose d'élitiste, je le vois bien. C'est stupide. Après tout, il ne s'agit pas de Ray-Ban.

Un nez large s'étale sur son visage comme du mastic et sa peau a une teinte cireuse, comme si elle n'était pas sortie depuis très longtemps.

— J'vous avais bien dit de pas vous en faire. Vicieux n'a plus de chicots depuis déjà cinq ans.

— Vicieux ?

— Ben oui, on a tous un passé, pas vrai ?

Et la revoilà morte de rire à s'écorcher la gorge. J'attends que ça passe.

Il est difficile de lui donner un âge, mais je pencherais plutôt pour la soixantaine bien tassée. Elle porte une écharpe d'un gris douteux et quelques mèches de cheveux blancs et emmêlés sillonnent son front comme du treillis. Elle doit peser dans les cent kilos, encore que cela soit difficile à estimer avec tous ces habits qu'elle porte. Des couches superposées qui ressemblent plus à des sacs. Je suppose qu'il s'agit de robes particulièrement vieilles, mises les unes sur les autres, peut-être sept ou huit. Elle porte également un pantalon vert qui tombe en guenilles sur ses chevilles. Elle a aux pieds des Keds noires élimées, sans lacets. Et des gros gants jaune et bleu.

Elle s'arrête enfin de rire.

— Alors c'est vous la détective, hein ?

J'acquiesce.

— Feriez mieux de monter là-dedans.

Je n'en ai pas la moindre envie.

— Nous pouvons parler ici.

— J'ai quelque chose sur le feu, dit-elle et elle grimpe les deux marches de ciment et franchit la porte.

Vicieux et moi nous retrouvons seuls. Je n'ai pas le choix. Comme je monte les marches à mon tour, je sens quelque chose comme un ballon de plage en train de brûler et quand je franchis le seuil c'est sombre comme dans le ventre d'une baleine. Je n'y vois rien du tout pendant quelques instants.

— Bon, vous voulez savoir quoi ?

Je reste figée sur le seuil et, bien que mes yeux commencent à s'habituer à la pénombre, je demande :

— Vous ne pourriez pas allumer une lampe ?

— J'en ai pas. Je vais relever un store.

Je devine vaguement sa silhouette alors qu'elle trottine vers une petite fenêtre et fait claquer un store. Un mince rai de lumière pénètre dans la caravane et je suis en mesure d'en contempler la grandeur. Il y a des chaises cassées, un canapé en mousse dont la bourre saille comme une flore malade, et une table à l'agonie.

Almay s'active à son fourneau.

— Bon, vous voulez savoir quoi ? répète-t-elle en s'approchant de moi, une cuiller en bois dégoulinante à la main.

— Comme je vous l'ai dit au téléphone, j'aimerais qu'on parle de Susie.

Elle me regarde un instant comme si elle ignorait de qui je parlais. Puis une éclaircie passe sur son visage comme un rot silencieux.

— Ma sœur, fait-elle d'un ton sinistre.

— Oui.

Elle ôte ses lunettes et je vois des larmes dans ses yeux. De ses grosses mains gantées elle les chasse comme s'il s'agissait de mouches, puis remet rapidement en place ses lunettes.

— C'était une brave fille.

Almay retourne à son fourneau, touille sa mixture une fois de plus, éteint le feu, et pose la cuiller sur un plat. Se tournant vers moi, elle dit :

— Asseyons-nous.

Elle me désigne le canapé et s'installe sur une des chaises cassées.

— Elle était vraiment minotte.

Minotte. Oh, allez, ai-je envie de dire, mais je n'en fais rien, ne voulant pas interrompre ses confidences, aussi étranges soient-elles.

— Nous autres, les Mcmann, on n'est pas très jojos dans l'ensemble, mais Susie, elle était différente. Pas seulement jolie comme un cœur, mais dégourdie. Elle a pas hérité du côté Harris, la famille de maman, qui était pas une beauté, ça on peut pas dire. Pas mal de gens s'moquaient de ma maman, ils disaient que Susie pouvait pas être une Mcmann.

Les propos de Blackie concernant diverses rumeurs relatives à son ascendance du côté maternel me reviennent en mémoire.

— Et votre mère, que disait-elle quand les gens plaisantaient sur ce sujet ?

— Elle leur retournait le compliment. Disait que Susie avait été échangée à sa naissance.

Je dois faire un effort pour accepter ce dialogue, mais j'ai du mal. Après tout, nous ne sommes qu'à deux heures de New York, et non en plein cœur de l'État. Mais peut-être est-ce ainsi que parlent les gens ici. En tout cas, c'est ainsi qu'elle parle, elle.

— Est-il possible que votre père n'ait pas été le père de Susie ?

— Oh, j'suis sûr qu'il l'était pas, répond-elle, me surprenant.

— Vraiment ? Alors, qui était son père ?

Almay me jette un coup d'œil comme si je venais juste d'apparaître devant elle.

— Pourquoi que vous voulez savoir tout ça ? Quelle différence ça fait à présent ?

— J'ai été engagée pour découvrir ce qui est arrivé à Susie.

— Engagée ? Qui c'est qui vous a engagée ?

— Je n'ai pas le droit de vous le dire.

Elle glisse la main dans une de ses poches et en sort quelque chose qui ressemble à une vieille brindille, qu'elle place entre ses lèvres, et qu'elle allume avec une allumette qu'elle frotte sous le plateau de la table.

— Pas grave. Ça doit être le gosse.

— Le gosse ?

— Le gosse de Susie.

Je ne dis rien.

— Qui était le père de Susie, alors ?

— J'ai pas de preuve de ça.

— Ce n'est pas un problème.

Elle recrache un nuage de fumée grisâtre et malodorante.

— C'est que des rumeurs, voilà. Comme d'additionner deux et deux pour avoir quatre, si vous voyez ce que je veux dire ?

Je lui fais signe de continuer.

— Portez pas de jugements, pas maintenant. Ma maman était pas une traînée ou je ne sais quoi. C'était pas sa faute, vous savez. Elle travaillait pour ces gens à Kingston, dans une de ces grosses maisons comme en ont les riches. Maintenant tout a changé. J'étais déjà grande quand maman s'est retrouvée enceinte de Susie, et je les entendais se disputer tout le temps, elle et papa. Je l'ai entendu dire que le bébé était pas de lui. Que c'était pas possible. J'crois que vous me suivez.

Almay s'est exprimée comme si le fait que ses parents n'avaient pas de rapports sexuels étaient plus gênant que s'ils en avaient eu.

— Eh donc, elle pleure et crie pendant que mon papa lui fiche une raclée, mais elle continue à dire que le bébé est bien de lui. Il y croit pas et il dit que c'est le bâtard de Nicholas Parrish, le type pour qui maman bosse. Elle pleure encore, mais elle lui dit pas qu'il a raison. Je crois qu'il avait raison.

— Pourquoi ?

Almay éclate une fois de plus d'un rire glaçant et rauque.

— Parce que Susie était le portrait craché de Parrish. Il était bel homme et Susie, ma foi, je vous l'ai dit, c'était une sacrée poupée. Mêmes yeux que Parrish, même nez. Et puis il y a le menton. (Elle se passe l'index sur le milieu de son propre menton.) La fossette. Ils l'avaient tous les deux.

Je me rappelle la photo de Susie, mais pas la fossette. Elle a été prise de loin et peut-être que ça ne se voyait pas.

— Pourquoi personne d'autre n'a fait le rapport, dans ce cas ?

— Qui a dit une telle chose ? A quoi vous croyez qu'ils pensaient quand ils faisaient à maman le genre de remarques dont je vous ai parlé ?

— Vous voulez dire que tout le monde était au courant mais que personne ne le disait ouvertement ?

— C'est cela.

— Et ce Parrish ? Il savait ?

— Aucune idée.

— Entendu, admettons que vous ayez raison et que Susie était la fille de Parrish. Que lui est-il arrivé ?

— Vous voulez dire quand elle a grandi ?

— Oui.

— Elle a épousé un salopard du nom de Harold Black et ils ont eu ce gosse. Franklin.

— Franklin ?

— Ouais. C'est comme ça qu'elle a appelé le minot.

— Le minot ?

C'est plus fort que moi.

— Vous savez bien, le marmot, le lardon, le chiard, le…

— Ça va, je comprends.

— Alors pourquoi est-ce que vous demandez comme si vous aviez pas compris ?

— Vous parlez d'une façon plutôt imagée.

— C'est bien ou c'est mal ?

— Ni l'un ni l'autre. C'est inhabituel.

Elle se lève, fait les cent pas.

J'ai peur de l'avoir agacée.

— Ms. Mcmann…

— Miz ? On dirait un bourdonnement d'abeille.

Je suis sur le point de développer, mais me ravise. Le temps me manque pour expliquer à cette femme ce qui s'est passé depuis vingt-cinq ans.

— Miss, dis-je, lâchement. Miss Mcmann.

— Oh, j'croyais que vous aviez dit *Miz*, vous savez, comme ces nanas qui ont fait cramer leur soutien-gorge.

Je reste sans voix et honteuse.

— Appelez-moi Almay.

— Merci.

Il y a quelque chose chez elle… quelque chose que je ne parviens pas à définir, et je ne crois pas que c'est juste parce qu'elle me rappelle Mammy Yokum. Quoi qu'il en soit, je décide de ne plus l'embêter avec sa façon de parler et je reviens au sujet qui m'intéresse.

— Donc elle a eu Boston… Franklin. Et après ?

— Après elle a disparu.

Elle se rassoit.

— Comment ça, disparu ?

— Morte. Dans un accident.

— Mon client ne croit pas à cette version des faits.

— Votre client, tiens donc ? (Elle lâche un bref éclat de rire.) Et que pense-t-il ?

Je ne sais pas si je dois lui répondre, mais elle n'attend pas que je me décide et déclare :

— Sûrement qu'il vous a dit que c'est Harold qui l'a tuée ?

— Mon client a en effet suggéré cela, oui.

— Franklin a toujours été un bon à rien, vous savez. J'ai su qu'il avait fait de la taule. Y cambriolait des villas.

— Y a-t-il quelqu'un d'autre qui pourrait m'en apprendre davantage sur Susie ?

— Y a rien d'autre à dire. Susie est morte dans un accident le 5 août 1954. Z'avez qu'à vérifier si vous me croyez pas.

— Et Parrish ?

— Quoi, Parrish ?

— Il est encore vivant ?

— Il a quitté la région il y a longtemps.

— Et vos parents ?

— Sont morts tous les deux. C'est du passé, tout ça. Allez pas fourrer votre nez dans des affaires qui vous regardent pas et que rien peut changer. Rentrez chez vous.

Almay me décoche un regard de travers, en y mettant tout le paquet. Ça ne me plaît guère mais je ne me laisse pas impressionner.

— Écoutez, vous vouliez savoir pour Susie, maintenant vous savez. Alors suivez mon conseil et rentrez chez vous.

— Auriez-vous une bonne raison de souhaiter mon départ ?

— Ça veut dire quoi ?

— Peut-être que vous ne me dites pas tout. Peut-être que vous avez peur que je découvre quelque chose que vous préférez que j'ignore.

Elle glousse.

— On dirait que vous sortez tout droit d'un film.

Marrant, je pensais la même chose d'elle.

— Vous apprendrez rien de plus ici, ma fille. Retournez d'où vous venez et dites au Franklin qu'ils sont tous morts et que personne a tué personne.

Elle me tourne le dos, rallume sa gazinière et touille son infâme mixture sur la flamme. Il est clair qu'elle a dit son dernier mot, aussi je souris à Vicieux et m'en vais. Au moins j'ai un nouveau nom : Nicholas Parrish.

***

La bibliothèque de Stone Ridge ressemble

exactement à ce à quoi on s'attend dans une petite ville comme celle-ci. Les murs sont en pierres blanches grossièrement taillées et les encadrements des fenêtres en bois peint en blanc. Un parking assez grand, assorti de pelouses, la jouxte. Derrière se trouve une grange rouge.

Je me gare, descends de la voiture, traverse le gravier jusqu'à une allée pavée qui mène à un petit porche avec un avant-toit et une boîte dans laquelle vous pouvez déposer vos livres quand la bibliothèque est fermée.

Je pousse la porte et entre. L'endroit est exactement comme je pensais qu'il serait. Le bureau de la bibliothécaire est sur ma droite, à côté des fichiers.

— Puis-je vous aider ? me demande l'employée.

C'est une jeune femme séduisante avec de longs cheveux auburn et un sourire enjoué.

— J'aimerais consulter les journaux du coin pour l'année 1954. Vous avez ça ?

— Vous avez de la chance. Nous venons juste de les mettre sur microfilm. La machine se trouve au sous-sol et le film est répertorié dans de grands tiroirs métalliques. Je ne vous reconnais pas, aussi j'en déduis que vous ignorez la procédure.

— C'est exact.

Elle me donne toutes les indications. Je la remercie et me rends dans une salle plus petite, qui mène dans une troisième salle d'à peu près la même taille. Je pousse la porte sur laquelle figure un panonceau « Salle des microfilms ».

J'allume la lumière et descends des marches en bois jusqu'à un sous-sol glacial qui, curieusement, ne sent pas le renfermé. Même Kip, avec toutes ses allergies, pourrait venir ici. Le cœur serré, je me demande ce qu'elles sont en train de faire, si elles s'amusent, et une vague de tristesse me submerge comme un nappage chocolaté sur un fondant à la vanille.

J'ai l'habitude de faire des recherches sur microfilms et Almay m'a donné la date exacte, aussi je ne mets pas beaucoup de temps à trouver la bonne bobine.

Je la sors de sa boîte et l'installe dans la machine, les pages clignotent sur le lecteur, un scintillement vertigineux de saisons, de styles et de vies remontant à près de quarante ans. Un jour, vous n'aurez plus qu'à taper une date et un mot-clef et l'histoire que vous recherchez apparaîtra en une milliseconde. Mais ce n'est pas encore le cas et il me faut nettement plus de temps pour dénicher le bon numéro et la bonne page.

Susan Mcmann Black, 19 ans,
trouve la mort dans un accident de voiture

Alors qu'elle avait quitté son domicile de Kripplebush pour se rendre à Kingston, la jeune Mrs. Black, qui se trouvait au volant d'une Chevrolet 1950, a vu son véhicule heurté par une remorque au croisement des routes 209 et 213. Sa voiture a été projetée à plus de quinze mètres avant de s'écraser et de prendre feu. Le temps que les pompiers arrivent, il ne restait plus grand-chose de la voiture.

Edward Geiger, le conducteur de la remorque, qui est toujours en observation à l'hôpital de Kingston, a déclaré que Mrs. Black avait déboulé de la route 213 sans marquer le stop et qu'il n'avait pas eu le temps de freiner.

Mrs. Black laisse un mari, Harold, et un fils, Franklin.

Donc c'est là, écrit noir sur blanc. Qui peut le nier ? Pourquoi Franklin « Boston Blackie » Black ne croit-il pas cette version des faits ? Pourquoi pense-t-il que son père a tué sa mère ? Qu'a-t-il dit, déjà ? Quelque chose comme « Des rapports, ça peut toujours se trafiquer » ? Je fais une photocopie de l'avis de décès. Il faudra que je reparle avec Blackie. Peut-être quand nous le lirons ensemble, il me dira pourquoi il ne croit pas à la version officielle de la mort de sa mère.

De retour à l'accueil, je demande à la bibliothécaire si l'ancien commissaire est toujours vivant.

— Bien sûr.

— Pouvez-vous me dire où le trouver ?

— Sans problème.

Elle m'indique la route à suivre pour me rendre au domicile de Breese, puis je lui demande si elle sait ce qu'il est advenu de Nicholas Parrish. Almay prétend qu'il a quitté la région mais je préfère vérifier. La bibliothécaire ignore de qui je veux parler, aussi je lui demande un annuaire.

Il n'y figure pas.

Peut-être Harold Black pourra-t-il me dire ce qu'il est arrivé à Nicholas Parrish, le père possible de l'épouse morte de Black.

6

En comparaison de Almay Mcmann, Harold Black et sa mère vivent dans le luxe. Ils habitent Kripplebush, dans la commune de Rochester. La rue s'appelle Cooper et la maison à charpente se trouve à l'écart de la route au bout d'une allée. Un panneau monté sur un chevalet de scieur de bois annonce VOIE PRIVÉE — INTERDICTION D'ENTRER. Toutefois, il y a des places pour se garer sur le côté de la route. Je n'ai pas pris la peine de prévenir de mon arrivée et me demande à présent si je n'ai pas commis une erreur, étant donné ce panneau. Au moins, on ne me demande pas de prendre garde au chien.

Depuis la route, je distingue un véhicule dans le garage. Je remonte l'allée jusqu'au perron. Sur la porte, une couronne de Noël qui a viré au marron est suspendue. Je frappe.

Je frappe encore.

— Mr. Black !

Au bout d'un moment, j'entends des pas et quelqu'un ouvre la porte en grand. Un homme voûté, visiblement la soixantaine, vêtu d'une chemise à manches courtes bleue et d'un vieux pantalon gris, des pantoufles usées aux pieds, me fusille du regard.

— Ouais ?

— Mr. Harold Black ?

— Ouais ?

— Je m'appelle Lauren Laurano. J'aurais aimé m'entretenir un instant avec vous.

— Vous êtes témoin de Jéhovah ?

— Non.

Je lui tends ma carte.

— Détective privée ? Et vous enquêtez sur quoi ?

— J'aimerais vous parler de votre épouse.

— Mon épouse ?

— Je sais que cela remonte à longtemps, mais je veux parler de Susie Mcmann, qui est morte en 1954.

— Susie, fait-il d'une voix neutre.

— Oui.

— Comme vous venez de le dire, elle est morte en 54.

— Vous serez sans doute en mesure de m'apprendre des choses sur elle qui m'aideront.

— Qui vous aideront pour quoi faire ?

Il cligne des yeux, porte une main en visière au-dessus de ses yeux comme si le soleil l'importunait, me jauge, puis regarde à nouveau ma carte, minuscule dans ses grosses mains hâlées par le soleil.

— M'aider dans mon enquête, dis-je comme dans un mauvais téléfilm à vocation pédagogique.

— Votre quoi ?

— Mr. Black, on m'a engagée pour enquêter sur son décès.

— Qui c'est qui s'intéresse à cette salope ?

— Je ne peux pas vous le dire.

Il rit.

— Information confidentielle, hein ?

— Oui.

— Je suis pas né de la dernière pluie, dit-il en bombant son torse. Je me tiens au courant.

— Fort bien.

— Vous pouvez entrer, mais j'ai pas grand-chose à dire en ce qui concerne cette salope.

Je remarque que c'est la deuxième fois qu'il la traite de salope, et c'est un terme au sujet duquel j'ai développé toute une théorie, même s'il ne l'a pas employé dans le sens précis que j'entends.

Il fait un pas de côté et m'invite à entrer.

— Merci.

Il n'y a pas d'entrée et je me retrouve aussitôt dans le salon. Le mobilier n'est ni ancien ni moderne, il est quelconque, comme celui qu'on peut voir dans un sitcom des années cinquante.

Black me désigne un canapé beige et s'assoit dans un fauteuil également beige en face de moi, et il pose ses pieds sur un coussin en vinyle foncé.

— Votre mère est-elle là ?

— Qu'est-ce que vous lui voulez ?

— J'espérais qu'elle pourrait me parler de Susie.

— Pas en bien, alors, dit-il, et ses yeux s'allument pour la première fois. Ouais, elle est ici. Mais elle fait la sieste en ce moment.

— Plus tard, alors, peut-être.

— Combien de temps comptez-vous rester ?

Il a l'air inquiet, comme si j'étais du genre à m'inviter au dîner.

— Je voulais dire, si elle est réveillée quand nous aurons fini.

Il grommelle, rassuré par ma réponse.

— Quand vous êtes-vous mariés, Susie et vous ?

— Comment savez-vous que ma mère vit ici ?

— Je suis détective.

— Il vous l'a dit, n'est-ce pas ?

— Qui ?

— Franklin.

Il semblerait que l'identité de mon client ne soit un mystère pour personne, et que personne ne l'appelle Blackie. Je ne dis rien.

— Encore une information confidentielle, je sais. Quelle importance la date où j'ai épousé cette salope ?

— Aucune, je suppose. Quand a-t-elle disparu ?

Je veux savoir comment il va réagir.

— Disparu ? Elle n'a pas disparu, elle est morte dans un accident quand elle a… elle est morte.

— Quand elle a quoi ? Qu'alliez-vous dire ?

— Rien. Il a dit qu'elle avait disparu ? Qu'est-ce que Franklin vous a raconté ?

— Mr. Black, c'est moi qui pose les questions.

— Vous avez un mandat ?

— Bien sûr que non. Si vous voulez que je m'en aille, je m'en vais.

Il se frotte le nez entre le pouce et l'index.

— C'est de l'histoire ancienne, je me demande ce que le gamin veut savoir de plus. Susie est morte juste après sa naissance. Un accident de voiture. Elle était partie d'ici quand c'est arrivé. La salope.

Là, il l'a dit méchamment. Ma théorie est la suivante : les hommes ont compris qu'ils ne pouvaient plus se permettre d'appeler les femmes des chiennes, aussi disent-ils salopes, un terme beaucoup plus courant, même s'il n'est pas apprécié de tout le monde.

On peut l'utiliser apparemment sans s'attirer trop de foudres. Mais à force il en est venu à paraître aussi haineux et méprisant que l'était chienne.

— Elle ne m'a jamais aimé. Elle attendait juste le bon moment pour se tirer d'ici. Elle passait son temps à mettre des sous de côté sur l'argent du ménage, afin de pouvoir prendre la tangente le jour où elle aurait amassé assez de tunes. Et elle se foutait pas mal du marmot, de moi et de tout le monde.

— Depuis combien de temps étiez-vous mariés quand elle est partie ?

— Huit mois. J'avais été obligé d'épouser cette salope. Eh merde, c'était ce qu'il fallait faire.

— Et vous croyez à ce qu'il convient de faire ?

— Exact. C'est pour ça que j'ai voté Perot. Voilà un type qui sait ce qui est bien et ce qui ne l'est pas.

Je ne m'engage pas sur ce terrain et suis heureuse que Kip soit ailleurs.

— Donc, la vérité, Mr. Black, c'est que vous n'aimiez pas Susie Mcmann.

Son visage s'empourpre et il remue ses lèvres comme s'il était édenté.

— Je n'ai pas dit ça, balbutie-t-il. Jamais dit ça du tout. Les médias comprennent toujours tout de travers.

— Je ne suis pas des médias !

— C'est bien ce que je voulais dire. Est-ce que j'ai dit que vous étiez des médias ? Hein ?

— Non.

— Très bien. Alors n'allez pas me faire dire ce que je n'ai pas dit ou je mets fin à cette interview.

Interview. Média. Mais qu'est-ce qu'il s'imagine ? Je renonce à essayer de comprendre quoi que ce soit au tour étrange qu'a pris la conversation et reprends mon fil.

— Donc vous dites que vous l'aimiez vraiment ?

— Qu'est-ce que ça peut faire après toutes ces années ?

Je ne peux pas lui dire que son fils pense qu'il l'a assassinée, aussi ça ne va être facile à expliquer.

— J'essaie de me faire une idée de la situation à l'époque.

— Vous pensez qu'elle s'est barrée parce que je ne l'aimais pas, c'est cela ?

— Cela pourrait avoir joué un rôle, oui, dis-je prudemment.

— Eh bien, c'est faux. Pour votre gouverne, sachez que je l'aimais, alors. C'est elle qui ne m'aimait pas. Ni le gosse, comme je vous l'ai dit. Abandonner un nouveau-né…

— Mais ce n'était pas le cas. Vous étiez là.

— N'empêche, c'était pas sain. Mais Susie Mcmann a toujours été un peu malsaine, si vous voyez ce que je veux dire.

— Non, je ne vois pas.

— Des grandes idées. Elle se croyait plus futée que les autres. Être mère et épouse ne lui suffisait pas. Elle voulait être vedette de cinéma.

Voilà qui est nouveau.

— Vedette de cinéma ?

— Ouais, elle voulait aller à Hollywood, être une star. L'idiote.

— Donc vous dites que quand elle a quitté le domicile conjugal, vous abandonnant vous et le bébé, et qu'elle a eu cet accident, elle se rendait à Hollywood ?

— C'est bien ce que je viens de dire, non ?

— Et vous le saviez parce qu'elle avait laissé un mot ?

— Un mot ? Non. Que dalle.

— Alors comment saviez-vous qu'elle vous quittait ?

— Y a des choses comme ça qu'on sait. (Ses paroles résonnent dans l'air comme du verre brisé.) Elle disait toujours que c'est ce qu'elle comptait faire et elle avait embarqué toutes ses fringues.

— Vous avez identifié le corps ?

— Impossible. Complètement carbonisé.

Soudain je me dis que ce n'était peut-être pas le corps de Susie Mcmann qu'on a retrouvé carbonisé. C'était peut-être quelqu'un d'autre, et dans ce cas Susie est vraiment allée à Hollywood.

— Il vous arrive d'aller au cinéma ?

— Quand y a quelque chose de bien, du style *Last Action Hero.* Je vais pas voir les films de cul, notez bien. Bon sang, j'adore ce Schwarzenegger. Enfin quoi, voilà un type qui a tout : le fric, les muscles et une super nana. Ce qui m'éclate vraiment, c'est la tête qu'ont dû faire ces Kennedy quand leur fille a épousé ce gars. J'aurais bien aimé être là.

Je passe là-dessus.

— Si vous voyiez Susie dans un film, vous la reconnaîtriez ?

— Comment voulez-vous que je voie une morte dans un film ?

— Imaginons qu'elle ne soit pas morte dans

l'accident de voiture, qu'elle soit allée à Hollywood et qu'elle ait tourné dans des films. Vous pensez que vous la reconnaîtriez ?

— Sûrement pas.

— Comment ça ?

— Avec le maquillage et tout le tralala, sans compter le fait qu'elle aurait cinquante-huit balais. (Il examine le dos de sa main d'un air songeur.) On change, dit-il avec tristesse.

Je compatis, ayant remarqué que ma peau n'était plus aussi lisse qu'il y a cinq ans.

— Mais c'est stupide. Susie est morte.

— *Harooold ?* fait une voix du fond de la maison.

Black se raidit comme s'il venait d'entendre un démon. Sa bouche se tord. Il se lève.

— C'est ma mère.

Je hoche la tête et souris d'un air entendu, comme si je comprenais très bien pourquoi un homme de soixante ans pouvait être terrorisé par le son de la voix de sa mère. La voix de ma propre mère ne m'effraie pas, mais quand je l'entends, elle me fait un effet différent de toutes les autres.

— Haaaarooold ?

— Vous devriez y aller, dit Black.

— J'aimerais rencontrer votre mère.

Il inspire comme un homme qui se noie.

— Vous êtes sûre ?

Je le suis plus que jamais. Il faut que je voie cette femme.

— Très bien, dit-il en faisant comprendre qu'il n'est pas responsable de ce qui pourra arriver.

Black s'étant absenté un instant, j'en profite pour

jeter un œil dans les tiroirs de la table mais n'y trouve rien qui puisse m'aider. Une fois de plus je suis frappée par l'aspect déprimant de la pièce : pas une seule photo, pas le moindre bibelot.

Puis Black revient en compagnie d'une petite femme voûtée. Très naturellement je me lève. Un jour, ce sera le contraire : ce sont les autres qui se lèveront en me voyant.

— Ma, voici la détective privée, dit Black comme si j'étais un nouveau meuble ou un appareil qu'elle n'a jamais vu.

— Enchantée, dis-je.

— Pas de quoi, rétorque-t-elle d'une voix chevrotante. C'est quoi, votre nom ?

Je lui réponds pendant que Black l'aide à s'asseoir dans un rocking-chair rembourré.

Il n'y a qu'une seule explication au fait qu'un homme de la taille de Black puisse avoir peur d'une femme aussi frêle. C'est sa mère : inutile de chercher plus loin. Mrs. Black doit avoir plus de quatre-vingts ans et je commence à m'interroger sur la longévité des gens dans cette région. Je suis certaine que ça ne tient pas au yogourt.

Elle porte un vieux pantalon marron et un pull gris. Ses cheveux couleur guimauve sont coupés courts avec la raie à gauche. Ses yeux sont d'un bleu vitreux, deux galets humides, et son nez légèrement recourbé au-dessus de sa bouche. Je doute qu'elle dépasse les cinquante kilos.

— Ainsi vous êtes détective ?

Black a l'air d'un poisson sorti hors de l'eau.

— Susie Mcmann.

— Cette catin, fait-elle.

— Vous ne l'aimiez pas ?

— Je donne l'impression du contraire ?

Ça, je l'ai cherché.

Elle me sert alors la même histoire que Black.

— Je suppose, continue-t-elle, que cet ingrat a encore fabulé. Il croit que sa catin de mère est toujours vivante.

Je suis tentée de lui répondre que Blackie pense qu'elle est morte, assassinée par Harold.

— Nous lui avons donné tout ce qu'un gosse peut désirer, dit la vieille dame.

— Que lui avez-vous raconté au sujet de sa mère ?

— Franklin ? Nous lui avons dit la vérité. Qu'elle s'était enfuie et avait eu un accident. On ne doit pas mentir à un enfant au sujet de sa mère.

Si on lui a dit qu'elle s'était enfuie, alors il ne me l'a pas fait savoir. Le sentiment d'abandon, qu'il s'agisse d'une carrière, d'un homme, d'une vie, est toujours douloureux, et aucun gosse ne va l'admettre. Se peut-il que Blackie ait décidé de ne pas croire les faits parce qu'ils étaient trop cruels ?

— Il devrait laisser les choses en paix, ce garçon. Que cherche-t-il à prouver ?

Je dois faire comme si je ne le connaissais même pas.

— Vous avez vécu ici toute votre vie, Mrs. Black ?

— Pourquoi ?

— Simple curiosité.

— Nous avons habité Boston un temps.

— Et vous ne lui avez jamais parlé de sa tante, même quand vous êtes revenus ici ?

Les Black se regardent, puis se tournent vers moi.

— Je n'ai pas de sœur, dit Harold.

— Non, je parlais de la sœur de Susie, Almay Mcmann.

— Almay ? fait Black. Qu'est-ce que c'est que ce nom ?

— Je l'ignore, dis-je. Je voulais lui poser la question, mais…

— Vous avez parlé à cette Almay ? dit Black.

— Oui. Je l'ai vue.

— Alors vous vous êtes fait avoir.

— Exact, ajoute la vieille dame. Susie Mcmann était fille unique.

7

Tout en reprenant la route en sens inverse, j'essaie de comprendre quel genre de femme était Susie Mcmann. J'ai rencontré une femme du nom de Almay qui se prétend la sœur de Susie, mais, aux dires des Black, ne peut pas l'être puisque Susie était fille unique. Cette prétendue sœur, ainsi que le mari et la belle-mère, pensent que Susie est morte dans un accident de voiture. Et mon client, Boston (Franklin) Blackie, est persuadé que Susie a été assassinée par son père.

Aussi, qui diable est cette Almay ? Pourquoi a-t-elle prétendu qu'elle était la sœur de Susie ? Qu'avait-elle à y gagner ?

Parvenue devant la vieille école de Kripplebush, je tourne et m'engage sur la route menant à Krumville. Puis je trouve la route de terre battue qui mène à sa caravane.

Il n'y pas de chien jaune allongé au soleil.

Je sors de la voiture et appelle :

— Vicieux ?

Rien.

Un sentiment de désolation s'empare de moi. Je sens qu'il n'y a personne ici. La caravane paraît déserte et, après avoir frappé un coup, j'ouvre la porte et vois que j'ai raison.

L'intérieur de la caravane n'a pas changé. Il persiste un vague parfum du plat qu'a préparé Almay mais la marmite n'est plus là. Comment ai-je pu être aussi stupide ? Pourquoi n'ai-je pas remarqué la première fois qu'il n'y avait pas de téléphone ici ? Il est clair que la personne que j'ai eu en ligne ne pouvait habiter ici.

Je retourne à la voiture et sors ma liste de Mcmann, où Almay figure en première place. La seule adresse est celle que j'ai notée suite à ses instructions. Il faut que je consulte de nouveau un annuaire.

Je démarre et reprends Krumville Road jusqu'à la 209. Je ne suis plus très loin du Lesbian Deli, après tout.

Je ne me souviens pas s'ils avaient le téléphone mais j'ai du mal à croire que ce ne soit pas le cas. Le parking est presque vide à présent. Je ne vois pas de cabine, aussi je vais m'adresser au comptoir.

Une femme imposante avec des yeux bleus et doux, qui arbore un T-shirt au nom de l'endroit, s'approche et me sourit.

— Que puis-je faire pour vous ?

— Vous avez le téléphone ?

— Derrière vous, à côté des toilettes.

Je la remercie et suis ses instructions. Il y a une cabine mais pas d'annuaire. Je glisse une pièce et compose le numéro grâce auquel j'ai joins Almay un peu plus tôt. Je laisse bêtement sonner une vingtaine de fois avant de comprendre que personne ne va décrocher.

De retour au comptoir, je demande à la femme si elle possède un annuaire.

— On me l'a volé, aussi incroyable que ça puisse paraître, me répond-elle.

Pour moi qui habite New York, cela n'a rien d'étonnant, mais je suis surprise que la chose puisse se produire ici.

— Ça devait être quelqu'un de passage, explique-t-elle. Une personne du coin ne l'aurait jamais volé.

— Sans doute, dis-je, me sentant coupable parce que précisément de passage.

Un regard sévère remplace son air souriant.

— Il n'y a pas de doute là-dessus.

— Bien sûr.

— Les gens du coin n'ont pas besoin de voler l'annuaire, ils en ont un chez eux.

— Ma foi, ça se comprend.

Elle me détaille d'un air glacial.

— Vous venez de la ville ?

— Oui, dis-je en essayant de paraître fière.

Elle hoche lentement la tête d'un air énigmatique.

— Je vis dans Greenwich Village. Perry Street. Dans un vieil immeuble de pierres. (Je ne peux plus m'arrêter.) J'habite là-bas avec quelqu'un.

Je dois penser que cette information va me rendre sympathique à ses yeux, mais je me demande bien pourquoi.

— Greenwich Village, hein ?

— Oui.

Je veux qu'elle sache que nous sommes toutes deux lesbiennes, et même si des milliers de personnes habitant le Village ne sont ni gays ni lesbiennes, cela sert toujours de nom de code.

— Vous habitez là-bas avec quelqu'un ?

— Oui. Une thérapeute.

Je sens un léger mouvement de recul chez elle, comme si je l'avais giflée.

— Vous en êtes, alors ?

— Je vous demande pardon ?

— Doux Jésus, dit-elle, il y en a de plus en plus dans ce coin. Non que ça me dérange, notez bien. Je ne comprends pas ça, mais qui a dit que je devais, hein ?

Je souris faiblement. Je n'ai qu'une envie, me tirer d'ici vite fait, mais elle a trouvé un os à ronger.

— En fait, je ne comprends pas pourquoi on en fait tout ce foin. J'ai jamais pigé. Je l'ai dit à Jack, c'est mon mari, qu'est-ce que ça peut faire ce que font les gens dans l'intimité de leur chambre ? Mais il y a des gens pour qui ça compte. Ça me dépasse. J'ai des choses plus importantes à me soucier que de savoir si deux nanas préfèrent le faire ensemble qu'avec des gars. C'est pas parce que je préfère m'en prendre une par où ça fait du bien que tout le monde est pareil. Tant que personne s'attend à ce que je sois… comment vous dites déjà… gay ?

J'acquiesce, encore sous le choc après son histoire de « par où ça fait du bien ».

— Gay. N'allez pas pensez que je suis gay, et j'irai pas m'imaginer que vous êtes hétéro.

Elle secoue la tête, contente d'avoir su employer cette abréviation.

— Tout à fait.

— Dites-moi un peu, comment ça se fait que vous êtes si nombreuses à acheter des baraques dans le coin ?

— Je ne sais pas. Je suis ici pour mon travail.

Je pioche dans mon sac une carte de visite.

Elle l'examine comme si c'était un papier d'examen.

— Lauren Laurano, hein ? Je m'appelle Midge Dexter.

Nous nous serrons la main.

— Détective privée, hein ? Comment une petite nana comme vous s'est retrouvée là-dedans ?

Je lui raconte :

— C'est une longue histoire, mais je vais essayer de résumer. Quand j'avais dix-huit ans, mon petit ami et moi étions tranquillement assis dans une voiture quand deux hommes nous ont agressés. Ils ont abattu Warren, m'ont violée et battue, me laissant pour morte. J'ai rampé jusqu'à la route.

« Un recruteur m'a fait entrer au FBI, ils ont dû penser que j'étais coriace, et quand j'ai eu mon diplôme je suis devenue agent à temps complet. C'est à cette époque que j'ai rencontré une femme, mais nous étions obligées de nous aimer en secret. Mais une nuit, alors qu'elle était sur un coup, je l'ai prise pour le méchant et je l'ai tuée d'une balle.

Je m'interromps, me rappelant ce moment où j'ai tué Lois, et j'éprouve une terrible tristesse et de la mélancolie comme si c'était arrivé hier.

— C'est terrible. Pauvre petite.

— Oui, c'était terrible. Je n'ai pas pu rester à l'Agence et je suis partie. J'ai un peu traîné jusqu'à ce que je rencontre Kip, avec qui je vis à présent. C'est elle qui m'a encouragée à faire ce métier.

— Ça se comprend.

— Voilà, c'est à peu près tout.

— Et depuis combien de temps vivez-vous avec Kip ?

— Cela fera quatorze ans cet automne.

— Grands dieux, je crois pas connaître d'hétéros de votre âge qui soient restés en ménage aussi longtemps. Félicitations.

Elle me tend la main. En souriant, je la lui serre.

Midge se rapproche de moi et son ventre s'appuie sur des cookies recouverts de cellophane.

— Est-ce que c'est à cause du viol ?

Sa question ne me surprend pas du tout. On me l'a posée de nombreuses fois.

— Que je suis devenue lesbienne ? Non. J'avais un petit ami parce que ça se faisait autour de moi. Je ne l'aimais pas. En fait, j'étais folle amoureuse d'une fille de ma classe mais c'était en 1966 et les choses étaient différentes.

— Donc vous dites que vous êtes née comme ça ?

— Allez savoir ? Je crois que c'est comme l'alcoolisme. En partie physique ou chimique, en partie émotionnel. Je crois que j'avais ce genre de penchant et que l'union de mes parents a cristallisé la chose.

— N'allez pas rejeter la faute sur vos parents, Lauren.

— Je ne leur reproche rien. En fait, je leur en suis même reconnaissante.

Midge me lance un regard sceptique.

— Vraiment, dis-je. Je suis très heureuse.

— Ma foi, c'est parce que vous habitez Greenwich Village. Vous devez pas avoir de problèmes là-bas.

Je pourrais lui parler des chasses aux pédés mais me ravise. Je pourrais passer toute la journée ici et Midge n'a pas vraiment besoin qu'on lui éveille la conscience. Elle se débrouille très bien toute seule.

— Vous avez toujours vécu ici ?

— J'y suis née et j'y ai grandi.

— Vous connaissez les Mcmann ?

— Vous savez, ma belle, il y a pas mal de Mcmann dans le coin. Vous parlez desquels ?

— Almay ?

— Non, je crois pas avoir jamais entendu parler d'une Almay, que ce soit une Mcmann ou n'importe qui d'autre.

— Et Susie ?

Une lueur se fait dans ses yeux.

— Vous voulez dire Susie Q ? Celle qui a épousé Harold Black ?

— Exactement.

— Ça alors ! dit-elle en rougissant comme un soleil levant. (Elle porte une main à sa gorge puis la passe dans ses cheveux.) Susie Q et moi étions les meilleures amies au collège.

Je ne peux m'empêcher de m'interroger intérieurement sur cette subite rougeur qui s'est emparée de son visage. Midge se serait-elle montrée aussi compréhensive en raison de ses propres sentiments quand elle était jeune, ou Susie et elle ont-elles simplement des souvenirs communs ?

— Oh, j'adorais cette fille. (Elle se reprend aussitôt.) N'allez pas vous méprendre sur le sens de mes paroles, surtout.

Malgré l'étendue de sa compréhension et de sa tolérance, le vilain petit aiguillon du préjugé est toujours là. Mais bon.

— Je ne l'entendais pas de cette façon, dis-je pour la rassurer.

— Je veux être sûre que nous nous comprenons bien.

— Je pense que nous nous comprenons parfaitement.

— Bien. J'ai failli mourir en apprenant que Susie avait épousé Harold Black. Je savais bien que ce n'était pas vraiment un mariage d'amour, et je savais qu'elle n'agissait ainsi que pour partir de chez elle.

— Parce que son père ne voulait pas la reconnaître ?

— Mmmm.

— Mais encore ?

Elle secoue la tête. Après tout, je suis une inconnue. Mais j'ai ma petite idée. Surtout si son père pensait que Susie n'était pas sa fille. Intérieurement je vacille sous le poids des cas d'incestes qui s'empilent comme des cadavres dans un camp de la mort.

— Elle était enceinte, notez bien, et c'était une chose terrible à l'époque. L'avortement était illégal et une fille avait honte d'avoir un enfant hors mariage. Aussi Susie a épousé Harold.

— Se peut-il que le bébé n'ait pas été de Harold ?

— Que voulez-vous dire ?

— Qu'il ait été celui de son père, dis-je à contrecœur.

Midge laisse échapper un gros soupir.

— Je ne dis pas que le père de Susie n'a pas abusé d'elle sexuellement. Soyons clair, si on en croit tous ces débats à la télé, tout le monde a une histoire dans ce genre. Mais enfin, Susie m'a dit qu'elle savait qu'il était de Harold, aussi je crois que Bill Mcmann… eh bien… ne prenait pas de risques. Le salaud. Bref, on a organisé une fête pour elle mais elle était déprimée, elle a à peine regardé ses cadeaux. Puis le bébé est né. Un garçon. Ils l'ont appelé Franklin. Puis elle est morte. Juste là, sur la 209. Sa voiture a volé dans le paysage comme un simple biscuit. Elle a pris feu instantanément. Susie n'a pas eu une chance de s'en tirer.

Midge avait les yeux humides.

— Et le corps ?

— Il n'en est rien resté. Des fragments d'os, c'est tout.

— Alors comment a-t-on su qu'il s'agissait de Susie Mcmann Black ?

— C'était sa voiture. Et elle était partie de chez elle.

— Donc personne n'a pu prouver que c'était elle qui conduisait ?

Midge me regarde comme si j'étais folle.

— Qu'est-ce que vous insinuez ?

Ça me semble évident mais je le lui dis :

— Quelqu'un d'autre aurait pu être au volant, et Susie s'en serait sortie.

— Aurait pu, s'en serait… Peuh. J'aimerais tellement que ce soit le cas.

— Est-il vrai que Susie voulait faire du cinéma ?

Un sourire réapparaît sur ses lèvres tendues.

— C'était juste un truc dont on rêvait tout haut, vous savez comment sont les jeunes filles…

— Oui. Pourquoi son mari et sa mère m'auraient-ils dit qu'elle avait prévu de s'enfuir avant d'avoir cet accident ?

— Je ne vois qu'une raison : ils sont barjots. L'ont toujours été. Je ne leur ai jamais reparlé après la mort de Susie.

Je lui raconte mon entrevue avec Almay Mcmann.

— Susie n'avait pas de sœur. Elle était fille unique.

Je lui explique aussi qu'il n'y avait personne dans la caravane quand j'y suis retournée et je lui montre ma liste avec A. Mcmann en tête et le numéro de téléphone.

Midge regarde le numéro, son front se plisse.

— Ce numéro me dit quelque chose. Oh, mais bien sûr. Il s'agit d'Arthur !

— Arthur ?

— Oui. Arthur et Anne Mcmann.

— Ils ont un lien de famille avec Susie ?

— Bud, c'est Arthur, est son cousin, je crois.

— Vous savez où ils habitent ?

— Bien sûr. Vous voulez que je vous explique comme on y va ?

— S'il vous plaît.

Il est clair que cette Anne Mcmann, pour une raison que je ne comprends pas encore, a prétendu être la sœur de Susie, Almay. Enfin je vais quelque part. Mais où, ça je l'ignore.

8

Après un nouvel appel sans résultat chez le cousin Mcmann, je décide d'aller voir l'ancien chef de la police, Sidney Breese, qui habite Stone Ridge, dans une rue magnifique bordée de vastes et luxueuses demeures. La plupart s'élèvent à l'écart de la route et comportent des ailes, des porches protégés par des grillages, des pelouses magnifiquement entretenues. Le genre de maisons qui évoque une époque révolue et où, un instant, j'aurais aimé vivre. Mais cela ne dure qu'un instant parce qu'être lesbienne aujourd'hui est déjà assez difficile comme ça. Et du coup je me demande comment s'en sortaient les homos et les gouines qui vivaient ici. Ils n'avaient pas dû être légion, comme c'est le cas à présent à en croire Midge, mais il y avait bien dû y en avoir. Nous avons toujours existé, partout.

Je lis le nom de Breese sur une boîte aux lettres. La maison est peinte en gris et blanc sans grand souci d'harmonie, avec des fenêtres à meneaux à l'étage. J'emprunte la longue allée recouverte de gravillons et me gare. Quand je sors de la voiture, un homme m'interpelle depuis le porche.

— On peut vous aider ?

— Je cherche Sidney Breese.

— Si vous avez quelque chose à vendre, ça ne m'intéresse pas.

— Je ne vends rien. Je veux vous parler.

L'homme se lève de son fauteuil en rotin et s'approche pour me détailler.

— Venez par ici, dit-il en m'ouvrant la porte.

J'entre et aussitôt détecte une odeur piquante de framboise et me demande si c'est son savon, sa lotion de rasage ou son odeur naturelle.

Je lui tends ma carte. Tout en l'examinant il me fait signe de m'installer sur un canapé en rotin blanc avec des coussins en vichy. Je m'assois, le regarde et vois qu'il sourit.

— Détective privée, hein ? J'avais envisagé de faire ça moi aussi quand j'ai pris ma retraite, mais on n'en avait pas besoin dans la région.

Breese doit avoir dans les quatre-vingts ans. Ses cheveux blancs forment un cercle bouclé qui va d'une oreille à l'autre. Il a des yeux marron pâle, couleur de feuilles mortes. Un réseau de rides sympathiques sillonne son visage. Son short kaki révèle des jambes étonnamment bien formées et sur son T-shirt vert clair on peut lire À BAS DINKINS.

— Vous vous intéressez à Dinkins ?

— Non. C'est un cadeau de ma fille.

— J'ai besoin de votre aide.

— Ne pensez-vous pas qu'il serait préférable de vous adresser au chef de la police actuel ?

— Je m'intéresse à des faits qui remontent à l'année 1954.

Je lui expose l'affaire et lui pose la question cruciale. Sa réponse ne se fait pas attendre.

— A vrai dire, il n'y avait pas grand-chose à identifier.

— Des dents ?

— C'était la voiture de Susie et Harold avait dit qu'elle quittait la ville.

— Mais on a bien retrouvé des dents parmi les cendres ?

— Pour qui avez-vous dit que vous travailliez ?

— Je n'ai rien dit. Alors, ces dents ?

— Franchement, on n'a pas jugé que c'était utile. Mais on s'est trompé.

— Trompé ?

— Ce n'était pas Susie. A l'époque j'ai cru que si, parce que je voyais mal qui cela aurait pu être d'autre. Plus tard, j'ai découvert que ce n'était pas elle.

— Comment ça ?

Breese étale ses mains sur ses cuisses. Ses doigts sont longs et bien entretenus. Il les contemple un long moment.

— Breese ? dis-je.

Il relève la tête, le visage soudain livide.

— N'importe qui aurait pensé que c'était Susie.

— Écoutez, je ne m'intéresse pas à cet aspect des choses. Vous avez raison, tout le monde commet des erreurs.

— Ce n'était pas une erreur, dit-il à contrecœur. C'en était une et ce n'en était pas une, parce qu'il n'y avait aucune raison de penser à quelqu'un d'autre.

— Je suis bien d'accord. Maintenant, comment avez-vous su que ce n'était pas Susie ?

Je prends bien soin de ne pas utiliser le mot « erreur ».

— Je l'ai vue dans un film.

— Susie ? Vous avez vu Susie dans un film ?

— Ouais. Ça remonte à des années, notez bien. Je parle de la première fois.

— La première fois ?

— Elle avait un petit rôle, mais c'était elle, y a pas de doute là-dessus.

— Qu'avez-vous fait ?

— Comment ça ?

— Vous en avez parlé à quelqu'un, non ? Vous avez cherché à savoir si c'était bien elle ?

Il prend une expression courroucée.

— Bien sûr que non. C'était inutile. Je savais.

Il savait aussi qu'il risquait d'être taxé d'incompétence, à tout le moins.

— Sous qu'elle nom figurait-elle à l'affiche ?

— Elle a utilisé de nombreux pseudonymes, au moins six selon moi. Je suppose que c'est Franklin qui vous a engagée. Je dirigeais encore la police quand il était au collège, enfin, quand il n'était pas en prison, et il venait au moins une fois par mois me voir pour essayer de me convaincre que son père avait tué sa mère.

— Que lui disiez-vous ?

— Qu'est-ce que vous voulez que je lui dise ? Je faisais de mon mieux pour sortir cette chimère de son esprit, j'ai même cru que je l'avais convaincu, jusqu'à ce qu'il revienne.

— Mais vous n'avez jamais dit la vérité, ni à lui ni à quiconque ?

Il secoue la tête comme un méchant garnement.

— Qui conduisait la voiture de Susie ?

— Je n'en ai pas la moindre idée. Je sais juste que ce n'était pas Susie Black.

Soudain il paraît vexé, comme si j'essayais de remettre en cause ses compétences en général.

— Vous ne vous rappelez pas par hasard les noms que Susie employait ?

— Bien sûr que si. Ils sont gravés dans ma mémoire, pour ainsi dire.

— Pourriez-vous me communiquer cette liste ?

— Vous avez de quoi écrire ?

Je sors du papier et un stylo de mon sac et lui demande :

— Vous connaissiez Nicholas Parrish ?

— Bien sûr que je le connais.

— Connais ?

— Eh bien, ça fait des années que je ne l'ai pas vu, mais…

— Vous voulez dire qu'il est encore vivant ?

— Bien sûr que oui. Et elle aussi.

— Qui ça ?

— Rebecca, la mère de Susie. Ils ont fini par se mettre ensemble.

— Je croyais qu'elle avait quitté la région.

— C'est exact. Ils habitent ensemble à New York.

*
* *

Munie de la liste de noms que Susie Black a utilisés pour sa carrière cinématographique, je me rends dans la petite ville de High Falls. Quelques magasins, un bureau de poste et, curieusement, un des restaurants les plus célèbres de l'État : le fameux *DePuy Canal*

House. A Mohonk Road, en face d'un restaurant du nom du *Egg's Nest*, je tourne à droite et me gare sur le parking de l'inévitable brelan mercantile : magasin de vidéos-épicier-pizza.

Là, j'entre pour téléphoner et compose une fois de plus le numéro que j'ai cru être celui de Almay Mcmann et qui est, je le sais à présent, celui d'Arthur Mcmann. Cette fois une femme répond. Je raccroche. Ce doit être son épouse, la femme qui, pour une raison que j'ignore, s'est présentée à moi comme étant Almay.

En sortant de l'épicerie, mes yeux tombent sur une boîte de Snickers glacés sous vitrine. C'est une de mes nouvelles passions. J'en achète un, monte dans ma voiture, ôte l'emballage et grignote tranquillement. Je fourre le papier dans mon sac pour que Kip ne le trouve pas.

Je quitte le parking et retourne sur Mohonk Road. Me conformant aux indications de Midge, je prends la première à gauche et continue tout droit jusqu'à ce que je voie une boîte aux lettres au nom de Mcmann. Là, je tourne et m'engage sur un chemin de terre sinueux et, un kilomètre et demi plus loin, j'aperçois une ferme à charpente de bois entourée de champs.

Une Toyota bleue est garée près de la maison. Je me range à côté et sors du véhicule. Il n'y a pas de chien jaune pour m'accueillir ou me mordre.

J'ignore quel genre d'accueil on va me réserver, mais tout en approchant de la porte d'entrée, j'ouvre mon sac et pose ma main sur mon arme. Je frappe avec le heurtoir de cuivre. Quelques instants plus tard la porte s'ouvre.

Une femme d'une cinquantaine d'années vêtue d'un pantalon foncé et d'un T-shirt orange me demande d'une voix agréable ce que je veux.

— Vous êtes Anne Mcmann ?

— Oui, répond-elle en me détaillant avec méfiance. Puis-je savoir pourquoi vous posez cette question et qui vous êtes ?

— Désolée. Bien sûr.

Je lui montre ma carte, qu'elle contemple un peu trop longtemps.

— N'êtes-vous pas un peu trop petite pour être détective privée ?

— Il n'y a pas de limites de taille, dis-je patiemment.

Elle passe une main dans ses cheveux couleur pudding au chocolat.

— Excusez-moi, je ne voulais pas être désagréable. C'est surprenant, c'est tout.

Je hoche la tête comme si c'était on ne peut plus compréhensible.

— Avez-vous une sœur ou une cousine ou une parente du nom de Almay ?

— J'espère bien que non.

— Et Susie ?

— Susie ?

J'attends.

— Susie, dit-elle comme si c'était un nom extraordinaire. Mmmm, ce nom me dit peut-être quelque chose, mais vous savez, je ne suis Mcmann que par alliance. C'est à Bud, mon mari que vous devriez parler.

— Je sais que cela peut paraître étrange comme question, mais vous ne m'avez pas eue au téléphone aujourd'hui ?

— Certainement pas. A moins que vous ayez appelé il y a un quart d'heure puis raccroché.

— Ce n'était pas moi. (C'est ce qui s'appelle un beau mensonge.) Votre mari est-il ici ?

— Non.

— Pourriez-vous m'indiquer où le trouver ?

— Sans doute au déli, en train de prendre un café.

— Et de quel déli s'agit-il, je vous prie ?

— Oh, celui qui est à côté de la poste.

Elle a dit ça comme si l'autre vendait des microbes.

Je la remercie et retourne à la voiture, conscient qu'elle me regarde. Je déteste les mystères. Et tout particulièrement ceux qui n'ont aucun sens… Je sais que j'ai téléphoné chez elle ce matin et je sais que quelqu'un dans la maison a répondu et m'a dit s'appeler Almay Mcmann, m'indiquant le chemin de la caravane et m'y donnant rendez-vous. Je ne suis pas folle.

Le déli qu'Anne m'a indiqué a son comptoir sur le devant, des vitrines pleines de salades et de viandes, et dans le fond plusieurs tables. Des hommes, dont l'âge va de vingt ans à plus de soixante-dix ans, sont assis et boivent du café et parlent de ce dont les hommes parlent entre eux. Tous portent des casquettes à visière de couleur avec des logos différents. Aucun d'entre eux ne la porte à l'envers.

Lequel est Bud ? J'hésite à me lancer, comme si je n'avais pas le droit d'être ici. C'est, bien sûr, exactement le sentiment qu'ils veulent distiller, consciemment ou non, je n'en sais rien. Je crois que c'est primitif.

Néanmoins j'ai un travail à faire. Comme je me rapproche des tables et qu'il devient évident que j'empiète sur leur territoire, les conversations se font plus rares et finalement le silence s'installe. Ils me dévisagent tous comme si j'étais une espèce qu'ils n'avaient encore jamais rencontrée. Je décoche mon plus beau sourire. Rien.

— Excusez-moi, je cherche Bud Mcmann.

Ils continuent de me dévisager. Puis un grand type, avec des bras comme des jambons entiers, m'adresse un sourire enjoué.

— Vous n'êtes pas du coin, jeune femme ?

— C'est exact.

— Ce que je pensais. Qu'est-ce que vous lui voulez à Bud ?

Un autre type, plus petit mais tout aussi baraqué, lance :

— Laisse tomber, Skeets. Je suis Bud Mcmann. Qu'est-ce qu'il y a ?

L'inscription METS figure en lettres orange sur sa casquette bleue. Il porte une chemise de travail usée, un jean, des mocassins marron, pas de chaussettes. Il me rappelle quelqu'un mais sans doute est-ce juste son allure.

Je n'ai pas trop envie de décliner mon identité devant tous ces types aussi j'essaie de biaiser :

— Pourrions-nous parler en privé ?

Grosse erreur.

— Ben dis donc, mon Buddy, sacré vieux queutard !

— On a ses petits secrets, hein ?

— Attends un peu qu'Anne apprenne ça, Budzer !

— Vieux grigou, va !

— Tu caches bien ton jeu !

Le tout assorti de sifflements, de cris et de reniflements.

— Suffit, les gars, dit Mcmann.

Ils continuent de le houspiller aussi Mcmann se lève, me prend par le bras et m'entraîne dehors.

— Je suis navrée, dis-je.

— Pas de quoi. Ils s'amusent juste à mes dépens. Et aux vôtres, malheureusement. Quel est votre nom ?

— Lauren Laurano, je suis détective privée.

Mcmann hausse les sourcils.

— Ben ça, alors.

— Depuis quand habitez-vous la région ?

— Depuis que j'ai vu le jour.

— Avez-vous jamais entendu parler d'une certaine Almay Mcmann ?

— Nan.

— Et de Susie Mcmann ?

— Elle était dans mon lycée. Je ne la connaissais pas bien, mais je la voyais un peu. Elle était canon, laissez-moi vous dire.

— Vous n'êtes pas parents ?

— Je n'ai pas dit ça. On est plus ou moins cousins.

— Vous connaissiez son mari, Harold Black ?

— Black était un peu plus âgé que Susie, quelque chose comme dix ans de plus, aussi j'ai juste entendu parler de lui. Je l'ai aperçu en ville mais je lui ai jamais parlé. De quoi est-ce qu'il s'agit au juste ?

— J'essaie de la retrouver.

— Susie est morte.

Il a un air triste, mais ça paraît contrefait.

— Vous parlez de l'accident ?

— Si vous êtes au courant, pourquoi me posez-vous toutes ces questions ?

— Je sais que sa voiture a eu un accident, mais je ne suis pas sûre que Susie était au volant.

— Ben, c'est du n'importe quoi, ça.

Il se frotte les mains comme s'il les passait sous un robinet.

— Et si je vous disais que je tiens de source sûre que Susie ne conduisait pas sa voiture ce soir-là ?

Mcmann serre et desserre les lèvres, sans rien dire.

— Et si je vous disais que Susie a quitté la ville ce soir-là et est allée faire du cinéma ?

— Ben, je dirais que vous en savez pas mal. Je vais vous dire ce qu'il en est. Une nana du nom de Betty Rosner conduisait cette voiture. C'est elle qui est morte ce jour-là, et pas Susie. Susie avait pris le bus et passé sa voiture à Betty.

— Vous n'avez jamais parlé à personne de Betty Rosner ?

— Personne n'a posé de question. Susie voulait se barrer, alors je me suis dit, merde, qu'elle se barre. Je savais qu'elle ne reviendrait jamais, et je me suis dit que ça serait plus facile pour le gosse quand il grandirait de penser que sa mère était morte plutôt qu'elle l'avait abandonné.

— Mais, et cette Betty Rosner ? Personne ne s'est demandé ce qu'il lui était arrivé ?

— Elle vivait seule. N'avait pas de famille. A

débarqué en ville cet été-là, personne la connaissait vraiment, excepté Susie.

— Et vous.

— Écoutez-moi bien. J'étais un jeune gars, alors, et Betty c'était quelque chose. Le genre de nana dont rêvent les hommes, vous voyez ce que je veux dire ? Le genre qui doit connaître des tas de trucs.

— Des trucs sexuels ?

— Ouais, exactement. Je vous ai menti tout à l'heure. Je connaissais Susie. Ça datait de l'été. Elle était devenue copine avec Betty et, vu que je fréquentais Betty, je voyais Susie de temps en temps. Une fille sympa. Je lui en veux pas d'avoir voulu quitter Black, mais j'ai jamais pigé comment elle a pu laisser son gosse. Elle devait se dire qu'il ferait que la gêner, quelque chose dans ce genre. Quand même !

— Vous allez parfois au cinéma, Mr. Mcmann ?

— Ça m'arrive.

— Vous avez déjà vu Susie dans un film ?

— Jamais. Je ne pense pas que Susie ait jamais réussi au cinéma. En fait, je crois qu'elle est morte.

— Pourquoi pensez-vous ça ?

— Eh bien, elle m'a envoyé son adresse à Hollywood et quand je lui ai écrit environ un an plus tard, c'est revenu avec la mention « adresse inconnue ».

— Cela ne signifie pas nécessairement qu'elle soit morte.

— Non, bien sûr. Mais j'ai entendu dire, quelque part, qu'elle était morte.

Pourquoi ai-je le sentiment qu'il invente tout au fur et à mesure ?

— Vous ne savez plus qui vous a dit ça ?

— Non.

— Peut-être que votre femme…

— Je préférerais que ma femme ne sache rien de tout ça. Voyez-vous, j'étais déjà marié quand j'ai eu cette histoire avec Betty. Vous savez ce que c'est.

— Il se trouve que non. Racontez-moi.

— Pardon ?

— Qu'est-ce que ça fait d'avoir une liaison quand on est marié ?

Une lueur rageuse s'allume dans son regard.

— Je sais pas à quoi vous jouez, mais je pense que vous devriez laisser tomber.

— Je ne joue pas à un jeu, Mr. Mcmann. Susie Mcmann Black n'est pas morte dans un accident de voiture, vous le savez et vous n'avez rien dit. J'ai été engagée pour découvrir ce qui est arrivé à Susie et j'ai l'intention d'y parvenir. Et si j'étais vous, je ne me risquerais pas à proférer des menaces.

— Oh, ne vous méprenez pas. Ce n'était pas une menace.

Il fait soudain machine arrière, d'où j'en déduis qu'il en sait plus qu'il ne veut l'admettre.

— Je suis contente de vous l'entendre dire. Vous n'avez rien d'autre à ajouter, Mr. Mcmann ?

Il me regarde un long moment et cela n'a rien d'agréable. Puis il dit :

— Rien.

Il tourne les talons et rentre dans le déli.

9

Je suis réveillée par un épouvantable vacarme. Je reconnais très vite les bruits de New York s'apprêtant à vivre une nouvelle journée. Même moi, je suis obligée de convenir que c'est pire que le raffut des oiseaux et des insectes. Mais c'est un bruit qui fait partie de ma vie.

Le réveil ne doit sonner que dans un quart d'heure, aussi je reste allongée sans bouger, ne souhaitant pas réveiller Kip. Comme tous les matins, ma première pensée est pour Meg Harbaugh. Je me demande combien de temps il en sera ainsi.

Meg, ma plus ancienne et plus chère amie, a été assassinée il y a deux ans. Elle me manque horriblement. Bien que j'aie réussi à coincer son assassin, lequel va rester derrière les barreaux un bon bout de temps, je n'en retire aucun soulagement, rien qui puisse effacer le fait que je ne reverrai jamais Megan, ne rirai plus avec elle ni ne l'entendrai m'appeler Laur.

Il faut laisser faire le temps, dit-on. Je suppose que c'est vrai. « Ô, qu'hier soit aujourd'hui, que le temps revienne sur ses pas ! » Ce n'est pas ce à quoi on pense quand on dit cela, mais c'est ainsi que je vois les choses. Je me repasse indéfiniment la nuit du meurtre de Meg, échafaudant divers scénarios où elle ressusciterait. C'est un jeu futile auquel j'aimerais renoncer. Ah, Meg, comme tu me manques…

Kip se retourne, les yeux ouverts. Elle me sourit :

— Je dormirais bien toute la journée, dit-elle.

Qu'est-ce qu'il ne faut pas entendre ! Même quand elle ne travaille pas, Kip est incapable de rester au lit, que ce soit pour dormir ou simplement paresser.

— Ça fait longtemps que tu es réveillée ?

— Pas très. Ah la la, comme ce week-end tranquille m'a plu.

— Il y avait les oiseaux, dis-je.

— Lauren, les oiseaux ne sont pas des camions-poubelles, ni des sirènes de police ni des… c'est quoi, cet autre bruit ?

— Je crois que c'est l'équipe de tournage qui se met en place.

— Hum ! Quand auront-ils besoin de la maison ?

— Mercredi.

— J'ai adoré ce week-end. Cela aurait été encore mieux si tu avais été davantage avec moi, bien sûr.

Je l'embrasse tendrement.

— Tu veux qu'on aille y passer nos vacances ?

— Pour faire quoi ?

— Dormir, lire, paresser.

Même si Kip est beaucoup plus active que moi et aime l'exercice, faire du vélo, tout ça, les vacances sont une autre paire de manches. Tout s'inverse, alors. J'aime faire quelque chose quand je suis en congés alors qu'elle se contente de ne rien faire. Sans doute en est-il ainsi parce qu'elle ne peut pas se reposer à la maison. L'été dernier nous sommes allées en France, à ma demande, et cette année c'est à son tour de décider. Je crois avoir une idée sur son programme : dormir, lire, paresser.

— Tu veux dire y louer une maison ?

— En fait, je pensais qu'on aurait pu faire du camping.

Je me redresse.

— Quoi ?

— Je plaisantais, dit-elle en riant.

Faire du camping est pour moi synonyme de torture.

— Oui, louer une maison. On s'amuserait bien. On explorerait le coin. Je te promets qu'on ne passerait pas notre temps à paresser.

— Ben voyons, dis-je en essayant de paraître enthousiaste.

— Je t'aime. Tu es extra.

— Extra ?

— C'est un peu hyperbolique. Une chouette jeune fille, voilà ce que tu es.

C'est une phrase que nous avons prise à un vieil homme du quartier qui nous salue toujours par ces mots : « Bonjour, jeunes filles. »

— Je suis extra parce que je veux bien que nous louions une maison pour un mois dans un endroit où il n'y a rien d'autre à faire que regarder pousser l'herbe ?

— Exactement.

— Ne pourrait-on aller au moins au bord de l'eau ?

— Tu penses à un coin comme North Fork ?

— Pourquoi pas ? Tu pourrais te prélasser sur la

plage et au moins je pourrais regarder l'eau et m'y baigner. En plus, on a des amies là-bas.

— Ce n'est peut-être pas une mauvaise idée.

Elle passe un bras autour de ma taille et m'attire contre elle.

— Combien de temps avons-nous ?

— Bien assez, répond-elle.

Nous nous embrassons passionnément.

Je lui écarte les jambes, caresse la peau tendre à l'intérieur de ses cuisses, respire ses cheveux, promène le bout de mes doigts sur son ventre, puis plus bas, et m'insinue en elle. Elle tremble délicieusement. Incapable de tenir plus longtemps, elle me repousse doucement pour que je sois sur le dos, et se positionne dans l'autre sens, son souffle brûlant contre moi. Peut-être pour la trois millionième fois je découvre les pétales roses et soyeux qui sont la beauté secrète de Kip. Nos lèvres s'attardent sur nos vulves humides, nos langues explorent des recoins connus, recherchant une fois de plus le frisson, la conquête.

*
* *

Dans mon bureau, j'examine la liste des noms que Sid Breese m'a donné :

Monica McCall
Elissa Laine
Miranda Sheedy
Pam Rice
Beth Davey

Betty Rosner

Une fois de plus je m'étonne que Susie Mcmann ait pu se servir du nom de son ami Betty Rosner. Je me demande si elle a su que Betty avait trouvé la mort dans l'accident de voiture. J'en déduis que Susie est bel et bien allée à Hollywood et, quoi qu'en pense Bud Mcmann, est peut-être encore vivante.

Les souvenirs qu'a conservés Breese des films où elle jouait n'étaient pas aussi fiables que ceux concernant ses noms d'emprunt. Mais il se rappelait le dernier, un long métrage intitulé *Méfiez-vous des apparences*. Il faudra que j'aille le trouver dans une boutique de location de vidéos. Breese m'a parlé du rôle que Susie interprétait sous le nom d'actrice de Beth Davey.

Je ne sais toujours pas pourquoi quelqu'un s'est fait passer pour la sœur de Susie, ni qui était cette mystérieuse « Almay ». Il y a manifestement des gens qui veulent que je croie que Susie Mcmann est morte. Pourquoi ? Je l'ignore. Mais c'est précisément cela qui me donne à penser que Breese a raison et que Susie Mcmann est encore en vie.

J'ai envie d'appeler Boston Blackie pour lui faire part de mes découvertes. Je sais que cela ne sera pas facile de le convaincre que sa mère est vivante parce qu'il a très envie de croire que son père est un assassin. Mais il est de mon devoir de le mettre au courant. Je compose son numéro. Personne ne décroche. Il n'y a pas non plus de répondeur. Après avoir entamé quelque chose qui porte le doux nom de « tranche de rêve » (une mélange chocolat, beurre de cacahuètes et pépites de chocolat) et bu une gorgée de café, je téléphone à la SAG[1].

— *Screen Actors Guild East*, fait une voix de femme à l'autre bout du fil.

— Je me demandais si vous pourriez m'aider.

— Je me le demandais aussi.

J'éclate de rire. Pas elle.

— J'aurais besoin d'un renseignement.

— Je m'en serais douté.

Il est vrai que si j'appelle, c'est forcément pour demander un renseignement.

— Voilà, je dispose d'une liste de noms et j'aurais voulu savoir si l'un d'entre eux figurait à la SAG ?

— Revenez sur terre. Vous croyez que je peux rester au téléphone pendant que vous me sortez toute une liste de noms ? Vous délirez complètement, ma fille.

C'est une réponse très directe et j'ai toujours aimé la franchise, mais j'ai assez envie de l'étrangler.

— Il n'a que six noms, dis-je d'un air penaud.

— Six ? Réfléchissez un peu, ma chère. Je veux dire, sérieusement, réfléchissez. Si chaque personne qui appelle me demande de vérifier six noms, combien de temps pensez-vous que ça va me prendre ? Combien de temps à votre avis vais-je supporter d'avoir ce combiné collé à mon oreille comme une sorte d'appendice ? Le fait est que je passe ma journée à répondre à toutes sortes de questions stupides, mais je

1. Corporation des comédiens de cinéma et de télévision qui négocie et contrôle les conditions d'emploi de ses membres. (*N.d.T.*)

refuse, vous m'entendez, je refuse de vérifier six, trois ou un seul nom. C'est clair ?

— Très clair. (Je sens qu'elle est sur le point de raccrocher.) Je vous en prie, ne raccrochez pas. Dites-moi comment faire ?

— Dites donc, vous en voulez vraiment ?

— Vous m'avez très bien comprise.

— Vous n'avez qu'à passer et consulter nos dossiers.

Je note l'adresse et la remercie.

— Tout le plaisir est pour moi, ma chère.

Soudain je me rends compte que je peux faire cette recherche à partir de mon ordinateur et de mon modem. Je contacte l'Invention Factory et laisse un message à David lui demandant de me trouver ce renseignement. Pendant que j'irai battre le pavé, David pourra contacter ses amis de la SAG et procéder à une vérification. Le temps que je revienne, j'aurai un message de sa part avec toutes les informations dont j'ai besoin. Je l'espère.

C'est puéril, mais j'ai envie de rappeler la femme de la SAG pour lui dire que je n'ai pas besoin d'elle, mais je sais d'instinct qu'elle s'en fichera. C'est ce qui fait de moi en partie une grande détective, cette intuitivité.

J'examine d'autres documents et tombe sur le nom de Nicholas Parrish, qui est censé habiter Central Park West avec la mère de Susie Mcmann. Je tiens également cette information de Breese. Je m'empare de l'annuaire et cherche le nom.

Il y est. Du moins il existe un dénommé Nicholas Parrish. Je note l'adresse et le numéro de téléphone. Maintenant je dois décider si je vais l'appeler avant de passer. L'élément de surprise est toujours tentant. Et bien que je déteste les mystères, je ne rechigne jamais devant une surprise… surtout quand c'est moi qui en suis à l'origine.

*
* *

Dehors, le taux élevé d'humidité me tombe dessus comme un suaire mouillé. Mon corps se couvre de transpiration et je ne me sens pas franchement resplendissante. En fait, je me sens pitoyable et flasque.

Les terrasses du *Riviera* sont bondées et je me demande bien pourquoi puisqu'il y a la climatisation à l'intérieur.

Je traverse la 7e Avenue jusqu'à l'entrée du métro, descends lentement les marches. Ahhh, la première bouffée tiédasse d'urine.

En fait, le métro n'est pas aussi dégradé que les médias voudraient nous le faire croire. Il a été en partie *relifté*, même s'il n'a encore rien d'une salle des fêtes. Il y a moins de graffiti, davantage de policiers, et les stations ont été restaurées. Mais je n'irais pas jusqu'à dire qu'on s'y marre. Quelle que soit l'heure, de jour comme de nuit, ILS sont là.

Les barjots.

Aujourd'hui, une de leurs représentantes monte à l'arrêt de la 14e Rue et comme c'est mon jour de chance elle décide de s'asseoir à côté de moi. Rien dans son allure vestimentaire ne saurait mettre la puce à l'oreille, elle est propre et bien vêtue, porte un chemisier jaune à manches longues et une jupe foncée, et trimballe un grand sac en paille avec des poignées en cuir. Elle doit avoir soixante-dix ans passés.

Ce qui me permet de supposer qu'elle fait partie de leur confrérie, ce sont ses cheveux.

Ils sont rouges, tout tire-bouchonnés, style Shirley Temple à ses débuts. Et puis il y a le maquillage. De faux cils comme les dents d'un râteau, une épaisse couche pâtissière en guise de fond de teint et du rouge à lèvres écarlate qui chapeaute la lèvre supérieure. Il s'agit, ce me semble, mais je peux me tromper, d'indices révélateurs quant à l'état mental de ma voisine.

Juste avant que nous arrivions à la station de la 28e Rue, elle se tourne vers moi et déclare :

— Je n'ai pas dormi depuis vingt-cinq ans.

— Vraiment ?

— Si je m'endors, je meurs.

Je me demande si elle n'a pas trop regardé *Elm Street*.

— Vous vous demandez comment je fais pour rester éveillée ?

— Dites-le-moi.

— Non, devinez.

Aïe.

— Je ne suis pas très bonne à ce jeu.

— Vous ne trouveriez jamais, de toute façon.

Pourquoi les gens font-ils toujours ça ? Pas que les barjots. Les gens vous demandent toujours de deviner et quand vous refusez ou que vous proposez quelque chose, ils vous disent que vous ne devinerez jamais. A quoi cela rime-t-il ?

— Vous voulez que je vous le dise ?

— Je vous en prie.

— Pas maintenant, murmure-t-elle comme la rame entre à quai. C'est trop calme.

J'acquiesce comme s'il s'agissait d'une question concernant la CIA et que personne ne devait nous entendre. Nous attendons en silence que la rame reparte et que le bruit des roues s'intensifie.

— Vous êtes prête ?

— Oui.

— Eh bien, voilà comment je fais, j'achète des vêtements bon marché, en général chez un soldeur, par exemple une jupe, et quand je rentre chez moi, je mets la radio – je ne regarde jamais la télé – et puis je cherche le point de finition et j'effiloche.

— Pardon ?

Je ne sais pas pourquoi je cherche à comprendre quelque chose à ce qu'elle raconte, les mots sont sortis tout seuls.

Elle se rapproche et murmure à mon oreille :

— J'effiloche.

— Vous effilochez ?

— Je mets mes lunettes, prends ma loupe et je trouve le dernier point, je le sors avec mes excellents ciseaux et puis je tire jusqu'à ce que la jupe, ou autre chose, soit complètement effilochée.

Elle sourit fièrement.

C'est plus fort que moi, je demande :

— Et après ?

— Après, je remets tout en ordre, fait-elle avec dédain.

— Vous voulez dire que vous retricotez la jupe ?

— Exactement.

Je pèse le pour et le contre. Et plonge.

— Pourquoi ?

— Pour ne pas m'endormir. Je croyais vous l'avoir expliqué il y a un instant.

— Oui, oui, je me rappelle.

— C'est une méthode de longévité que j'ai essayé de faire breveter, mais personne ne semble intéressé. Tant pis pour eux.

— En effet. Donc cela fait, euh, vingt-cinq ans que vous restez éveillée ?

— Exactement.

— Vous n'avez pas l'air fatiguée.

Je n'arrive pas à croire que j'ai cette conversation.

— Je n'ai peut-être pas l'air, mais je suis épuisée.

La station de la 34e Rue apparaît derrière les fenêtres.

— Faut que j'y aille. Y a plein de bonnes affaires dans ce coin. J'ai été heureuse de parler avec vous.

Je sais qu'il est impossible que cette femme n'ait pas dormi depuis vingt-cinq ans mais je sais qu'elle le croit. Et je crois également à son histoire d'effilochage et de retricotage.

En matière de barjot, j'ai connu pire.

*
* *

Central Park West est une rue élégante et ceux qui y vivent sont généralement fortunés. A force de vivre dans un de ces immeubles, avec pour seule vue des arbres et des buissons, on pourrait finir par se persuader que le parc qui s'étend devant vous est un lieu tranquille. Mais il n'en est rien. En tout cas plus de nos jours.

On m'a raconté qu'il y a eu une époque où n'importe qui pouvait traverser le parc quelle que soit l'heure du jour ou de la nuit sans jamais rien risquer. Il est difficile d'imaginer qu'un tel âge d'or ait pu exister.

Maintenant, surtout la nuit, c'est un lieu perfide avec des prédateurs qui guettent le passage des inconscients. Et même en plein jour il a été la scène de crimes spectaculaires.

Que dirait Peter Stuyvesant ?

L'immeuble que je cherche est situé entre la 88e et la 89e. Naturellement, un portier garde l'entrée. Quand vont-ils cesser de s'habiller ainsi ? Il est dégradant pour un homme de soixante ans de devoir porter un costume pourpre avec un galon jaune et une casquette de capitaine avec une visière en cuir. Et je ne parle pas des gants blancs.

Avant qu'il ne m'adresse la parole, je lui dis qui je suis venu voir et ajoute que je n'ai pas rendez-vous. Il me fixe avec des yeux incrédules.

— Pas de rendez-vous ?

— Je sais, c'est choquant.

— Hein ?

— Pourriez-vous me dire si Mr. Parrish est là, je vous prie ?

— Il est là.

— Eh bien, dans ce cas, pourriez-vous aller sonner chez lui et le prévenir qu'il a de la visite ?

Je lui tends ma carte, qu'il examine pendant un temps infini.

J'attends, prête à tout.

— Détective privée, vous ? !

— Eh oui.

Il secoue la tête, hilare.

— Et moi qui croyais avoir tout vu.

Je dois reconnaître que je ne m'attendais pas à cette sortie.

— Et que veut notre détective privée à Mr. P. ?

— C'est confidentiel.

— Sans blague. C'est qu'il va poser la question, vous savez.

— Alors je lui répondrai. Pourriez-vous le prévenir ?

Il hausse les épaules, retourne à son bureau, décroche le combiné et compose la touche 16P.

— Sarah, il y a ici un détective privé du nom de Lauren Laurano qui souhaite voir Mr. P. Non. Si. OK. (Il se tourne vers moi.) Elle va aller voir.

— Merci.

Pendant que nous attendons, il me détaille comme si j'étais un spécimen en voie de disparition.

— Vous coincez beaucoup d'escrocs, vous ?

— Des milliers.

Il réfléchit et est sur le point de faire un commentaire quand quelqu'un lui parle par l'interphone.

— Oui, monsieur. Peux pas vous dire.

— Je vais m'en charger, dis-je, ayant deviné la question.

— Elle dit qu'elle va vous dire. Oui, monsieur, une fille.

Je me mords la langue.

— Alors ? fait-il en me regardant.

— Je veux lui parler de sa fille.

— Il n'a pas de fille, mademoiselle.

— Dites-lui ça, c'est tout.

— Vous n'allez pas entrer avec ce genre de baratin.

— Contentez-vous de lui répéter ce que je viens de dire.

Il secoue la tête et obtempère.

— Oui, monsieur, très bien. (Il repose le combiné, puis me fixe en écarquillant les yeux.) Il vous demande de monter tout de suite.

10

L'ascenseur bénéficie d'un liftier. Son uniforme est aussi humiliant que celui du portier et il doit avoir vingt ans de plus. Je lui indique l'étage et sa main tremble quand il la tend vers la poignée de la grille.

— Seizième, déclare-t-il quand la cabine s'immobilise avec une légère secousse. Sur votre droite.

Je le remercie et traverse un petit vestibule recouvert d'une moquette bleue jusqu'à une porte en bois ouvragée avec un énorme heurtoir doré adoptant la forme d'une tête de licorne. Il y a également une sonnette. Je choisis cette dernière pour m'annoncer et aussitôt un carillon retentit.

Une jeune femme m'ouvre. Ses cheveux sont de la couleur des pêches qu'on trouve en conserve, avec un nez proéminent que chevauchent des lunettes rondes cerclées de métal. Elle porte une robe grise toute simple avec un col blanc. Peut-être un uniforme.

Je lui dis qui je suis et elle me conduit dans une entrée somptueuse. Un lustre baroque domine la pièce et se réfléchit sur les murs recouverts de miroirs.

— Veuillez me suivre, je vous prie.

Nous empruntons un couloir flanqué de nombreuses portes. Elle frappe deux coups à l'une d'elles.

Une voix nous dit d'entrer. La femme, vraisemblablement Sarah, pousse la porte et fait un geste de la main. Immédiatement mon regard se porte sur un homme assis dans un fauteuil.

— Entrez, je vous prie, dit-il d'une voix relativement chaleureuse pour un homme d'apparence si frêle.

— Mr. Parrish ?

Il acquiesce, me tend une poigne étonnamment ferme et m'invite à prendre place sur une chaise en face de lui.

La pièce est massive, remplie d'étagères de livres, de plantes et d'un mobilier moderne et clinquant qu'on s'attendrait plutôt à trouver dans la villa de bord de mer d'un architecte en villégiature. La lumière se déverse par les fenêtres.

Parrish a belle allure pour son âge, à savoir dans les quatre-vingts ans. Il arbore une superbe chevelure argentée et des sourcils semblables à de petits drapeaux. Et il a au menton, comme « Almay » me l'a indiqué, une fossette bien visible. Son cou est caché par un col rouge orange. Ce sont ses mains desséchées qui le trahissent.

— Que puis-je faire pour vous, miss Laurano ?

Je lui tends ma carte. Il y jette un coup d'œil, puis hausse les épaules comme si je n'avais pas répondu à sa question.

— On m'a engagée pour retrouver Susie Mcmann.

Son expression ne change pas d'un pouce.

— On m'a dit que c'était votre fille.

Quelque chose passe dans ses yeux d'un marron pâle, comme une diapo dans un tourniquet, mais il ne dit toujours rien.

— On m'a dit également entre autres choses qu'elle était morte, qu'une personne était morte à sa place, qu'elle s'était enfuie à Hollywood pour être actrice, et qu'elle avait été assassinée par son mari. Pourriez-vous éclairer ma lanterne, Mr. Parrish ?

— Susie, dit-il, comme s'il se parlait à lui-même. Si vous n'y voyez pas d'inconvénient, j'aimerais que Rebecca assiste à cet entretien. C'est la mère de Susie.

— Je n'en vois aucun.

Il y a un petit interphone sur la table à côté de lui et il enfonce une touche.

Le son ténu d'une voix de femme répond. Il lui demande de le rejoindre dans la bibliothèque et elle dit qu'elle arrive.

Parrish ôte son doigt de la touche.

— Je suppose que vous ne comptez pas me révéler le nom de votre employeur.

— Je ne peux pas.

— Oui, c'est bien ce que je pensais. C'était une très belle enfant, Susie. Une très jolie jeune femme, également.

— Êtes-vous son père ?

— Je pense que oui.

— Vous n'en êtes pas sûr ?

Parrish sourit doucement et me tend sa main gauche. Là, au centre de sa paume figure une tache de naissance violette en forme de diamant.

— Je dirais que ceci, que Susie a également, est presque concluant.

Je note qu'il parle d'elle au présent.

— Est-elle vivante ?

Il est sur le point de me répondre quand une porte

s'ouvre. Une femme frêle, drapée dans une étoffe translucide verte, avance d'un pas flottant vers nous. Parrish se lève.

— Rebecca Mcmann, Lauren Laurano.

— Comment allez-vous ? dit-elle d'une voix ténue.

Quand je lui serre la main, j'ai l'impression de refermer mes doigts sur la cage thoracique d'un moineau et je prends garde à ne pas exercer une pression trop forte. Parrish la fait asseoir sur un canapé blanc.

Je m'attends à tout moment à ce que quelqu'un dise : « Coupez ! »

— Becky, cette jeune femme souhaite nous parler de Susie.

— Ah, dit-elle comme si ce simple nom voulait tout dire, ce qui est peut-être le cas pour elle.

— Je suis désolée si cela vous contrarie, dis-je, mais j'enquête sur une disparition. Et il s'agit de votre fille.

Ses doigts passent devant son visage comme un éventail qu'on referme.

— Je ne suis pas contrariée. Nicholas et moi avons connu bien pire, n'est-ce pas, chéri ?

— Oui, bien pire, oui.

Ils échangent un sourire comme s'ils étaient de jeunes amants, et je ne peux m'empêcher d'être émue. Se pourrait-il que l'absence de lien officiel les rende plus romantiques ? J'ai toujours aspiré à épouser Kip, mais le mariage reste un privilège hétérosexuel. Peut-être est-ce mieux ainsi.

Rebecca s'éclaircit la gorge.

— Susie était ma petite chérie, mais à l'époque une mère n'avait pas les mêmes droits qu'aujourd'hui. J'ai renoncé à elle parce que je voulais être avec Nicholas. J'ai dû prendre une décision et je crois qu'on pourrait dire que j'ai abandonné mon enfant. Je ne le vois pas ainsi. Ce que j'ai fait, c'est lui donner une chance. Si j'avais été malheureuse, et je l'aurais été si j'étais restée avec Bill, j'aurais sans doute rendu Susie malheureuse également. J'ai pensé qu'en la laissant avec lui, elle aurait peut-être sa chance.

— Et Almay ?

Rebecca regarde Nicholas puis moi.

— Almay ?

— Votre autre fille ?

Parrish est pris d'une quinte de toux.

— Chéri ?

Il tend une main comme s'il voulait arrêter la circulation.

— Ça va très bien, dit-il en se reprenant.

Elle attend d'être sûre que c'est bien le cas, puis se tourne vers moi et sourit, abasourdie :

— Je n'ai eu qu'un enfant. Almay, dites-vous ? D'où tenez-vous ce nom ?

Je lui explique.

— Quelqu'un se moque de vous, Lauren, me dit Parrish.

— Il semblerait. Cette personne voulait en tout cas que je croie Susie morte.

— Et comment nous avez-vous trouvés ? demande Parrish.

— Par l'ancien commissaire Breese.

— Ce vieux Sid. Comment va-t-il ?

— Apparemment bien. Il pense que Susie est

vivante. Puis-je vous poser une question très personnelle ? dis-je à Rebecca.

— Elles ne l'étaient pas jusqu'à présent ? (Quand elle sourit, son visage devient une cascade de rides, mais sa beauté demeure.) Bien sûr, vous pouvez.

— Bill Mcmann vous maltraitait-il ?

Elle se tourne vers Parrish et, même après toutes ces années, je vois un air d'humiliation passer sur son visage.

— Tu peux parler, Becky, lui dit-il.

— Oui, Bill me frappait souvent.

— Pourquoi avoir laissé votre fille avec un homme pareil ?

Rebecca contemple ses mains tachetées et croisées sur ses genoux.

— Je ne sais pas si elle doit vous répondre, dit Parrish d'un ton grave.

— Non, Nicholas. C'est une question pertinente. Il est vrai qu'il me battait. Mais il ne s'en est jamais pris à l'enfant et ne l'aurait jamais fait.

— Il y a une chose que je ne comprends pas, et c'est pourquoi Mcmann voulait garder Susie alors qu'il prétendait que Mr. Parrish était son père.

— Oh, c'est très simple, dit Rebecca. (Ses yeux expriment un cynisme que je ne lui soupçonnais pas.) C'était pour me faire du mal.

— Mrs. Mcmann, on m'a laissé entendre que Bill Mcmann avait pu abuser sexuellement de Susie.

Rebecca ouvre grand la bouche et porte une main à sa gorge.

— Oh, non ! Jamais de la vie.

— Cela veut-il dire que vous n'y croyez pas ?

— Je ne… Oh, seigneur ! Je refuse de le croire.

— Vous n'avez jamais entendu de telles rumeurs ?

— Non. Si j'avais pu penser que…

— Susie a-t-elle essayé d'entrer en contact avec vous ?

— Jamais. Je lui ai écrit, mais les lettres me revenaient, non décachetées. Je suis sûre que Bill lui racontait des choses horribles sur mon compte.

— Harold Black prétend qu'elle a été tuée dans un accident et une notice nécrologique semble lui donner raison. Une autre personne pense qu'elle a été assassinée, et Breese est persuadé qu'elle est partie faire du cinéma à Hollywood.

— Nous connaissons toutes ces histoires, y compris une où elle serait réellement Debbie Reynolds, dit Rebecca.

J'éclate de rire :

— Je n'avais pas entendu celle-là.

— Ça viendra, dit Parrish. Et également Anne Bancroft, Lee Grant, oh, je ne me les rappelle pas toutes.

Je sors alors la liste de noms que m'a communiquée Breese et la montre à Rebecca.

Elle n'a pas besoin de lunettes. Cette femme ne cesse de m'étonner.

— Non, fait-elle en me rendant la feuille. Ces noms ne me disent rien. De qui s'agit-il ?

— Ce sont les noms qu'a pris Susie pour sa carrière cinématographique.

— Nous avons peut-être vu ces noms sur un générique, et Susie à l'écran, mais nous ne l'avons pas reconnue, déclare Rebecca d'un air songeur.

— Tout à l'heure, Mr. Parrish, vous avez dit que Susie était très belle étant jeune fille. Comment le savez-vous ?

Rebecca tourne la tête, surprise.

Parrish semble mal à l'aise.

— J'ai dit cela ?

— Oui, vous l'avez dit.

— Je ne sais pas pourquoi. Parfois en vieillissant votre esprit vous joue des tours. J'ai dû extrapoler.

— Ton esprit ne te joue jamais de tours, Nicholas, lâche Rebecca.

— Non, d'habitude, non.

Je pense qu'il ment.

J'ai envie de lui demander pourquoi elle n'a pas cherché à voir sa fille mais je n'ai aucune envie de blesser cette femme qui croit que ce qu'elle a fait était bien pour son enfant. Et c'est alors qu'elle semble lire dans mes pensées et me prend de court :

— Vous vous demandez sûrement pourquoi je n'ai pas cherché à voir Susie quand elle était adolescente.

— Oui.

— J'ai essayé. Je ne l'ai vue qu'une fois, quand elle est entrée à l'école primaire. Elle a dû le dire à son père parce qu'après ça les instituteurs me guettaient. La police, aussi, et je n'ai jamais pu l'approcher de nouveau.

— Tu as essayé, Beck.

— Tu crois que ça me vaudra des bons points, Nicholas ?

— Je pense que tu as fait de ton mieux, Beck.

— Donc, vous ne savez absolument pas si Susie est encore en vie ?

Tous deux acquiescent.

— Quelqu'un vous a dit qu'elle avait été assassinée ? demande Parrish.

— C'est bien cela. C'est ce que croit mon client.

— Et est-ce que votre client sait qui est l'auteur de ce meurtre ou est-ce précisément cela qu'il ou elle veut découvrir ?

— Mon client croit que Susie a été assassinée par son mari, Harold Black.

— Et vous, que pensez-vous ?

— D'abord je dois découvrir si elle est morte.

— Je me souviens de Harold Black, dit Rebecca. C'était un horrible gamin. Il passait son temps à torturer les animaux, à arracher les ailes des mouches, à dépecer les lapins quand ils étaient encore vivants.

— Vraiment ?

— Je n'irais pas inventer une chose pareille.

— Je suis désolée. Bien sûr que non.

— J'ai été horrifiée d'apprendre que Susie avait épousé Harold. Je trouvais ça tout bonnement incompréhensible. Je m'étais abonnée au journal de la région et c'est comme ça que je l'ai appris.

— Ah, fait Parrish en dressant un doigt. C'est comme ça que j'ai su à quoi elle ressemblait.

Je ne le crois toujours pas. Mais j'ignore pourquoi il mentirait.

— Donc, si vous receviez le journal, vous avez dû lire son avis de décès.

— C'est le cas, dit Parrish. Je suis désolé si nous avons eu l'air de vous cacher des informations. J'ai pensé que vous pourriez peut-être nous apprendre quelque chose.

Cela me paraît sensé.

— Donc vous n'êtes pas certains qu'elle soit morte ?

— Je suppose que c'est prendre ses désirs pour la réalité, intervient Rebecca. Mais il y a aussi toutes ces histoires. C'est troublant.

Troublant : comme euphémisme, on trouverait difficilement mieux.

— Votre petit-fils est vivant, dis-je comme si une force ventriloque obligeait ma bouche à s'ouvrir et mes lèvres à remuer.

— Oui, c'est vrai, je suppose. J'ai lu qu'elle avait eu un bébé. Je me demande où il vit.

— Aimeriez-vous le rencontrer ?

— Oh, oui, certainement.

Je ne pense pas avoir trahi mon secret professionnel, n'en ayant pas dit davantage.

— Je vais voir ce qu'il en est.

— Vous voulez dire, est-ce qu'il aura envie de nous voir ? demande Parrish.

— Oui.

— A quoi ressemble-t-il ? demande Rebecca comme si elle se renseignait sur le père Noël.

— Laissez-moi lui demander s'il veut vous rencontrer, dis-je.

— Oh, Nicholas, ça ne serait pas merveilleux ? Notre petit-fils. Et nous aurions quelqu'un à qui léguer notre argent.

— Vous n'avez pas d'autres enfants, Mr. Parrish ?

— Si. Mais ils sont morts à présent. Il ne devrait pas en être ainsi. Ce n'est pas l'ordre naturel des choses. J'aurais dû mourir en premier.

— Ne dis pas ça, Nicholas. Je ne pourrais pas vivre sans toi.

Ce qui est étrange, c'est qu'ils ne semblent pas accepter ou admettre à quel point ils sont vieux. D'une certaine façon, c'est charmant, d'une autre c'est absurde.

— Je verrai ce que je peux faire.

Ce que je ne ferai pas, en revanche, c'est parler à Blackie de l'argent. Je sais également qu'il est inutile de m'attarder, aussi je les remercie, leur demande de me contacter s'ils pensent à quelque chose, et leur promets encore une fois d'étudier la possibilité d'une rencontre avec leur petit-fils.

Quand je me retrouve dehors, le temps a encore empiré. L'air est épais, comme si des rideaux voilaient ma vision. Je consulte ma montre et m'aperçois que Kip est entre deux patients. Nous nous appelons souvent au cours de la journée. Après une recherche interminable, je trouve finalement une cabine et l'appelle.

— Dieu merci, tu appelles, dit-elle.

— Que se passe-t-il ?

— Tu ne vas jamais le croire.

— Je t'écoute.

— Ça s'est passé sur le tournage du film de Rick et de Susan. Quelqu'un a été assassiné.

Dites que je suis folle, mais je la crois.

11

C'est le cauchemar.

Des voitures de police bloquent les deux extrémités de Perry Street et les badauds s'accumulent en rangs serrés devant les incontournables rubans jaunes qui délimitent les lieux du crime.

Comme j'essaie de passer outre, un jeune policier m'arrête.

— Désolé, madame, on ne passe pas.

— L'inspecteur Cecchi est-il là ?

— Je ne sais pas.

J'y vais de mon petit sourire à fossettes. J'ai bien le droit de recourir aux bonnes vieilles techniques anti-féministes, non ? Après tout, les hommes l'ont bien cherché.

— Pourriez-vous aller voir ?

Il ne se précipite pas et je comprends trop tard qu'il pourrait être mon fils. Il faudrait que je commence à me rappeler mon âge et agir en fonction. J'essaie une nouvelle approche.

— Je travaille avec Cecchi.

— Votre nom ?

Je lui tends ma carte de détective. Je sens qu'il va adorer.

Il penche la tête et dit :

— C'est une plaisanterie ?

Ça peut vouloir dire beaucoup de choses, aussi je lui demande de préciser sa pensée.

— Vous voulez dire qu'un inspecteur de la Criminelle travaille avec vous ?

— Non, c'est moi qui travaille avec lui.

Il me fixe bêtement.

— Suis-je censé comprendre autre chose que ce que vous dites ?

— Il voudra me voir.

— Une minute. Kelman ! lance-t-il à un autre flic, qui est encore plus mignon que lui — pour cause, c'est une femme.

Elle nous rejoint et il l'interroge au sujet de Cecchi et explique plus ou moins mon cas.

— Cecchi est là, dit-elle en me détaillant.

Raté. Je pourrais être également sa mère.

J'y vais quand même d'un petit sourire désarmant.

— Pourriez-vous lui demander si je peux le rejoindre ?

— Entendu.

Je cherche Rick et Susan du regard, mais je ne les vois pas. Je n'aperçois pas non plus Cybill Shepherd, le réalisateur ou les autres membres de l'équipe de tournage. Mais il y a quelqu'un que je connais.

Stan le Galure.

On l'appelle ainsi parce qu'il porte toujours un chapeau, quel que soit le temps. Aujourd'hui, il s'agit d'un chapeau de cow-boy blanc fait dans une matière synthétique avec un bourdalou violet autour de la calotte. Le bord est abaissé et lui masque les yeux. Ses longs cheveux blancs pendent derrière ses oreilles et bouclent au-dessous de son col. Il porte un veston bleu électrique, une chemise blanc cassé avec une cravate, un jean neuf et des bottes marron impeccablement cirées. Il tient quatre énormes sacs dans chaque main. Bien que je ne puisse pas voir ce qu'ils contiennent, je sais d'expérience qu'il peut s'agir aussi bien d'un grille-pain que d'un synthétiseur. Stan le Galure est un magasin ambulant.

— Salut, Stan.

— Quelle coïncidence !

— Pas vraiment. J'habite ici. Tu sais ce qui s'est passé ?

— Un meurtre, je crois.

— Tu sais qui ?

— Quelqu'un de l'équipe de tournage. Un figurant, je crois.

— Un homme ou une femme ?

— Aucune idée. Mais ça m'étonne pas.

— Pourquoi ?

— Sont tous fêlés, ces gens du ciné. Pour eux, un meurtre, c'est que dalle.

Je ne saisis pas tout à fait son raisonnement, mais je sais qu'il serait vain de demander une explication. L'agent Kelman revient à ce moment-là.

— Vous pouvez me suivre, dit-elle.

— Merci. Salut, Stan.

— Faut que j'y aille moi aussi.

Je souris, lui fais un signe de la main et suis Kelman, qui me conduit jusqu'à une caravane aménagée. Je ne suis encore jamais rentrée dans un de ces machins. Il y a la climatisation, un canapé, des chaises, et une table, le tout très coquet.

Cecchi parle sur une cellulaire tout en déambulant dans la pièce. Il me fait signe, raccroche et déclare :

— Quelle histoire, hein, Laurano ? Et juste devant chez vous. Ce n'est pas vous, au moins ?

— Pas cette fois-ci. Qui est la victime ?

— Un petit rôle, Shelley McCabe.

Ce nom me dit quelque chose mais je n'arrive pas à me rappeler quoi.

— Comment a-t-elle été assassinée ?

— On l'a étranglée. Malheureusement, ça s'est passé dans la caravane de Ms. Shepherd. C'est elle qui a trouvé le corps.

— Que faisait McCabe ici ?

— Bonne question. Pas de réponse. Vous voulez la voir ?

Comme d'habitude. Oui et non.

— Bien sûr, dis-je.

Nous quittons la caravane et nous rendons à l'autre bout de la rue dans celle de la star. Comme nous entrons, je constate que l'intérieur est encore plus raffiné. Il y a un bar et une télévision, ainsi que des meubles de qualité. Dans le coin cuisine, je remarque un mixer et un four à micro-ondes.

— Par ici, me dit Cecchi.

Au fond et à droite de la caravane il y a un futon sur un sommier. Et dessus, le corps.

Elle est allongée sur le dos, une corde autour du cou. Ses cheveux sont courts et bouclés, teints couleur reinette grise. Je suis soulagée de voir que ses yeux sont fermés et me demande si quelqu'un l'a fait pour elle. Il y a quelque chose d'étrangement familier dans son visage, lequel demeure plutôt gracieux même dans la mort : un petit nez, des lèvres pleines, des pommettes hautes. La peau a un aspect cireux, aussi est-il presque impossible de lui donner un âge.

— Que sait-on sur elle ?

— Pas grand-chose. (Il sort son calepin, l'ouvre à la bonne page.) Shelley McCabe, cinquante ans. A mon avis, c'est son âge professionnel. Elle fait plutôt dans les cinquante-sept, cinquante-huit. Habitait au 611 East Sixth Street à New York, et au 1540 Melrose Place à L.A. Célibataire.

On frappe à la porte et deux hommes entrent avec une housse en plastique pour emporter le corps.

— Le légiste a dit qu'on pouvait l'embarquer, lieutenant.

— Allez-y.

Nous leur laissons le champ libre et les observons. Un des deux types abaisse la fermeture du sac vert et écarte les pans. Quand ils la soulèvent, son bras pend, et c'est alors que je repère la marque de naissance en forme de diamant sur la paume de sa main.

S'il y a quelque chose que je déteste encore plus que les mystères, ce sont les coïncidences. Combien y a-t-il de chances pour qu'on m'engage afin de retrouver une femme qui a une marque de naissance en forme de diamant sur la paume de sa main et que je découvre son cadavre juste devant chez moi ? Je n'irais pas prendre des paris là-dessus. Pourtant, c'est exactement ce qui vient de se produire.

— Vous la connaissez ? demande Cecchi.

Il faut dire que je suis bouche bée.

— Pas vraiment.

Je lui raconte tout ce que je sais sur Susie Mcmann,

sans lui révéler toutefois le nom de mon client et sa relation à McCabe.

De retour à la caravane réquisitionnée par Cecchi, je lui montre la liste de noms que m'a communiquée Sid Breese.

— Mêmes initiales, dis-je. Susie Mcmann, Shelley McCabe.

Nous savons tous les deux que les gens gardent souvent les mêmes initiales quand ils changent de noms.

— On se demande pourquoi elle a attendu si longtemps pour y recourir. Mais après tout, on ne sait même pas si c'est vraiment la même personne.

— Exact.

— J'ai besoin que quelqu'un vienne identifier cette femme.

— Toutes les personnes que j'ai rencontrées n'ont pas vu Susie Mcmann depuis des années. Elle a un agent ?

Il consulte ses notes.

— Il s'appelle Doyce Schroeder.

— Doyce ?

— Oui, c'est ce qui est marqué.

— Le tournage est-il interrompu ?

— Pour l'instant, oui.

Pauvres Rick et Susan.

— Quelle est l'adresse de Doyce Schroeder ?

Cecchi passe deux doigts le long de son nez aquilin.

— Restez en dehors de cela, Lauren.

— Mais je suis déjà sur cette affaire.

— Bon sang, dit-il. Entendu, mais vous me tenez au courant.

Je suis sur le point de dire « N'est-ce pas toujours le cas ? » mais me rappelle qu'il m'est arrivé une fois de lui mentir. Il m'a fallu pas mal de mois pour regagner sa confiance.

— C'est promis.

— Mouais.

— Je suis sincère, Cecchi. Je ne le referai jamais.

— Entendu.

— Et vous ? Vous me tiendrez informée ?

— Oui, bien sûr.

— L'adresse de Doyce, s'il vous plaît.

Il soupire.

— 432 West 89, quatrième étage.

Je note.

— Merci.

— Sortez d'ici, Lauren, me dit Cecchi d'un ton bon enfant.

J'obtempère.

Quitter la climatisation de la caravane pour la chaleur de la rue est éprouvant. C'est comme de retourner dans un sauna. Je regarde autour de moi mais ne vois toujours ni Susan ni Rick, aussi je décide de rentrer chez moi.

Sur la porte de mon appartement est épinglé un mot :

Nous sommes tous à l'étage
Rick

Je monte chez Rick et William, frappe puis entre. Ils sont tous là. Rick, Susan, William et Kip.

Leur appartement est une réplique exacte du nôtre mais leur mobilier est plus éclectique.

— Vous arrivez à y croire, vous ? demande Rick.

Susan imite alors une voix-off de bande-annonce et déclame :

— Tan tan tan tan. Tan tan, tan tan. Ils étaient tous là, prêts à tourner un film. Les scénaristes, les acteurs, l'équipe. Le réalisateur cria « Moteur ! ». La vedette poussa un cri… qui n'était pas dans le scénario. Le réalisateur lança « Coupez ! » et le tournage fut interrompu. Bientôt sur vos écrans !

— Je suis sûre qu'il n'est pas interrompu pour de bon, dis-je, légèrement choquée par leur attitude.

Mais je les comprends. Après tout, ils ne connaissaient pas Susie Mcmann. A moins que…

— L'un d'entre vous connaissait-il la victime ?

Ce n'est pas le cas. William, le compagnon de Rick, est allongé sur le canapé. Il a l'air plus en forme que par le passé. Il a arrêté de prendre de la cocaïne et cela fait un an qu'il suit un traitement. C'est un homme superbe. Depuis son retour de cure, il a la raie au milieu et laisse ses cheveux blonds et ondulés tomber sur ses épaules. Il a encore la barbe et la moustache, mais son teint est très sain, ses yeux bleus clairs et brillants. Il porte un short vert et un T-shirt gris. Parce qu'il s'entraîne régulièrement, les muscles de ses bras sont nettement dessinés, mais n'ont rien de dégoûtant comme chez d'autres hommes.

— Ils sont complètement bouleversés par la mort de Ms. McCabe, déclara-t-il de son ton grinçant.

— Écoute, William, dit Rick. Je ne suis pas spécialement heureux que cette femme ait été assassinée, mais pour nous c'est une sacrée déveine. Il s'agit de notre premier film.

— Je le sais bien, mais qu'est-ce qui est le plus important si on voit les choses de haut ? Que votre film se fasse ou que cette femme soit morte ?

Susan et Rick échangent un regard en silence.

— Quelle équipe, non mais je te jure ! lance William.

— Ce n'est pas juste, dit Rick. Suppose que tu aies un article à écrire et… et…

— Exactement, dit William.

— Eh bien, ce n'est pas pareil, conclut Rick.

— Il est parfaitement compréhensible que Rick et Susan aient une série de priorités alors que nous, qui ne sommes pas concernées, en ayons une autre, déclare Kip avec le discernement caractéristique d'une analyste.

— Eh bien, moi, il se trouve que je suis impliquée, dis-je.

Et je leur explique la situation en leur dissimulant les mêmes infos qu'à Cecchi.

Kip me regarde comme si je venais d'une autre planète.

— Je n'arrive pas à le croire. Tu veux dire que l'enquête qui nous a conduites dans l'Ulster a un rapport avec cette femme assassinée ?

— Comme je te le dis. Elle n'a pas été identifiée pour l'instant, mais la personne que j'essayais de retrouver était une actrice de second plan avec une marque de naissance en forme de diamant sur la paume de sa main. Avait-elle des répliques, au fait ?

— Des répliques ? Hmmm ! Susan ?

— Je crois que oui. Alixe Gordon s'est occupée du casting.

— Mais il se trouve que Gordon n'est pas là. Le réalisateur a-t-il une petite idée sur la question ? Enfin, quoi, il y a bien quelqu'un dans l'équipe qui sait pourquoi cette femme était là aujourd'hui et quel rôle elle avait.

— Moi je sais, dit une femme.

Nous nous retournons tous et voyons Cybill Shepherd sur le seuil.

— J'espère que ça ne te dérange pas, Rick. Je ne savais pas où aller et le message disait que…

— Bien sûr que non, Cybill, fait Rick en se levant d'un bond. Entre. Assieds-toi. Tu veux boire quelque chose ?

— Merci, une boisson fraîche.

— Quelque chose à manger ?

— Je ne veux pas te déranger.

— Ne sois pas stupide, ça ne me dérange pas.

— Le fait est que je suis une bâfreuse de première.

A voir son corps, c'est difficile à croire.

Kip s'éclaircit la gorge et Susan s'aperçoit que William et Kip n'ont pas été présentés. Elle y remédie et j'aimerais qu'elle me présente à nouveau parce qu'il est impossible que Cybill Shepherd se souvienne de m'avoir déjà rencontrée.

— Vous enquêtez sur cette affaire, Lauren ? me demande alors Cybill.

C'est vraiment une star inhabituelle. Une fois de plus je m'explique.

Rick va chercher des boissons et une assiette de scones et installe le tout sur la grande table basse.

Cybill se laisse glisser à bas de sa chaise et s'assoit par terre.

— Je vais rester ici pour être plus près de l'assiette.

Je l'adore. Elle y va franco. J'attends qu'elle ait un peu mangé et bu puis lui demande quel rôle jouait Mcmann/McCabe.

— Elle était la serveuse dans la scène qui se passe à SoHo. On devait la tourner plus tard. Je ne pense pas que ça sera aujourd'hui.

— Ni un autre jour, fait Rick l'optimiste.

— Tu es sérieux ? demande Cybill.

— Bien sûr que non, intervient Susan. Les choses seront sans doute repoussées d'un jour ou deux, c'est tout.

— Tant mieux. Parce que j'adore ce scénario.

Shepherd tend la main pour prendre un deuxième scone mais s'interrompt à mi-chemin.

— Oh mon Dieu, la pauvre femme. Nous sommes là en train de parler d'un film et cette femme a été assassinée.

Je l'aime de plus en plus.

— L'avez-vous rencontrée, Ms. Shepherd ?

— Cybill. Non. Je ne l'avais jamais vue avant… avant de trouver son cadavre. Mais je connais toujours les noms des gens qui tournent et quel rôle ils ont quand je travaille sur un film.

— Je suis navrée que ce soit vous qui l'ayez découverte, dis-je.

— Moi aussi. (Elle hausse les épaules et tremble.) Mais c'est pire pour elle que pour moi. Pauvre femme !

Et elle prend un deuxième scone.

— Puis-je vous poser une question ?

— Bien sûr.

— Le corps était coincé entre le mur et ce futon au

fond de la caravane et vous ne pouviez pas le voir depuis la porte. Comment l'avez-vous découvert ?

Shepherd passe une main sur le côté droit de ses longs cheveux blonds et les rejette derrière son oreille.

— Oui, c'est bizarre, non ? J'avais perdu une boucle d'oreille et je suis retournée dans la caravane pour la chercher. Je ne sais pas où était mon assistante. Quoi qu'il en soit, je cherchais cette boucle et c'est elle que j'ai trouvée à la place. Mon Dieu.

— Et la boucle ?

— J'ai arrêté mes recherches quand j'ai découvert…

— Bien sûr, dis-je.

Je jette un coup d'œil à Kip, qui a l'air anéanti.

— Kip, ça va ?

— Quoi ? fait-elle, l'air coupable et choqué à la fois.

Puis elle se met à rougir.

Et c'est alors que je comprends. Elle s'est entichée de Shepherd. La garce !

12

Tout en me rendant à pied à SoHo, je pense à la réaction de Kip devant Cybill Shepherd et me demande si j'ai des raisons de m'inquiéter. Shepherd n'est pas lesbienne, c'est un fait, aussi il ne peut rien se passer de grave, mais si Kip s'est amourachée d'elle, ou je ne sais quoi, cela peut signifier qu'elle s'est lassée de moi. Ou n'est-ce de sa part que concupiscence ?

Je m'arrête brusquement, comme si je freinais, et manque trébucher. Je suis culottée tout de même ! Et ma propre fascination pour Cybill, alors ? Je suis là, en train de m'inquiéter à propos de Kip alors que je ressens exactement la même chose vis-à-vis de l'actrice. Shepherd est belle et il est normal d'éprouver un faible pour elle.

Kip et moi avons été fidèles l'une à l'autre au fil des années. Bien sûr, je parle essentiellement pour moi. Et ce n'est pas comme si je n'avais jamais trouvé une autre femme séduisante depuis le temps qu'on est ensemble. La vérité, c'est que plusieurs m'ont attirée. Bon d'accord, beaucoup. La belle affaire. Mais je n'ai jamais été au-delà de cette attirance. Et Kip non plus. Je le saurais, sinon. Non ?

Quoi qu'il en soit, il y a de cela quelques années,

nous avons permis à l'autre d'avoir certaines liaisons : Kip a dit que je pouvais dormir avec Barbra Streisand et je lui ai permis de coucher avec Michelle Pfeiffer. Nous avons toujours trouvé épatante cette largesse de vue. Mais à l'époque, aucune de nous ne pensait rencontrer vraiment une star de cinéma. Et le fait est que j'aurais été terrorisée de coucher dans le même lit que Streisand, même si elle m'avait suppliée. Idem pour Kip avec Pfeiffer. Mon opinion est qu'il en va de même pour Shepherd. Admettons, pour la démonstration, que Cybill soit intéressée. J'essaie d'imaginer que la chose est possible et aussitôt le filet de sueur chaude qui dégouline le long de mon corps à cause du temps devient glacé. Impossible. A quoi ressemblerais-je à côté d'elle ? Fini de rêver.

Je sais bien que Kip ne fera aucune avance à Cybill Shepherd, mais que va-t-il advenir si cet engouement réveille en elle des appétits enfouis et qu'elle se met en quête d'autres femmes « disponibles » ? Que vais-je faire ? Cet automne, cela fera quatorze ans que nous sommes ensemble. C'est ridicule.

Soulagée, je continue de descendre la 6e Avenue. *Mrs. Field's Cookies* a réouvert. Je n'en revenais pas quand il a fermé. C'était le dernier bastion de la sucrerie entre West Fourth et le *Waverly Movie Theater* de West Third. Mais voilà que par une belle journée de printemps, *Mrs. F.* a rouvert. Quand j'y suis entrée (ma foi, il convenait de fêter l'événement), la fille derrière le comptoir m'a expliqué qu'il y avait eu un incendie et qu'ils avaient toujours envisagé de rouvrir.

En passant devant, je hume profondément, et les

odeurs de chocolat et de sucre m'assaillent le sens olfactif. Oh, bonheur ! Je m'arrêterais bien pour acheter un cookie au chocolat blanc si je n'avais pas rendez-vous avec Blackie au *Dean & Deluca* sur Prince Street.

Je traverse la 6e puis la 3e Rue. Il y a de ça des années, ce coin était réputé pour ses clubs de jazz. Maintenant le point de ralliement est le MacDonald. Le Village n'est décidément plus ce qu'il était autrefois. Je suppose que tout, des infos télévisées à la publicité, a viré en eau de boudin, y compris les endroits où on se restaure. Voilà que je me remets à parler comme Kip. Mais bon, c'est la vérité.

Je m'engage dans MacDougal. La partie située entre la 3e et Bleecker est très connue. Depuis l'époque de la Beat Generation et des hippies, c'est toujours là que se sont passées les choses. Maintenant, on y trouve de la nourriture indienne, les boutiques habituelles et quelques cafés qui sont là depuis toujours, comme le *Caffe Reggio,* le *Monte's* et le *Derby*. Disparus les fameux bars d'artistes comme le *San Remo* et le *Kettle of Fish*.

Au coin de Bleecker et MacDougal se trouve un grand salon de thé qui a passé son temps à disparaître et réapparaître : le *Figaro Café*. Bleecker Street fait peine à voir. Il y a encore des bars où on joue du folk et du blues mais pour l'essentiel, on trouve des boutiques de saloperies et des fast-food en tout genre.

Le *Bleecker Street Cinema* n'est plus qu'un souvenir confus et abrite désormais *Kim's Video*, où les films sont répertoriés selon le genre : « Maîtres de la lumière », « Décors », etc. Je me suis plainte une fois de ne jamais pouvoir rien trouver et un jeune homme particulièrement morveux m'a répondu que *Kim's* s'adressait à une clientèle « différente ». Je lui ai dit de se le mettre profond. Ça n'a pas amusé Kip.

Heureusement, le personnel se renouvelle fréquemment chez *Kim's* (qu'il s'agisse des employés ou des clients), aussi l'homme que j'ai insulté n'est plus là. Je descends les marches et pénètre dans une pièce non climatisée, dans l'espoir de dénicher une cassette de *Méfiez-vous des apparences*. Je n'ose pas imaginer dans quelle catégorie ils l'ont classée. Le plus sûr est de demander à l'employé, ce que je fais.

Il entre le titre dans son ordinateur, attend un peu puis dit :

— Nous ne l'avons pas. Etes-vous sûre qu'il existe ?

Cette implication est incroyablement gênante mais le fait est que je n'en suis pas certaine.

— Absolument.

— Qui joue dedans ?

— Je ne sais pas.

L'employé me regarde comme si j'étais stupide, folle ou biodégradable, ou les trois.

— Alors comment savez-vous qu'il existe ?

— Je le sais, c'est tout, dis-je comme si j'avais cinq ans.

— Eh bien, tâchez de savoir qui joue dedans et peut-être… peut-être que je pourrai le trouver.

La repartie que j'ai déjà utilisée une fois me revient en mémoire mais je résiste, remercie la petite fouine et m'en vais. Peut-être le film figure-t-il dans un de nos ouvrages de référence.

Je tourne à l'angle de La Guardia et Bleecker. J'ai du mal à croire que les camelots ont installé leurs étals par cette chaleur. Comment peuvent-ils tenir le coup et vendre leurs poteries, leurs casseroles, leurs livres volés ? Je suppose qu'ils n'ont pas le choix. Il ne semble pas y avoir beaucoup d'amateurs. J'imagine mal quelqu'un s'arrêter pour examiner une cravate ou des chaussettes.

Je dois me faire des idées parce que deux femmes habillées impeccablement et sans la moindre trace de transpiration s'avancent vers moi, puis s'arrêtent devant une table couverte de lunettes de soleil. Elles en ont déjà chacune une paire mais cela ne semble pas entrer en ligne de compte.

Comme je les dépasse, je surprends un bout de conversation.

— Celles-ci iraient à merveille à Tracy, n'est-ce pas, Eleanor ?

— Génial.

— Combien.

— Reumieumieu, répond le vendeur.

D'une voix forte, Eleanor déclare :

— Vous savez, si vous voulez faire des affaires dans ce pays vous devrez apprendre à parler anglais. Viens, Althea, partons.

— Salopes, lâche distinctement le vendeur.

Je me retourne et vois les deux femmes détaler comme si on leur avait tiré dessus.

Le feu change à Houston et quand je parviens sur

l'autre trottoir, La Guardia s'appelle désormais West Broadway et je suis à SoHo, à savoir South of Houston. Avant la fin des années soixante, ce quartier était presque entièrement dévolu à l'industrie. Puis les artistes sont arrivés et ont transformé ces immenses espaces en logements et en ateliers. En 1977, les prix étaient encore corrects si vous étiez un artiste reconnu, mais fin 1978 SoHo est devenu très cher, très chic et essentiellement réputé pour ses galeries d'art. J'ai quelques amis qui ont acheté un loft de 1100 mètres carrés sur Prince début 78 pour la somme de 70 000 dollars, y ont investi 55 000 dollars et pourraient aujourd'hui le revendre environ 850 000 dollars. Mais comme ils le disent eux-mêmes, où iraient-ils ?

Le bloc entre Houston et Prince est certainement l'un des plus chers et des plus huppés de tout New York. Les restaurants sont hors de prix, les boutiques ne possèdent aucun article à moins de cinq cents dollars, les galeries d'art exposent des peintres célèbres, et il y a *Rizzoli Books*. Mais malgré cela, même à SoHo, l'été new-yorkais sent comme un urinoir géant.

Au coin de Prince et West Broadway, je bifurque. Cette partie de la rue est en grande partie occupée par un immeuble qui fut naguère une boulangerie et qui abrite aujourd'hui un complexe de galeries d'art et de boutiques. Je passe devant la Meiseil Gallery, traverse Wooster, et arrive enfin au *Dean & Deluca*.

Autrefois il y avait là un magasin d'alimentation du même nom, mais il se trouve désormais au coin de Broadway et de Prince, et c'est à présent un self-service.

Je suis ravie de me retrouver dans un lieu climatisé. La salle est vaste, haute de plafond, avec des murs blancs. Près des baies les tables sont en hauteur, rondes avec des plateaux en marbre blanc, les chaises sont noires, genre tabourets à dossier.

Je cherche Blackie du regard mais ne le vois pas, aussi je fais la queue au comptoir. Que choisir ? J'aime particulièrement le gâteau aux carottes, mais c'est ce que je prends quand Kip est là pour surveiller mon taux de cholestérol. Il y a des paniers remplis de scones et de muffins, des tranches de pain d'épice, des tartes et toutes sortes de cookies.

Et puis il y a du fondant noir.

Je commande un cappucino glacé et une part de pain de d'épice… Je plaisante. On me sert, je paie une somme astronomique pour mon café et le fondant noir, puis choisis une table pour deux contre le mur du fond.

Je dessers mon plateau, le ramène à sa place et m'assois de façon à pouvoir surveiller la porte d'entrée et être vue par ceux qui entrent. La première gorgée de café est froide, revigorante, délicieuse. J'ai tellement soif que je pourrais le boire en une seule gorgée, mais je n'en fais rien parce que je veux le faire durer.

L'endroit est bruyant, même à cette heure-ci. Il n'est presque jamais vide et le temps a manifestement contraint les passants à rechercher un endroit climatisé. Ça ne m'étonne pas : je connais même un adulte qui est allé voir *Jurassic Park* juste pour échapper à la canicule.

Blackie entre. Il est habillé en noir et porte ses

bottes. Je lui fais signe et il fait un détour par le comptoir pour se prendre un café.

— Salut. Content d'avoir de vos nouvelles. Je commençais à m'inquiéter. Vous avez pu découvrir s'il l'avait tuée, alors ?

— Je ne crois pas qu'il l'ait tuée.

— Vous ne croyez pas ?

— Pourquoi ne pas m'avoir parlé de la nécro ?

— Ça aurait changé quoi ?

Nous savons tous les deux que je n'aurais pas accepté cette enquête.

— Vous ne pensiez pas que je retrouverais sa trace ?

— Si, mais je me disais qu'entre-temps vous auriez avancé dans votre enquête et tout ça.

— Lire une nécro met fin à ce genre d'enquête. La boucle est bouclée. Enfin, dans la plupart des cas.

Blackie, qui jusqu'à présent était adossée à sa chaise, se penche en avant, le regard pétillant.

— Qu'est-ce que vous voulez dire ?

— Je veux dire qu'il s'est passé pas mal de choses étranges qui font que la lecture de la nécro n'a rien résolu.

— Continuez, ma jolie… Je veux dire, Lauren.

— Vous vous rappelez un certain Breese ?

— Malheureusement, oui. Pourquoi ?

— Il m'a dit la vérité au sujet de votre mère, à savoir qu'elle n'était pas morte dans l'accident.

— Comment savez-vous que c'est la vérité ?

Bonne question. Comment est-ce que je le sais ?

— L'instinct, dis-je. J'ai suivi sa piste.

— Vous l'avez retrouvée ?

— Je crois que oui, Blackie.

— Vous l'avez retrouvée, oui non ?

— Je crois que je l'ai retrouvée mais je n'en suis pas sûre.

— Elle est encore en vie ?

— Non.

— Qu'est-ce que je vous avais dit ? Vous avez retrouvé son corps, hein ?

— Oui. Mais ce n'est pas ce que vous pensez. Aussi étrange que cela puisse paraître, cette femme, qui se faisait appeler Shelley McCabe, entre autres pseudos, a été assassinée aujourd'hui.

— Donc elle m'a bel et bien abandonné, dit-il tristement.

— Je ne suis pas encore persuadée de cela. Je veux dire, ce qui lui est arrivé exactement, pourquoi elle vous a laissé à votre père. Si c'est bien elle.

— Si ?

Je lui raconte tout ce que je sais, le meurtre sur le tournage, la tache de naissance, etc.

— Mouais, fait-il.

— Mouais quoi ?

— La tache. J'aurais dû vous en causer, je suppose. J'avais oublié. La mère de mon père m'a dit que c'est comme ça qu'ils avaient su qu'elle était la fille de Parrish.

— Qui a bien pu l'assassiner, Blackie ?

— Ça me dépasse. Eh, pourquoi vous me regardez comme ça ? Je savais même pas qu'elle était vivante.

C'est lui qui le dit.

— Pourquoi avoir douté de sa mort dans l'accident alors qu'il y avait eu cette nécro ?

— C'est à cause de la façon dont mon vieux parlait d'elle… avec haine. Enfin, quoi, pourquoi détesterait-il autant quelqu'un qui serait mort dans un accident ? Bon sang, toutes ces années perdues. Peut-être que si je l'avais revue elle serait pas morte à présent.

— Ne vous lancez pas dans ce genre de réflexions, ça vous rendra dingue.

— Alors qui l'a tuée ?

— Je ne sais pas. La police va mener son enquête.

— Elle ressemblait à la photo que je vous avais donnée ?

— C'était une vieille photo.

— Ouais. Je pourrai la voir ?

Il veut aller à la morgue. Il ne sera pas en mesure de l'identifier, mais je ne vois aucune raison de l'empêcher de faire cette démarche.

— Vous voulez m'accompagner ?

— Non.

— Vous savez où se trouve la morgue ?

Bien sûr qu'il le sait. Et je suis sûr qu'il sait également la procédure.

— Ses parents, enfin, vos grands-parents, veulent vous rencontrer.

— Ben, j'en sais rien. Je sais pas trop ce que je ressens, si vous voyez ce que je veux dire ?

— Je comprends. Réfléchissez-y. Bon, eh bien, je crois que mon enquête est finie. Je vous dois de l'argent.

— Ah non ! Maintenant, faut que vous coinciez l'assassin.

— La police est…

— J'en ai rien à battre que la police mène ou pas son enquête. Je veux que vous retrouviez ce type. Pour l'instant vous vous en êtes bien sortie. (Il comprend l'ironie de la chose et éclate d'un rire nerveux.) Enfin, vous me comprenez.

— Bien sûr. Je vais continuer.

Je suis secrètement ravie qu'il veuille que je continue parce que je n'ai pas plus l'intention de lâcher le morceau.

— Vous réfléchirez pour vos grands-parents ? Ce sont des gens très gentils.

— Ils doivent plus être très frais.

— Ils sont assez âgés. Mais ils sont très gentils.

— Faut que je réfléchisse.

— Bien. Et maintenant, si vous avez oublié de me dire quoi que ce soit, n'hésitez pas.

— Vous dites ça à cause de cette histoire de tache de naissance ?

— Oui. Mais ce peut être un détail en apparence anodin, enfin à vos yeux.

— Je vois rien pour l'instant. J'y réfléchirai également.

— Vous avez déjà entendu parler d'une certaine Almay Mcmann ?

— Nan.

— Betty Rosner ?

Même réponse.

Nous terminons nos cafés et quittons le *D&D*. Dehors, la chaleur rebondit sur la chaussée comme les vaporisations d'un vieil aérosol. Blackie va dans une direction opposée. Je me demande s'il prend le métro au coin de Prince et Broadway mais je ne l'imagine pas utiliser ce genre de transports. Nous nous serrons la main et je promets de rester en rapport avec lui.

Comme je suis dans SoHo, je décide de faire un saut au dernier bastion du vieux temps, *Angie's*. Il y a toujours les tables d'origine en Formica et les tabourets recouverts de cuir le long du comptoir. Et surtout on y retrouve les gens du quartier. Le rush de midi est passé et seules quelques femmes du quartier sont encore attablées devant leur troisième ou quatrième tasse de café, elles attendent Arnold, le bookmaker. D'ici une demi-heure, l'endroit va de nouveau se remplir et ils serviront des lasagnes et des bolognaises maison à des prix imbattables en ville.

Le mari d'Angie, Dario, est mort quand elle avait trente ans, la laissant seule avec deux enfants, Trella et Dario Jr. Cela fait plus de vingt ans qu'elle s'occupe du restau et que ses enfants vivent correctement. Mais Dario Jr. ne passe plus beaucoup la voir depuis qu'il est avocat. Il a honte de sa mère. Moi, je la trouve géniale.

Angie m'aperçoit et m'entraîne vers le fond.

Je la suis derrière un rideau et pénètre dans une petite pièce pourvue d'une chaise longue en similicuir dont les bras élimés laissent mousser la bourre comme de la crème fouettée. Il y a également une table pour jouer aux cartes et une chaise pliante. Une ampoule nue pend du plafond mais elle n'est pas allumée en ce moment. Un fragment de jour passe par une petite fenêtre crasseuse.

Angie a les cheveux coiffés à la pompadour, dans le style des années quarante. Son maquillage est impressionnant et ses faux cils font de l'ombre sur ses pommettes poudrées.

— Qu'est-ce qu'il y a, Angie ?

— Je suis contente que tu sois passée. Big Mar veut te voir.

Nous savons toutes deux que ce n'est pas bon signe.

13

Big Mar, c'est Marius Petrocelli, un chef de la famille Campisi.

— Pourquoi veut-il me voir ?

— J'en sais rien, Lauren. Sonny B. te cherchait, il m'a dit de te dire que Big Mar voulait te voir. Tout de suite.

Sonny B. est un sous-fifre au service d'un des lieutenants de la mafia du coin.

— Il t'a dit où je pourrais trouver Big Mar ?

— Comme d'habitude.

— Bon, eh bien, merci, Angie.

Je repousse les rideaux mais elle pose une main sur mon bras.

— Tu seras prudente, hein, Lauren ?

— Je suis toujours prudente.

— Big Mar est un peu cinglé, tu sais.

— Tu ne m'apprends rien.

Je connais Big Mar. On ne travaille pas dans ce genre de quartier sans connaître les antécédents de ses habitants.

— Ne t'en fais pas, lui dis-je en lui pinçant amicalement la joue.

— C'est ce que tu dis toujours, fait Angie en secouant la tête.

Ses longues boucles d'oreilles en argent tintent.

— Merci pour le renseignement, dis-je en m'en allant. A plus tard.

Le « club de rencontre » de Big Mar se trouve sur Sullivan entre Bleecker et la 3e. Je n'aime pas Big Mar. Non seulement il est fêlé, mais en plus il est dangereux. Par exemple, si je ne me présentais pas dans les vingt-quatre heures il enverrait un de ses hommes pour me chercher, d'une façon ou d'une autre. Big Mar a une sale mentalité, c'est plus que certain. Mais le pire, c'est qu'il donne une mauvaise image des Italiens. Je n'ai aucune idée de ce qu'il me veut. Les Italiens de son clan ne font jamais appel aux femmes, sauf pour avoir des rapports sexuels. Et je sais que ce n'est pas ce que veut Big Mar dans mon cas. Perspicace, non ?

Sur le trottoir, deux jeunes femmes guettent le client. L'une porte un ensemble rose style années 50, avec des tennis rouges montantes ; l'autre un caleçon de cycliste hawaïen et un T-shirt vert. Elle est pieds nus et ses cheveux sont teints en violet. Quand je passe, elle m'interpellent à voix basse.

— De la bonne, de la bonne, de la bonne, de la colombienne.

— De la super, on la goûte on l'aime.

Je souris, décline et passe mon chemin.

Le club est dans une boutique. La fenêtre, les moulures et le verre de la porte sont peints en vert foncé. Il est écrit, en lettres dorées, « Sullivan Social Club ». L'arrière d'un climatiseur dépasse d'un trou au-dessus de la porte et laisse échapper un sinistre gargouillis. Au moins je serai au frais. Je frappe.

— C'est qui ?

— Lauren Laurano.

J'entends une série de verrous qu'on manipule et Sonny B. m'ouvre. Il est petit et ses cheveux tombent sur son front. Son menton est épais et remonte, lui donnant un air compressé, comme si sa tête avait été prise dans un étau. Vêtu d'un pantalon de jogging et un T-shirt noir, il a un paquet de cigarettes coincé sous la manche courte de son bras gauche. Il tient une allumette entre les dents. On dirait qu'il sort d'un film de Scorsese.

— Tu peux entrer, poulette, me dit-il.

L'heure n'est pas aux remarques féministes. Je compte jusqu'à trois pour me calmer et j'entre. L'air froid me surprend comme une lame de rasoir sur la peau. Des petits groupes d'homme, assis à des tables, jouent aux cartes et parlent en italien. Tous me fixent. Une impressionnante machine à espresso est sur ma droite et un type du nom de Pat la fait marcher. Sonny referme la porte et commence à me fouiller. Je recule.

— Faut que je le fasse, chérie. Le règlement c'est le règlement.

Je sais qu'il est stupide de discuter. Mais comme je n'ai pas mis de déodorant, je le préviens en levant mes bras, résignée.

Tous ricanent grossièrement et font des remarques.

— Eh, Sonny, lui pelote pas les seins.

— Y a Anita Hill qu'est là, Son, alors fais gaffe.

— Pas de harcèlement sexuel, Sonny.

J'aurais mieux fait de me taire.

— Elle est *clean*, dit Sonny.

— Où est Petrocelli ?

Sonny me désigne la porte du fond d'un mouvement de la tête. Il frappe deux fois, ouvre et me fait signe d'entrer.

Big Mar est assis seul à une table, une tasse d'espresso et une assiette de *cannoli* devant lui. Après tout, Big Mar n'a pas gagné ses galons en mangeant des salades. Une frange de cheveux gras encercle sa grosse tête. Il porte des lunettes à montures métalliques mais elles ne parviennent pas à dissimuler son regard froid de serpent. Au-dessus de ses lèvres fines il y a une petite moustache grise. Je pense à Hitler. Il porte un costume en soie bleu, une chemise bleu foncé, une cravate blanche avec une épinglette en or. Ses mains trapues sont posées sur la table ; ses doigts, semblables à des saucisses, tapotent le bois. A son annulaire droit il a un gros diamant serti d'or, à l'auriculaire gauche un saphir noir de la taille d'un raisin.

— Miss Laurano, me dit-il en m'adressant un sourire mécanique, asseyez-vous, asseyez-vous.

J'obéis et prends place en face de lui.

— Qu'est-ce qui vous ferait plaisir, mon amie ? Espresso ? Cappucino ? Quelque chose de plus fort ?

— Rien, merci.

Il redresse sa tête et son menton fait trois gros plis.

— Hé, *paisan*, vous ne voulez pas trinquer avec Petrocelli ?

Big Mar parle toujours de lui en utilisant son nom de famille. Il n'aime pas son surnom et c'est sa façon à lui d'exprimer sa désapprobation. S'il surprend quelqu'un en train de l'appeler Big Mar, il exprime aussitôt sa désapprobation sur la personne en question. Un type du nom de Shifty Schneider avait paraît-il perdu ses deux majeurs pour avoir commis pareille infraction.

— J'ai déjà pris quelque chose, dis-je.

— On ne prend jamais assez de café ou d'espresso.

Il croise ses gros doigts et fait craquer ses jointures comme s'il s'agissait de cosses de cacahouètes.

— Je n'ai pas soif, dis-je.

Il fronce les sourcils, et les rides sur son front s'empilent mollement, lui donnant l'air d'un bouledogue.

— Eh, ne peut-on être amis ?

Je ne réponds pas.

— Oh, c'est vrai, j'oubliais.

Je ne pige pas tout de suite.

— Vous détestez les hommes, exact ?

C'est reparti. Dois-je engager le débat ?

— Vous êtes gouine, c'est bien ça ?

C'est plus fort que moi :

— Je suis lesbienne, si c'est ce que vous voulez dire.

— Ouais, lesbienne. Et vous autres, vous aimez pas les hommes, je me trompe ou non ?

— Vous vous trompez.

Pourquoi est-ce que je me laisse entraîner dans cette stupide discussion ?

— Vous voulez dire que vous aimez les hommes ?

— Certains, oui.

— Oh, je vois, les pédales par exemple.

— Les lesbiennes aiment certains hommes, qu'ils soient homosexuels ou hétéros. Pourquoi est-ce qu'on détesterait les hommes ? Nous ne sommes pas obligées de coucher avec eux.

Il en reste bouche bée. Visiblement il n'avait jamais envisagé la chose sous cet angle.

— Pourquoi souhaitiez-vous me voir ?

— Tout d'abord, sachez que ce n'est pas nous. On ne s'amuse pas à dégommer des figurants sans bonne raison.

— Et des acteurs de premier plan ?

— Hein ?

— Laissez tomber. Cette rumeur a démarré plutôt vite, non ?

— Vous savez comment c'est. Ils aiment bien nous faire porter le chapeau dès qu'ils peuvent.

Ils, je sais, désigne le reste du monde, et plus particulièrement la police.

— C'est la façon d'opérer de l'assassin, je suppose, le coup de la strangulation.

— Et qu'est-ce que je viens faire là-dedans ?

— Je veux vous engager.

Je manque éclater de rire.

— M'engager pour quoi faire ?

— Pour découvrir qui a zigouillé cette poule.

— Je ne suis pas libre.

— Vous n'êtes plus détective privée ?

— Je n'ai pas dit ça. J'ai dit que je n'étais pas libre.

Même Big Mar devrait pouvoir comprendre ce type de réponse.

— Vous voulez dire que vous n'êtes pas libre pour moi ?

— Exact.

— C'est quoi, vos tarifs ?

— Quatre mille dollars par jour.

— Quatre mille… hé, *paisan*, vous êtes une comique, vous !

Son visage se fragmente en un sourire qui explose en petites dents pointues. Puis il éclate de rire comme s'il venait d'avoir un hoquet.

Je ne dis rien. Le hoquet se change en goulées, les goulées en hyperventilation puis en sanglots. J'ai déjà vu des gens passer du rire aux larmes, mais jamais de cette façon. Ça doit être parce qu'il est fêlé. J'attends en tambourinant du bout des doigts sur mon genou. Finalement il s'arrête de sangloter, sort un mouchoir soigneusement plié de sa poche de poitrine, s'essuie les yeux, se mouche, puis laisse tomber le bout de tissu par terre.

— Bon, voilà l'affaire, dit-il comme s'il ne s'était rien passé. Nous voulons que vous découvriez qui a refroidi cette poule parce qu'on travaille avec les syndicats. Relations publiques.

Une fois de plus je dois m'empêcher de rire.

— Relations publiques ?

— Ouais. L'image. Vous imaginez l'image qu'on aurait si on se mettait à éliminer ce genre de gonzesses ? On veut pouvoir faire marcher l'industrie. Faut que les gens continuent de venir ici, et pour ça faut entretenir les relations. Alors c'est quoi, vos tarifs ? Deux, trois cents par jour ?

— Pourquoi moi ?

— Parce que vous êtes bien placée. C'est bien vos amis qui tournent ce film ?

J'ai la chair de poule qu'il en sache autant. Je ne réponds rien.

— Et vous travaillez sur une affaire qui est liée, non ?

Je suis tétanisée.

— Ouais, je sais ce que vous allez me dire, le secret professionnel et tout ça. Mais nous pensons que vous êtes bien placée pour débusquer le gars qui l'a tuée.

— Cela ne m'intéresse pas, dis-je en me levant.

— Hé, attendez une minute. On y mettra le prix qu'il faut. Disons trois cent cinquante par jour.

— Plus les frais ?

— Bien sûr. Vous nous prenez pour qui, des pingres ?

Tout ce dont j'ai envie, c'est de sortir d'ici.

— Je vais y réfléchir.

— Brave fille.

Il m'assène une tape dans le dos et je sens mes vertèbres s'enfoncer dans mes seins.

— Eh, vous le regretterez pas, vous voyez ce que je veux dire ?

Je n'ai aucune intention d'accepter sa proposition mais il est important de le faire patienter jusqu'à ce que l'affaire soit résolue. Je n'ose pas imaginer ce qu'il ferait si je lui opposais un refus définitif.

— Je vous recontacterai, Big Mar.

Merde ! Pourquoi suis-je incapable de me tenir ma langue ?

Ses yeux se rapprochent et son visage se change en cocotte-minute sur le point d'exploser.

— Je ferai comme si je n'avais rien entendu, murmure-t-il.

— Bonne idée.

Je sors et traverse la première salle. Toutes les

conversations s'interrompent. Sonny B. est près de la porte, les pieds croisés, les bras étendus.

— Revenez nous voir bientôt, dit-il comme s'il s'agissait un thé dansant.

Il défait les verrous.

La rue est une véritable fournaise mais je suis heureuse d'être dehors. Et vivante.

Quand j'arrive à la maison, Kip est avec un patient. J'allume mon ordinateur, lance mon programme Winqwk et écris une lettre à David. Je lui ai déjà parlé de mon enquête mais j'ai une requête à lui faire.

Cher David,

Devine quoi ? J'ai retrouvé la femme qui avait disparu, mais elle était morte. Devine où ? Sur le tournage d'un film devant chez moi. Je sais, je sais, mais c'est la vérité. Et j'ai besoin de ton aide. Puisqu'elle avait entamé une carrière au cinéma, même modeste, pourrais-tu essayer de me dégoter sa bio ? Elle figurait au générique de ce film sous le nom de Shelley McCabe. Peut-être connais-tu quelqu'un dans le milieu qui la connaissait. Tout ce que tu pourras trouver me sera utile. Je sais que tu as du travail mais le plus tôt serait le mieux. Je te contacte bientôt. Merci et j'espère que le spectacle de Trinchieri s'est bien passé.

Lauren

Je quitte Winqwk, lance Unicom et compose le numéro de Invention Factory. Après avoir envoyé la lettre à David je quitte le BBS. Je n'éteins pas l'ordinateur parce que mon économiseur d'écran va s'activer dans trois minutes. Cette semaine, ce sont des poissons qui nagent. Parfois c'est le Crayon Qui Tue ou les Spirales. J'aime en changer de temps en temps. J'ai l'intention d'appeler I.F. plus tard pour voir si David a trouvé quoi que ce soit.

Kip et moi en avons terminé au même moment et nous nous retrouvons dans le salon.

— Bonjour, amour de ma vie, fait-elle.

Pourquoi est-ce qu'elle dit ça ?

— Bonjour.

Elle me prend dans ses bras et je passe mes bras autour de sa taille sans trop d'enthousiasme. Des images de Cybill Shepherd dansent dans ma tête.

— Tu m'aimes à ce point ? fait Kip en se dégageant. Qu'y a-t-il ?

— Je comprends pas pourquoi tu dis ça.

— Vraiment ? J'ai l'impression d'être dans les bras d'un poisson.

— Les poissons n'ont pas de bras.

— Tu as tout compris.

— Cette enquête me perturbe, je suppose.

Que dire d'autre ?

Elle va s'asseoir dans le fauteuil, pose la tête sur le dossier et ferme les yeux.

Je sais qu'elle pense à Cybill. Peu importe qu'elle prenne souvent cette posture après une dure journée. Ça n'a rien à voir.

— Dure journée ? je demande.

— Pas spécialement. Le lot normal de névrosés et de tueurs psychopathes. Et toi ?

— J'avais rendez-vous avec mon client. Il veut que

je continue l'enquête.

Je prends place sur le canapé.

— Eh bien, c'est une bonne nouvelle, non ?

— Qui a dit que c'en était une mauvaise ?

Elle rouvre les yeux et me regarde.

— Personne. Tu es un peu sèche, non ?

— Non.

Elle va me trouver toutes sortes de défauts et penser à comment seraient les choses si elle était avec… Cybill.

— Non ? C'est pourtant l'effet que tu donnes.

— Tu te méprends toujours.

— Tiens donc !

— Souvent.

— Parfois.

— Ne commence pas.

— Ne commence pas quoi ?

— A prendre ta voix de psy équilibrée.

— Qui est en train de se méprendre ? C'est quoi le problème, chérie ?

— Rien. Laisse tomber. (Je compte jusqu'à cinq.) Qu'est-ce que tu penses de Cybill Shepherd ?

— Elle est extrêmement sympa.

— Et belle, non ?

— Bien sûr, mais ça n'était pas une découverte.

— C'est ton genre, dis-je en repensant aux blondes qu'elle a connues avant moi.

— A peine.

— Ça veut dire quoi ?

— Lauren, tu n'es pas une grande blonde, au cas où tu l'aurais oublié.

— Mais les autres l'étaient.

— Les autres ?

— Tes ex.

— Tu n'es pas jalouse, quand même ?

— Bien sûr que non.

— Si, tu l'es. Tu es jalouse de Cybill Shepherd.

— Je t'ai dit que non.

— Oui, mais tu as menti.

Elle se lève.

— Reste là.

Elle se rassoit.

— Parle-moi franchement. Dis-moi ce que tu ressens pour elle.

— Je te l'ai dit. Je l'ai trouvée extrêmement sympathique et différente de ce à quoi je m'attendais.

— Et belle.

— Et belle. Je reconnais.

— Et tu la désires.

— Tu es folle ?

— Pas ce ton-là avec moi.

— Lauren, c'est ridicule. Pour commencer, cette femme est hétéro.

— Oh, je vois. Si elle était gay, alors tu serais intéressée.

— Ce n'est pas ce que je voulais dire.

— Alors, tu voulais dire quoi ?

— Il n'y a que toi qui m'intéresse.

— Alors quelle différence qu'elle soit lesbienne ou pas ?

— Aucune. C'était stupide de dire ça.

Qu'est-ce qu'il me faut de plus ? Kip m'ouvre ses

bras. Est-ce que j'y vais ? J'y vais. Je lui raconte les derniers développements de l'enquête mais sans mentionner Big Mar. Ça l'effraierait.

14

Cecchi a donné son feu vert pour la reprise du tournage. Depuis mon bureau je les entends qui se remettent au travail. Je viens de me connecter à Invention Factory. Je suis heureuse de voir que j'ai du courrier parce que je suis sûre qu'il s'agit de David.

Effectivement.

Chère Lauren,

J'ai une piste concernant ta McCabe. Mais tu t'étais un peu plantée pour la liste des noms. McCabe/Mcmann en a utilisé deux, mais quelqu'un d'autre a utilisé ceux qui restaient. Et certains sont des combinaisons différentes. Faut que je file à la répétition. La suite plus tard.

David

La suite plus tard ? Le petit gredin. Quelle suite ? Nous n'avons jamais échangé nos numéros de téléphone, aussi je ne peux pas l'appeler. Soudain, toute cette histoire de communication par ordinateur interposé me semble absurde.

Je sais où ont lieu ses répétitions. Je pourrais y aller et lui parler. Mais cela enfreindrait notre décision de ne jamais nous rencontrer. Mais bon, c'est une question de vie ou de mort.

Ou s'agit-il d'un problème éthique ?

Qu'est-ce que ça peut me faire ?

Que ressentirais-je si David venait soudain frapper chez moi ?

Ça me déplairait.

Je devrais donc attendre. En attendant, je vais aller interroger Doyce Schroeder, l'agent de McCabe, qui en saura sûrement plus sur elle.

Il n'est que neuf heures du matin mais dehors l'atmosphère est déjà épaisse et moite. Il n'y a pas la moindre trace de ce qu'on appelle de la brise. J'imagine un de ces énormes baromètres de dessin animé en train d'enfler puis d'exploser. Les types de la météo nous parlent comme si nous étions menacés par une éruption volcanique. Ça les fait bicher. Bon, on transpire un peu, c'est vrai, mais ce n'est rien en comparaison de la crue du Mississippi.

Les camions de tournage sont alignés sur le trottoir gauche de la rue. L'autre trottoir est occupé par les caravanes des acteurs. L'équipe prépare un plan. Cela va sûrement prendre des heures.

— Hé, Lauren !

Je me retourne. De l'autre côté de la rue un type vient de sortir d'un camion et me fait signe. Je ne le reconnais pas mais j'attends qu'il s'approche. Il me rejoint et me tend une main et son visage me dit quelque chose. Mais je ne vois pas qui c'est.

— Jim Daniels, me dit-il.

— Jimmy l'Escargot ?

— Lui-même.

Quand on était gamins, Jimmy était le plus lent du quartier, toujours le dernier à participer aux jeux.

— Comment ça va, Jim ?

— Bien, bien. J'arrive pas à croire que c'est toi. Ne me dis pas que tu habites le coin ?

— Juste là, dis-je en désignant l'immeuble.

— Tu as un appartement là-dedans ?

J'hésite, mais bon.

— L'immeuble nous appartient.

— Sans blague.

Daniels est grand et a des bras épais, de grosses mains. Il n'a plus beaucoup de cheveux. Ses yeux marron sont cernés. Mais il a encore belle allure et possède ce sourire de travers qui rendait folles les filles.

— Il fait quoi ?

— Qui ça ?

— Ton mari.

— Jim, pourquoi est-ce tu ne me demandes pas ce que je fais, moi ?

— Eh bien, euh, je…

— J'écoute.

— Pourquoi je te demande pas ce que tu fais ?

— Oui.

— Pourquoi je te demande pas ce que tu fais ?

— C'est bien cela.

— J'en sais rien. Pourquoi je te demande pas ce que tu fais ?

— Parce que tu penses que je ne fais rien. ?

— Eh, Lauren, me prends pas la tête, d'accord ? Je voulais juste te dire bonjour. T'es prof, c'est ça ?

Je dissimule ma colère. Enseigner est la seule

profession que peuvent faire les femmes à en croire certains hommes.

— Je suis détective.

— Ça doit être intéressant. (Il n'a pas l'air de le penser du tout.) Bon, et, heu… qu'est-ce que fait ton mari ?

Daniels est désespérant.

— Je n'ai pas de mari.

— Oh, je vois, donc tu vis juste avec un type. Pas de problème. Qu'est-ce qu'il fait ?

— Elle est analyste.

— Cool.

Mais je sais qu'il ne trouve pas ça cool.

— J'ai épousé Ceil Nardone.

C'était son amoureuse au lycée.

— C'est chouette.

— Ouais. On a quatre enfants.

— Génial.

— On habite L.A.

— Et qu'est-ce que tu fais ici, Jimmy ?

— Je travaille sur ce film. Je suis électro.

Je sais par mes amis qu'un électro est un chef électricien, la personne chargée du groupe électrogène, mais l'attitude de Daniels m'agace et je lui décoche un regard stupide pour l'obliger à me traduire.

— L'éclairage.

Je hoche la tête. Ça lui apprendra. Qu'est-ce que je peux être chiante, des fois…

— Et donc, euh, tu es détective. Tu travailles sur cette affaire ?

J'acquiesce.

— Du sérieux, hein ?

J'ignore sa remarque et lui demande :

— Tu la connaissais ?

— Qui ça ?

— La victime ?

— Un peu. J'avais fait d'autres films avec elle. On se fréquentait pas, note bien.

— Que peux-tu me dire la concernant ?

Il fronce les sourcils comme pour témoigner de sa concentration.

— Juste entre nous, ce n'était pas une actrice de première. En fait, j'ai toujours été étonné de la voir sur un tournage. Avec tous les figurants et les panouilles qu'on trouve, je comprends pas comment elle obtenait des rôles.

— Elle était à ce point mauvaise ?

— Pas mauvaise, non. Plutôt terne, quelconque. Peut-être qu'elle couchait avec quelqu'un d'important.

— Tu ne penses à rien d'autre ?

Il se rengorge comme un pigeon qui fait la parade.

— Faut que tu comprennes, Lauren, que quand tu travailles sur un film, tu n'as pas le temps de regarder les figurants. Electro, c'est du boulot.

— Je n'en doute pas, dis-je. Mais j'ai remarqué qu'il y a pas mal d'attente sur un tournage.

— C'est exact. Laisse-moi réfléchir.

Maintenant que j'ai reconnu l'importance de son travail, il paraît plus disposé à m'aider.

— Eh bien, il y avait un truc qui était plutôt étrange. Même si on se fréquentait pas vraiment, ça arrivait qu'on papote. Parfois, quand je faisais allusion à un sujet dont nous avions parlé, elle se comportait comme si elle ne savait pas de quoi je causais.

— Tu veux dire qu'elle ne se rappelait pas que vous aviez parlé de certaines choses ?

— Ouais, c'est cela. Pour être franc, Lauren, les acteurs sont parfois très snobs. Même les petits rôles comme elle. Désolé de rabaisser une morte. Mais c'est la vérité. C'est pour ça que je copine jamais avec les acteurs. Ils s'imaginent qu'ils sont des êtres supérieurs. C'est pire que les réalisateurs.

— Tu ne lui as jamais fait de remarque sur ces trous de mémoire ?

— Non. Je ne voulais pas leur donner plus d'importance qu'ils n'avaient, ou qu'elle croie qu'elle était quelqu'un et moi juste un pauvre crétin d'électro. Pourtant, ça ne l'empêchait pas de se comporter avec moi comme si j'étais un lointain cousin qu'elle retrouvait.

— Et elle se rappelait alors certains sujets de conversations ?

— Oh, ça oui. Je crois qu'elle était un peu fêlée.

— Tu penses à autre chose, Jimmy ?

— Non. Comme je l'ai dit, je ne la connaissais pas très bien, et j'avais pas envie d'aller plus loin. Non pas que je sois content qu'elle soit morte. Tu as des pistes ?

Je hausse les épaules.

— Secret professionnel, hein ?

— Tout juste. (Je lui tends ma carte.) Si tu penses à quoi que ce soit, passe un coup de fil.

— Je n'y manquerai pas. Je vais rester dans le coin encore deux semaines. Déjeunons ensemble un de ces quatre.

— Avec plaisir, dis-je sans en penser un mot. Faut que j'y aille. Salue Ceil de ma part.

— Promis.

Nous nous serrons la main et c'est alors que j'aperçois Rick et Susan en train de boire un café et de grignoter des doughnuts.

Je m'approche et entends Susan déclarer :

— Le crime donne faim.

— Tu crois qu'on peut en tirer un livre ?

— Peut-être une série, commente Rick.

— Vous devez être contents de reprendre le tournage.

Ils acquiescent.

— Je me dis que si William était là, fait Rick, il nous traiterait de païens. Il joue les moralisateurs depuis qu'il a arrêté la coke.

— William a toujours été quelqu'un de très moral, dis-je.

— Et pas nous ? demande Susan sur la défensive.

— Ce n'est pas ce que j'ai dit ni voulu dire. Et il n'y a rien de mal à être content d'avoir repris le travail.

— Tu crois que c'est quelque chose d'isolé, Lauren ? demande Rick. Susan et moi nous imaginons que tous les acteurs vont y passer les uns après les autres. Il y a peut-être un fou dans les parages.

— C'est possible, mais j'en doute.

Je suis persuadée qu'en dépit de la coïncidence, le drame n'est pas lié à leur tournage. Celui ou celle qui a tué Shelley McCabe en avait après Susie Mcmann.

— Je me sentirais nettement mieux si tu t'occupais de cette affaire, dit Rick.

— C'est le cas.

Ils me regardent d'un air incrédule. Je leur explique que mon client veut que je continue l'enquête.

Prenant sa voix d'annonceuse de film, Susan déclame :

— Elle n'est qu'une modeste détective, mais les ennuis sont son lot quotidien. Quand un important tournage s'installe en ville et que le meurtre fait la une, elle part sur les traces de l'assassin. Lauren Laurano enquête. Bientôt sur vos écrans.

— Coince ce salopard, dit Rick.

— De ce pas, de ce pas. A plus tard.

Au coin de la 7e Avenue et de Grove Street, le vendeur de cacahuètes grillées au miel installe son matériel. C'est un nouveau, il est là depuis moins d'un an, mais on ne sait jamais.

Le type a la trentaine et une barbe bizarrement pelée comme s'il s'était rasé au cutter. Il porte un jean et un T-shirt qui proclame JUST DO IT[1]. J'en ai vu déjà pas mal en circulation sans jamais savoir au juste de ce que cela veut dire. De nombreuses interprétations sont possibles.

J'ignore comment il s'appelle mais nous nous adressons un signe de tête. Ça se passe souvent ainsi quand on croise la même personne au même endroit tous les jours. Il m'arrive même de lui acheter un sac de cacahuètes. Elles sont excellentes. Il a commencé avec les cacahouètes mais récemment il s'est mis aux amandes et aux noix de cajou. Le week-end, son commerce prospère.

1. Slogan d'une célèbre marque d'articles sportifs. Littéralement : FAIS-LE, C'EST TOUT. *(N.d.T.)*

Je le salue.

— Pas encore prêt, répond-il sans lever les yeux.

— Pas de problème.

— Donnez-moi cinq bonnes minutes.

— Je peux attendre.

Il lève les yeux.

— Oh, c'est vous ? Ça boume ?

— Comme ci, comme ça. Je peux vous poser une question ?

— Bien sûr. Mais je crois savoir de quoi il s'agit.

— Ah bon ?

— Pourquoi est-ce que je fais ce métier ?

Je fais comme s'il avait deviné.

— C'est bien cela.

— Je suis allé à Harvard.

J'éclate de rire.

— Vous vous marrez. Le fait est que je suis vraiment allé à Harvard, mais pas pour faire des études de vendeur ambulant.

— Vous avez eu vos diplômes ?

— Oui. Je n'avais pas envie de travailler dans un bureau, ça me file la trouille.

— Et dans la rue vous n'avez jamais la trouille ?

— Vous voulez que je vous dise ? Ici, les fêlés sont plus marrants. Au moins la plupart savent qu'ils sont fêlés.

— Je suppose que c'est vrai.

— Bref, ça m'a pris du temps pour réaliser tout ça, c'est dû à l'éducation que vous donne Harvard. Vous passez d'un job à un autre pendant six ans jusqu'à ce que vous pigiez le truc, à savoir que vous ne voulez pas faire ce que vous êtes en train de faire. Mon père a été vraiment content quand j'ai fait cette découverte.

— Je vous crois.

— Ça me plaît ici. Et vous voulez savoir quoi ? Je ne touche pas autant que si j'étais coincé dans un bureau, mais ça marche correctement. J'ai un chouette appartement sur West Fifteen, une chouette épouse et deux chouettes enfants. Nous sommes heureux. Combien de personnes peuvent en dire autant ?

— Pas beaucoup.

— Exact. Vous voulez des cacahouètes, des noix de cajou ou des amandes ?

Je n'ai pas trop le choix.

— Des noix de cajou.

— Votre travail vous plaît, ce truc de détective ?

Je suis étonnée qu'il soit au courant.

— Oui, ça me plaît.

Il sourit.

— Mon boulot est de savoir ce qui se passe. (Il me tend la main.) Je m'appelle Mike Farmer. Vous, c'est Lauren Laurano.

Je lui serre la main et me demande si je ne viens pas de tomber sur une mine de renseignements potentielle.

— Vous savez tout sur tout le monde dans le quartier ?

— Vous voulez qu'on parle du meurtre de Perry Street en face de chez vous ?

Il roule les cacahouètes dans le miel et les fourre dans des sachets.

— Oui.

— Est-ce que je sais qui a fait le coup ? Non. Est-ce que je connais la victime ? Oui.

Il me tend un paquet de noix de cajou chaudes.

— Vous la connaissiez ?

— Ouais. Je l'avais parfois comme cliente, on causait. C'est pas comme l'autre.

— Quelle autre ?

— C'était bien Susie, non ?

— Elle vous a donné son vrai nom ?

— Oui, c'était bien Susie ?

— Oui. Quelle autre ?

— La sœur. Pas sympa.

— La sœur ?

— Susie était vraiment gentille, très amicale. Mais l'autre, euh. Une saleté de snobinarde. M'aurait même pas donné l'heure si je lui avais demandé. Elle s'appelle Helga, mais se fait appeler Sharon. Mais tout ça je l'ai su par Susie.

— Sharon qui ?

— Sheedy. Mais elle prenait d'autres noms, tout comme Susie. Le plus marrant, c'est que même à cent mètres je pouvais savoir laquelle des deux c'était.

— Mike, qu'est-ce que vous me racontez exactement ?

Je crois savoir mais il faut que je l'entende de sa bouche.

— A quel sujet ?

— Cette histoire de la repérer à cent mètres.

— Oh, oui. C'était à cause de la démarche. Susie marchait avec entrain et Sharon avec tristesse, sans vouloir sonner trop pédant.

— Des jumelles ?

— Ouais. Des jumelles.

15

Il y a pire que les mystères, pire que les coïncidences : il y a les jumeaux et les jumelles. J'ai une sainte horreur du plan gémellaire. Il y a des films, des romans, des pièces de théâtre qui fonctionnent là-dessus. Récemment, un grand maître du roman policier s'en est servi pour une de ses intrigues. Et bien sûr même Shakespeare a fait le coup. Mais lui, on peut lui pardonner parce que c'était nouveau à l'époque. J'ai du mal à admettre que je me retrouve embringuée dans une histoire de jumelles. Mais voilà qui explique pourtant ce qu'a dit Jimmy l'Escargot concernant les trous de mémoire de Susie. Si le vendeur de cacahouètes a raison, alors l'autre sœur était également actrice.

J'ai le sentiment qu'on a affaire ici à une affaire de gentille/méchante jumelle. Le pire en matière gémellaire.

La méchante jumelle (Sharon) a-t-elle tué la gentille jumelle (Susie) ?

Je refuse d'y croire.

Pourquoi personne ne m'en a parlé plus tôt ?

Comment être sûre que c'est la gentille jumelle (Susie) qui a été tuée ? Peut-être que c'est la méchante jumelle (Sharon) qui a été assassinée, mais pas par la gentille jumelle (Susie) ?

Ou peut-être que la gentille jumelle (Susie) a bel et bien assassiné la méchante jumelle (Sharon), ce qui du coup signifie que la gentille jumelle (Susie) devient la méchante jumelle (Susie), et que la méchante jumelle (Sharon) se retrouve être la gentille jumelle (Sharon). Gentille mais morte.

ÇA ME REND DINGUE !

Je pousse la porte du *Waverly Place Luncheonette* en espérant y trouver Cecchi. J'ai également l'intention d'y dénicher l'unique annuaire de tout New York.

Un premier coup d'œil m'apprend que Cecchi n'est pas là.

Ruby passe à côté de moi, un plateau de petit déjeuner au bout d'une main.

— Salut, Ruby ? Vous avez vu Cecchi ?

— Pas aujourd'hui.

Elle s'éloigne sans bruit en parfaite serveuse new-yorkaise.

Je vais dans le fond, où se trouve le téléphone, et m'empare de l'annuaire de Manhattan. Pas plus de Sharon ou de Susie Mcmann que de Shelley McCabe. Il y a pas mal de S. Mcmann et de S. McCabe, nettement plus qu'il ne m'en faudrait. Aucune sur la 6e rue est, où habitait la morte selon Cecchi.

Soudain, pour la première fois, Ruby s'adresse à moi directement de son plein gré.

— Alors comme ça il y a eu un meurtre juste en face de chez vous ?

J'acquiesce, épatée par cette conversation spontanée.

— C'est laquelle qui s'est fait zigouiller ?

Visiblement, tout le monde est au courant pour cette histoire de jumelles.

— Susie, dis-je comme si tout cela était de l'histoire ancienne pour moi.

— Dommage. C'était elle la gentille.

Et nous voilà reparties avec cette histoire de méchante et gentille jumelle.

— L'autre ?

— *Farbissineh*. Vous savez ce que ça veut dire ?

C'est du yiddish, mais j'ignore la signification.

— Aigri. Voilà pourquoi on les distinguait si facilement. Une tout soleil, l'autre comme un nuage noir.

— Ruby, est-ce que par hasard vous savez où habite l'aigrie ?

— Son adresse exacte ?

— Oui.

— Je ressemble à un Rolodex ou quoi ? Je devrais connaître l'adresse de mes clients comme s'ils m'invitaient à prendre un verre chez eux ? Excusez-moi, mais j'ai du boulot.

Elle s'éloigne en secouant la tête et en murmurant assez fort pour que je l'entende :

— Je me demande bien ce que Cecchi lui trouve.

Je vais dehors et reste sur le trottoir, à me demander ce que je dois faire. Pas de doute, il faut que j'entre en contact avec David : il doit avoir l'adresse que je cherche.

*
* *

Le théâtre où il met en scène son spectacle se trouve sur Franklin Street. Ça se trouve dans Tribeca. Tribeca veut dire Triangle Below Canal. C'est un quartier qui n'a cessé de s'embourgeoiser depuis dix ans. Ceux qui ne peuvent pas se payer un appart à SoHo s'y installent. Il y a pas mal de restaurants et de clubs dans le coin, et également la compagnie de production de Robert De Niro.

La troupe de David est là depuis longtemps. Elle a été fondée par son ancien amant, Ron Brooks, qui est mort du sida il y a deux ans.

A la différence de Ron, David ne joue pas dans ses pièces, aussi j'ignore à quoi il ressemble. La troupe s'est toujours bien débrouillée mais, avec l'émergence de Tribeca, elle est devenue une compagnie théâtrale très respectée, bénéficiant des louanges du *New York Times.* A la mort de Ron, David m'a écrit qu'il avait peur que la compagnie s'arrête, mais il est parvenu à s'en occuper, écrivant lui-même certaines pièces et obtenant des éloges de la critique.

Du temps où Ron régnait sur ce petit monde, et avant que je ne connaisse David, il m'arrivait d'y aller avec Kip, Rick et William.

L'entrée est quelconque. S'il n'y avait pas ce drapeau annonçant « Compagnie théâtrale des Nomades absurdes », on ne croirait jamais qu'il s'agit d'un théâtre. Je pousse la porte et pénètre dans un petit hall. La caisse est fermée. Il y a deux portes et je sais laquelle donne dans la salle. Je sais que je ne devrais pas faire ça. Nous nous sommes juré de ne jamais essayer de nous voir sans rendez-vous préalable. J'ai honte de moi et j'espère que David sera compréhensif.

La climatisation me tombe dessus quand je m'avance dans la petite salle obscure. Une répétition est en cours. J'attends qu'ils marquent une pause. Je retiens mon souffle quand ils rallument la salle.

Les acteurs quittent la scène et celui qui ne peut être que David se trouve au troisième rang. Lentement, comme si je me dirigeais vers la chaise électrique, je descends l'allée et m'arrête à son niveau. Il s'écoule quelques instants avant qu'il ne me remarque.

— Oui ?

Bien sûr, il ne ressemble pas du tout à ce à quoi je m'attendais. Il est d'une grande beauté un peu fruste, avec des traits irréguliers et des yeux d'un gris austère. Son nez saille comme si le sculpteur n'avait pu le finir et sa bouche est grande et sensuelle.

— David ?

— Oui.

Je n'ai qu'une envie, prendre mes jambes à mon cou. Mais ce serait stupide. Je n'arrive pas à me décider à décliner mon identité. Il repose les feuilles qu'il tenait à la main et se lève. Il fait au moins un mètre quatre-vingt-dix.

— Lauren ?

Je suis abasourdie et effrayée.

— Oui.

Son visage sculptural se fend en un large sourire et il m'ouvre ses bras. Nous nous étreignons.

— Tu es exactement comme je l'imaginais, dit-il.

— Tu ne m'en veux pas ?

— Et pourquoi ? Oh, parce que tu as rompu notre vœu sacré ?

Il éclate de rire.

— Je n'ai pas eu le choix, dis-je platement.

— Tiens donc ? Et pourquoi cela ?

— Parce que je suis une chieuse.

Nous nous regardons. Il porte un jean, un T-shirt rouge, des sandales marron. Une toison noire et bouclée dépasse du col de sa chemise et il a un diamant à l'oreille.

— Je n'arrive pas à croire que je te rencontre enfin, dit-il. Viens, assieds-toi.

Nous prenons place l'un à côté de l'autre au troisième rang.

— C'est vrai, tu ne m'en veux pas ?

— Lauren, je te rappelle que j'avais envie de te rencontrer. C'est toi qui ne voulais pas.

C'est la vérité.

— Je voulais t'appeler mais je n'avais pas ton numéro personnel.

— Je suis sur liste rouge.

— Je n'y avais pas pensé.

— Quelle détective !

— J'ai besoin d'un renseignement et…

— Et c'était pour hier.

— Exact.

Je lui explique l'imbroglio des jumelles et lui demande s'il a l'adresse de Sharon Sheedy.

— Sharon Sheedy se faisait appeler Miranda Sheedy, Beth Davey et Pam Rice. Pour ce qui est de l'adresse de Sheedy (il consulte son calepin), c'est sur Harrison Street. McCabe est sur la 6e rue.

— Celle-là, je la connais. Je crois que c'est celle qui est morte. Il faut que je parle à Sharon, qui est vraiment Helga si ce n'est pas Susie.

— Pardon ?

— Laisse tomber.

Il me donne l'adresse.

— Eh bien, David, je crois que je peux venir voir ta pièce à présent.

— Super. Tu ne regrettes pas qu'on se soit vus ? Ça ne changera rien ?

Je réfléchis.

— On verra bien.

— Personnellement, je suis content.

Je me lève.

— Je sais que tu dois reprendre les répétitions, et moi je dois découvrir qui a tué quelle jumelle.

Nous promettons de rester en contact via le modem et je le remercie pour ses précieux renseignements.

Je sors du théâtre et me dirige droit vers Harrison Street.

16

Je ne sais pas trop combien de temps je vais pouvoir me promener par cette chaleur. Je me demande si ça ne serait pas plus cool en Roller Blades ? Je pourrais prendre des taxis et envoyer mes notes de frais à Blackie, mais tous les taxis n'ont pas la climatisation. Et même si j'en trouvais un qui l'a, ça me prendrait sûrement des mois pour faire tous ces déplacements.

— Eh, mais qu'est-ce que tu fais là ?

C'est ma copine Patty, qui promène son chien Lester.

— Je pourrais te demander la même chose.

— J'habite ici à présent.

J'ai dit une fois à Patty que je la trouvais très belle, ce qui est la vérité, mais en lui précisant bien qu'elle ne devait pas se méprendre, ce qu'elle n'a pas fait.

Lester me mordille la cheville et je pousse un petit cri pathétique.

— Ça suffit, Lester, dit Patty en tirant sur la laisse.

Je suis heureuse de ne pas avoir de chien, comme les trois quarts des lesbiennes. Quand Kip et moi nous sommes mis en ménage, nous avons décidé d'un commun accord de n'avoir ni animaux ni enfants. Nous connaissions déjà à l'époque des couples lesbiens qui avaient des enfants. Toujours des garçons. Étrange, non ?

— Ça ira, dis-je.

Je n'en pense pas un mot, alors pourquoi est-ce que je dis ça ? C'est une réponse-réflexe, comme si Lester était le gosse de Patty et que je ne voulais pas l'insulter. C'est absurde.

— Donc, je repose ma question, dit Patty. Qu'est-ce que tu fabriques dans le quartier ?

— Ce n'est tout de même pas comme si on se croisait dans une rue de Tolède.

Elle rit.

— Je ne sais pas pourquoi, mais j'ai du mal à t'imaginer hors de chez toi.

— Patty, tu sais quel métier j'exerce ?

— Tu es détective.

— Alors comment pourrais-je ne jamais sortir de chez moi ?

— Nero Wolfe y arrivait bien, lui.

— Wolfe était un personnage de roman.

— Je le sais bien.

Lester se rapproche dangereusement de mes pieds et Patty le tire en arrière.

— Sais-tu où se trouve Harrison Street ? Je croyais le savoir mais je n'arrive pas à la trouver.

— C'est une drôle de petite rue et si tu ne sais pas où elle est, tu ne la trouveras pas. (Elle me l'indique.) Tu es sur une enquête ?

— Oui.

— Je peux venir avec toi ?

— Bien sûr que non.

— Même si tu étais Lew Archer, je sais que je ne pourrais pas venir avec toi.

— Patty, tu n'as jamais eu l'idée d'ouvrir un roman

policier écrit par un contemporain ? Même par une femme ?

— Je les ai tous lus. A plus, bisous à Kip.

Harrison Street est une petite rue. D'un côté se dressent plusieurs maisons particulières restaurées et de l'autre de grands immeubles. *Chanterelle*, un des restaurants les plus chers de New York, se trouve à un angle. L'immeuble de De Niro n'est pas loin et je me demande si je ne vais pas croiser le beau Bobby. Je plaisante. Je connaissais son père parce qu'il habitait en face de chez Jenny.

Le 25 est un immeuble de trois étages en briques rouges. Je grimpe les marches du perron et examine les sonnettes. L'une comporte l'inscription « Sheedy & Collins ». Je sonne et, presque aussitôt, une voix de femme me demande qui je suis. Je lui réponds et elle me dit d'attendre.

L'odeur manque me faire tituber quand la porte s'ouvre. Je n'ai aucun doute quant à l'origine de cette odeur : des chats.

La femme qui se tient sur le seuil est minuscule. Elle a la peau fine avec des veines bleues et délicates. Son crâne rose et dégarni comporte quelques vestiges de cheveux blancs. Un chat orange et blanc, avec de longs poils et une queue broussailleuse, ronronne dans ses bras, et autour de ses pieds passent et repassent d'autres chats de différentes couleurs et de différentes tailles. Un bruit régulier, comme des gens qui prient, parvient de l'intérieur de la maison. Mais je sais qu'il s'agit de miaulements.

— Qu'est-ce que vous voulez ?

— Vous êtes Sheedy ou Collins ?

— Collins.

— Ms. Sheedy est-elle là ?

— Non, elle n'est pas là.

— J'aimerais m'entretenir avec vous à son sujet.

— Oh mon Dieu !

— Il y a un problème ?

— Entrez.

Le chat souffle en me fixant.

— Toto, dis-je tout haut, je crois que nous ne sommes plus au Kansas [1].

— Au Kansas ?

— Ce n'est rien.

Elle regarde autour d'elle.

— Qui est Toto ?

— Personne.

— Je ne crois pas avoir de chat de ce nom.

— Sans doute pas.

Je la suis avec ses six chats dans le couloir. L'odeur d'urine de félidé me donne envie de vomir. Nous entrons dans un salon dont les meubles sont tous dans un état de délabrement plus ou moins avancé. Il y a d'autres chats dans la pièce, en si grand nombre que je ne peux les compter.

— Combien de chats avez-vous, Ms. Collins ?

— Oh mon Dieu, répète-t-elle, et je comprends que cette réponse est chez elle un automatisme, rien de plus. J'en ai tellement, tellement.

Il est clair qu'elle n'a aucune idée précise du nombre.

1. Célèbre réplique de Dorothy à son chien dans le film *Le Magicien d'Oz. (N.d.T.)*

Elle caresse le chat orange, puis le laisse sauter à terre.

— Gus, dit-elle.

— Gus ?

La clameur des chats est plus forte ici et je suis obligée d'élever la voix.

— C'est son nom, explique-t-elle en me désignant l'animal qui s'éloigne. Ils sont si dépendants, que parfois je me demande ce que je vais faire. On ne peut pas tous les aimer autant, quoi qu'on en dise. Certains sont plus gentils que d'autres. Prenez Taj, par exemple. La plupart du temps elle est grognon et c'est dur de lui montrer de l'affection ou de la compassion. En revanche, Phoebe est adorable. Enfin, vous me comprenez, n'est-ce pas ?

— Absolument.

— Et puis il y a Sontag et Annie, qui ne veulent rien avoir à faire avec les autres. Très hautaines, ces deux-là. Asseyez-vous, si vous trouvez un endroit.

Mal à l'aise, je m'assois sur le bord du canapé dévasté. Ms. Collins reste debout, avec à présent dans les bras un chat tout noir.

— C'est Wally.

— Ms. Collins, quand avez…

— Appelez-moi Win. Mon vrai nom, c'est Winifred, mais tout le monde m'appelle Win. Mes parents m'appelaient Fred mais ça ne me plaisait pas.

— Win. Très bien. Quand avez-vous vu Sharon pour la dernière fois ?

— Vous savez, c'est bizarre que vous me posiez la question. Cela fait cinq jours que je ne l'ai pas vue. Elle travaille sur un tournage, je crois.

— Cinq jours ? Et vous n'êtes pas inquiète ?

— Oh, non. Nous menons des existences séparées. Il lui arrive souvent de ne pas rentrer la nuit. Mais je dois reconnaître qu'elle ne s'absente jamais aussi longtemps.

— Depuis combien de temps habitez-vous ensemble ?

— Oh mon Dieu ! Ça fait un bon bout de temps. Huit ans, peut-être.

— Posséderiez-vous par hasard une photo de Sharon ?

— Pourquoi est-ce que j'aurais une photo d'elle ? J'espère que vous ne croyez pas que nous étions… enfin, vous savez.

Elle fronce le nez.

Réagir ou ne pas réagir, là est la question. Dois-je défendre en permanence mes couleurs ? Je décide de laisser glisser jusqu'à la prochaine allusion.

— Elle devait bien avoir des photos d'elle-même. Toutes les actrices en ont.

— Devait ?

— Pardon ?

— Devait. Vous avez dit « devait ».

Une lueur d'inquiétude passe dans ses yeux bleu pâle et quand le chat se dégage de ses bras, elle porte immédiatement ses mains à ses rares cheveux, ses petits doigts s'entortillant autour comme si elle essayait de faire des boucles.

— Oui, dis-je doucement. Je crois qu'elle est morte. En fait, ce peut être elle ou sa jumelle, nous ne le savons pas encore.

— Sa jumelle ?

— Vous ne saviez pas que Sharon avait une jumelle ?

— Sharon n'a pas de jumelle. Oh mon Dieu ! Non. Sharon n'a pas de jumelle. Où êtes-vous allée pêcher cette idée ?

— Cela a été établi, Ms.… euh, Win.

— Établi ? Qu'est-ce que ça veut dire ? Établi par qui ?

Win est troublée et parle très vite. Je comprends son désarroi. Cela doit être terrible de vivre avec quelqu'un pendant huit ans et d'ignorer un fait aussi essentiel.

— Essayez de garder votre calme. Comment avez-vous fait la connaissance de Sharon ?

— J'avais passé une petite annonce. Elle y a répondu. Mais, oh mon Dieu, Sharon n'avait pas une jumelle.

— Peut-être l'ignoriez-vous.

— Elle n'a pas de jumelle. Ce sont des triplées.

NON ! PAS ÇA !

Je dois être en train de rêver.

— Des triplées ?

— Oui, ma chère. Sharon, Susie et Samantha.

— Samantha.

Je suis abasourdie. J'ai l'impression de me retrouver dans un mauvais feuilleton télé.

— L'une d'elles souffre-t-elle d'amnésie ?

— Non, je ne crois pas.

Il y a pire que les mystères, pire que les coïncidences, pire que les jumelles. Il y a les triplées !

— Samantha est-elle actrice ?

— Je ne le pense pas. J'ignore ce qu'elle fait. Je ne l'ai jamais vue.

— Alors comment savez-vous qu'elle existe ?

— Les deux autres, Susie et Sharon, en parlaient. Elles m'ont parlé d'elle.

— Mais elles n'ont pas dit ce qu'elle faisait ni où elle habitait ?

— Pas que je m'en souvienne.

— Win, pourrais-je voir la chambre de Sharon ?

— Oh mon Dieu ! Je ne sais pas si j'ai le droit.

Aussi délicatement que je peux, je lui explique à nouveau la situation. A contrecœur, Win accepte et me conduit jusqu'à la chambre de Sharon, située au bout d'un long couloir.

A l'intérieur, l'odeur des chats est moins forte. Je remarque des flacons de désodorisant un peu partout. C'est une chambre on ne peut plus spartiate. Il y a un lit avec une courtepointe tricotée, une armoire, une petite étagère, une table de chevet et un fauteuil à bras en bois qui n'a pas l'air du tout confortable.

Sur la table de chevet, je remarque un verre vide, une petite boîte en émail avec dessus des cochons qui dansent, et un livre, *Victime Divine*, par Mary Wings. Il y a un marque-page de la librairie *Three Lives* à la page 89. Sharon Sheedy était-elle une cliente des deux J ?

Dans la boîte il y a des protège-tympans roulés en petites boules propres comme des billes en cire. Peut-être pourra-t-on y relever des empreintes digitales.

— J'aimerais les emporter, dis-je.

— Oh mon Dieu ! Que va dire Sharon quand elle rentrera et verra qu'ils n'y sont plus ?

Win, manifestement, a du mal à accepter la réalité. Je ne sais pas trop comment m'y prendre. Je peux essayer d'expliquer une fois de plus la situation ou alors… J'opte pour « ou alors ».

— J'en prends l'entière responsabilité, Win.

— Mais pourquoi voulez-vous emporter ses protège-tympans ? J'espère qu'elle en a d'autres.

— Je suis sûre que oui. La plupart des gens en ont plus de deux.

— Et si vous vous trompez ?

— Tout ira bien.

Elle hoche la tête d'un air évasif et je ne suis pas certaine qu'elle comprenne, mais j'insiste.

— J'aimerais jeter un œil dans ses tiroirs.

Je vois bien qu'une nouvelle explication est nécessaire. Je lui certifie que tout ce que je pourrai trouver d'important, je le communiquerai à la police.

— La police ?

Elle paraît paniquée.

— Oui, et je suis sûre qu'ils viendront dès que…

— Ils vont venir ici ? Oh mon Dieu ! Non. Ils ne peuvent pas venir ici. Je ne les laisserai pas entrer.

— Vous avez peur de la police, Win ?

— Les chats, murmure-t-elle comme s'il y avait quelqu'un d'autre dans la pièce. Les chats.

— Oh, mais ça leur est égal. Vraiment.

— Les gens… des gens horribles se sont plaints.

— Je pense que la police n'y verra rien à redire.

— Vous en êtes sûre ?

— Oui. Puis-je examiner le contenu de ses tiroirs ?

Elle me donne son feu vert. Je trouve ce que je cherche dans le tiroir du haut. Des photos. Certaines portent le nom de Sheedy, d'autres celui de Davey, d'autres encore celui de Rice. Mais ce sont toutes les mêmes. Je prends celle du dessus.

— Win, vous rappelez-vous ce que Sharon portait la dernière fois que vous l'avez vue ?

— Oh mon Dieu !

Je m'aperçois que Win est le genre de personne qui ne remarque jamais rien de particulier.

— Peut-être que si je regardais dans sa penderie…

— Non. Je parle de ce qu'elle portait quand elle est partie d'ici.

— J'avais bien compris. Si j'y jette un coup d'œil, je saurai ce qu'il manque, vous me suivez ?

Je m'excuse.

Nous ouvrons la porte de la penderie. Il n'y a pas grand-chose. Trois robes, deux jupes, quatre chemisiers, deux jeans.

Win observe les habits suspendus comme s'il s'agissait de feuilles de thé ou de cartes de tarot. Puis elle joint ses petites mains et se tourne vers moi, un sourire aux lèvres.

— Une robe. Oh, mon Dieu. Oui, j'en suis sûre. Elle n'est plus là et je la connais.

— Laquelle est-ce ?

— La blanche. Avec des tas de petits chevaux bleus dessus.

Mon cœur de détective fait un double axel. Je sais que j'ai vu une robe de ce genre mais où ? Ce n'est pas ce que portait le corps dans la caravane de Cybill Shepherd. Et c'est alors que je me rappelle.

La femme dans la benne à ordures sur la 8e Avenue.

17

Le café *Raffaella* est sur la 7e Avenue, pas très loin de la librairie *Three Lives*. Il existe depuis déjà deux ans. Il y a des jours où j'ai envie de m'installer dans un vrai café, des jours où je ne supporte pas l'animosité d'une Ruby Packard, des jours où je refuse de me retrouver dans un repaire de flics.

Cecchi doit m'y rejoindre dans cinq minutes. Je remonte la 7e Avenue, encore sous le choc de mon entretien avec Winifred Collins. Si la femme dans la benne à ordures est Sharon Sheedy, alors celle dans la caravane de Cybill doit être Samantha. Donc, Susie Mcmann est ailleurs.

Des triplées. Ça me laisse perplexe.

Pourquoi Rebecca Black m'a-t-elle dit qu'elle n'avait eu qu'une seule fille ?

— J'ai commandé pour vous, me glisse Cecchi quand je le rejoins à sa table.

J'espère qu'il ne m'a rien pris de chocolaté. J'espère bien que si.

La serveuse dépose devant moi un cappucino glacé et une énorme part de gâteau au chocolat. Je les regarde puis fixe bêtement Cecchi.

— Quoi ? fait-il.

Je n'ai jamais vu une part aussi grosse.

— C'est midi passé, où est le problème ?

Il sait que j'essaie d'éviter de manger du chocolat avant midi. Il refuse de prendre mes histoires de cholestérol au sérieux. Peut-être est-ce ma faute. Je n'ai pas dû être très convaincante.

— Vous voulez que je la mange ? me demande-t-il en souriant.

— Ça ira, je vais m'en sortir.

Je goûte. Divin.

— Avez-vous identifié la femme de la benne à ordures ?

— Non.

— Moi, je crois que oui.

— Je vous écoute.

— Elle s'appelle Sharon Sheedy. Est-ce qu'elle a une tache de naissance sur la paume de la main en forme de diamant ?

— Vous voulez dire comme l'actrice, Shelley McCabe, celle qui était Susie Mcmann ?

— Oui, sauf que je ne sais pas si c'était vraiment Susie Mcmann.

— Quoi ?

— Vous n'allez pas me croire, Cecchi.

— Vous avez raison.

— Dites-moi d'abord pour la tache de naissance.

— Raté.

— Oh !

— Mais c'est parce qu'il ne restait pas grand-chose des mains.

— Est-ce qu'on sait depuis combien de temps elle était morte ?

— Deux à quatre jours.

— Bizarre que personne ne l'ait trouvée avant, avec tous ces sans-abri qui fouillent les poubelles et les bennes.

— Oh, il y en a sûrement plus d'un qui l'a trouvée avant nous. Mais personne n'aura voulu s'attirer des ennuis. Bien, dites-moi ce que je ne vais pas arriver à croire.

Je lui raconte tout.

— Des triplées ? C'est une plaisanterie.

— J'aimerais bien. On se croirait dans un film.

— Des jumeaux, passe encore.

— Oui.

— Combien de noms avez-vous ?

— Des vrais noms ou des noms d'acteurs ?

Il gémit.

— Les triplées semblent être Sharon, Susie et Samantha.

— Mais pourquoi la mère vous aurait-elle menti ?

— J'y ai réfléchi et je ne vois qu'une seule réponse. C'est ce qu'elle croit.

— Hein ?

— Nicholas Parrish était et est toujours un homme très riche. Il était marié, elle était mariée, et il ne pensait pas que Rebecca et lui allaient se mettre ensemble. Quoi qu'il en soit, à l'époque, on ne savait pas trop à l'avance si une femme allait avoir des triplés, quel serait le sexe de l'enfant, ce genre de choses. Je parierais que Nick était là quand les bébés sont nés et je pense qu'il a dû payer quelqu'un pour en refiler deux sur trois à un centre d'adoption.

— Une minute. Vous voulez dire que ce Parrish a acheté le silence de tout un hôpital ?

— Possible. Ou peut-être juste celui des infirmières et du médecin concernés.

— Et ensuite ? Elles ont grandi et se sont rencontrées à une soirée ?

— Je l'ignore.

— Et la mère, Rebecca, pense qu'elle a une seule fille ?

— C'est cela.

— Et deux des triplées ont été assassinées.

— Oui.

— Pourquoi ?

— Aucune idée.

— Génial. On ne sait même pas avec certitude lesquelles sont mortes, c'est cela ?

— Oui. Mais je crois que Sharon est la femme de la benne à ordures.

— Et Samantha ?

— Peut-être l'actrice.

— Donc celle que vous recherchiez au début, Susie, est toujours vivante ?

— Je n'en sais rien. Je pense que oui.

Je farfouille dans mon sac et sors la boîte avec les protège-tympans.

— Pour les empreintes, dis-je.

— Hum. Je crois qu'il restait quelques doigts intacts. Beau travail. Donnez-moi l'adresse de cette femme et de ce Parrish.

Nous terminons nos cafés et moi ma part de gâteau, payons et sortons.

— Vous allez où ?

— A la librairie *Three Lives*.

— Vous arrivez à lire avec toute cette histoire ?

Je hausse les épaules.

— Faites-moi signe s'il y a du nouveau, Lauren. Et merci encore.

— De rien.

Il s'éloigne et je l'entends murmurer : « Des triplées... ». Quelques instants plus tard, je pousse la porte de la librairie.

Jenny, Jill, Hilary et Theo sont là. Plusieurs clients musardent sous l'œil vigilant de Jill. Le vol a pris des proportions inquiétantes et Jill est furieuse. Sa spécialité, ce sont les livres d'art, mais elle en commande trois fois moins qu'avant à cause des vendeurs de rue de la 6e Avenue qui proposent les mêmes, volés, pour la moitié de leur valeur.

J'ai arrêté il y a longtemps d'acheter mes livres dans la rue, même à Richard, qui prétend que ses ouvrages sont d'occasion. C'est un grave problème et la police n'y peut rien. Les vendeurs de livres en plein air jouissent d'une totale liberté, apparemment.

Je salue mes amies, caresse Theo. Le personnel a été réduit pour raisons économiques mais Hilary est toujours la gérante. Elle est blonde et ses yeux sont d'un bleu aquatique.

— Salut, Lauren, fait Hilary depuis le haut comptoir en bois.

L'endroit est toujours aussi confortable et magnifique et ne ressemble à aucune autre librairie parce que c'est Jenny qui a dessiné les plans. On a l'impression d'être dans une librairie anglaise, ce qui est exactement l'effet voulu.

— J'ai lu quelque chose que tu vas adorer, m'annonce Hilary. Ça s'appelle *Was*, l'auteur est Geoff

Ryman et ça parle de… Non, je ne vais pas te le dire. Fais-moi confiance.

— Je te fais toujours confiance. Il est sorti ?

— Il est juste là.

Elle me tend un livre de poche. Je l'examine, et me rappelle l'avoir ajouté à ma liste des incontournables lors de sa première publication.

— Mets-le sur mon compte, dis-je.

— C'est fait. Tu veux un sac ?

— Non. Hil, est-ce que tu connais une cliente du nom de Sharon Sheedy ?

— Oh, bien sûr. Une très belle femme.

Jenny s'approche et dit :

— Je ne l'aime pas.

— Tu n'aimes personne, rétorque Hilary.

— C'est faux. Mais cette Sheedy a la tête de l'odeur.

Hilary et moi échangeons un regard. Jenny trouve toujours de nouvelles formes de comparaison. C'est peut-être absurde, mais je comprends immédiatement ce qu'elle veut dire.

— Mais encore ?

— Parfois, dit Hilary, elle a de l'argent et achète des grands formats, parfois non, mais alors elle se rabat sur les poches. C'est une bonne cliente, elle achète toujours.

Pourquoi cette conversation me paraît-elle familière ?

— Est-ce qu'elle est venue ici récemment ?

— Ça fait un bout de temps que je ne l'ai pas vue, dit Jenny.

— Plus d'une semaine, précise Hilary. C'est

étrange. D'habitude elle vient deux ou trois fois par semaine.

— Vous avez une idée du dernier livre qu'elle a acheté ?

— Oui, fait Jill. Je le lui ai recommandé et je pense que c'était la dernière fois qu'elle était ici, si tu dis que tu ne l'as pas vue depuis plus d'une semaine, Hil.

— De quel ouvrage s'agissait-il ?

— Le dernier bouquin de Mary Wings.

— *Victime divine* ?

— Tout juste.

— Est-ce que l'une d'entre vous a remarqué quelque chose d'inhabituel chez elle ?

Elles se regardent, haussent les épaules.

— La tête de l'odeur, dit Jenny.

— A part ça, Jen.

— C'est une personne plutôt ordinaire, Lauren. A moins que tu ne veuilles parler de la tache de naissance en forme de diamant qu'elle a sur la main.

18

Je sais maintenant avec certitude que Sharon Sheedy est la femme retrouvée dans la benne à ordures. J'en informe Cecchi par téléphone puis m'engouffre dans le métro. Je dois découvrir à présent qui, de Samantha ou de Susie, est l'actrice assassinée sous le nom de Shelley McCabe. Hormis le fait que j'ai été engagée par Blackie pour la retrouver, elle ou son assassin, j'ai peur que ses jours ne soient en danger, si elle est vivante. Il est clair que quelqu'un cherche à éliminer les triplées Parrish.

Je compte m'entretenir avec Doyce Schroeder, son agent, dans l'espoir qu'il éclairera ma lanterne.

L'immeuble où travaille Doyce est une de ces bâtisses ventrues comme seul New York en a le secret. J'appuie sur la sonnette. Une voix presque inaudible me répond, je me présente, on m'ouvre. Je grimpe les trois étages à pied et quand j'arrive à la porte 4G une chaîne barre la porte entrouverte.

J'aperçois un œil et un bout de nez.

— Comment puis-je savoir que vous êtes celle que vous prétendez être ? fait une femme.

Je lui tends ma carte.

Elle me la rend, ferme la porte, ôte la chaîne, rouvre

et me fait entrer dans une entrée sombre. Elle est plus petite que moi, ce qui me rend toujours nerveuse parce que j'ai l'habitude de lever les yeux. Elle doit avoir la cinquantaine. Elle porte un pull vert et une jupe. Son visage est long et mince. Elle m'examine de ses petits yeux bleus.

Je lui demande son nom.

— Marissa Anders.

— Très joli nom.

— Vous fatiguez pas.

— Comment ça ?

— Je suis immunisée contre la flatterie, alors inutile de gaspiller votre salive.

— J'étais sincère.

— Ça ne change rien. Vous voulez voir Mr. Schroeder ?

— Il est là ?

— Peut-être que oui, peut-être que non.

Pourquoi est-ce que je ne tombe jamais sur des secrétaires normales ?

— Et de quel « peut-être » s'agit-il ?

— Ce n'est pas précisé quand on dit « peut-être que oui peut-être que non ». Tout est là. Votre mère ne vous a jamais appris ça ? La mienne le faisait tout le temps. Et il fallait attendre pour savoir ce que ça serait.

— Bien. Que dois-je faire pour savoir ce que ça va être ?

— Expliquez ce qui vous amène.

— Ce qui m'amène ne regarde que Mr. Schroeder.

Elle me fixe comme si je n'avais rien compris au protocole. C'est sans doute le cas.

— En d'autres termes, déclare-t-elle, vous ne voulez pas me dire l'objet de votre visite ?

— C'est cela.

Un sourire visqueux glisse sur ses lèvres.

— Vous êtes actrice, n'est-ce pas ? Inutile de nier. Je le sais. Vous pensez que je suis sa secrétaire depuis vingt ans sans raison ? Oh, je connais toutes les ruses, ma vieille. Les réparateurs de téléphone, les recenseurs, les livreurs. Mais je reconnais que celle-ci est nouvelle. Plutôt bonne. Une détective. Vous avez dû franchir pas mal de portes avec celle-là.

— Pourquoi m'avez-vous laisser entrer si vous ne me croyez pas ?

Elle soupire.

— Il a insisté. « On ne sait jamais », a-t-il dit. Suivez-moi.

Nous traversons l'entrée obscure qui donne sur un salon étonnamment clair et gai qui double le bureau de Ms. Anders. Les murs sont couverts de photos de femme qui doivent être les clientes de Schroeder. J'en reconnais quelques-unes.

— Vous voulez remplir un formulaire et laisser votre photo ?

— Ms. Anders, je ne suis pas actrice. Je suis détective et je dois poser à Mr. Schroeder quelques questions au sujet d'une cliente.

— Pour de vrai ?

— Pour de vrai.

— Je vais voir s'il est là. Donnez-moi votre carte. Et au sujet de qui souhaitez-vous l'interroger ?

— Susie Mcmann.

Anders lève un sourcil, puis s'éclipse par une porte.

J'examine attentivement les photos en noir et blanc. Seules deux femmes me disent quelques chose. Il y a dans les yeux de l'une – la trentaine – quelque chose qui me travaille, comme si je les avais déjà vus. L'autre est plus jeune mais la photo est ancienne, prise peut-être dans les années cinquante. Se peut-il qu'il s'agisse d'une des triplées ? Elle ressemble vaguement à la photo de Sharon, mais de très loin.

Le fait que je ne puisse identifier aucune de ces clientes par leur nom est bizarre, car que je suis plutôt calée dans ce domaine et j'allais tout le temps au cinéma avant que la place de ciné ne soit à sept cents dollars.

Anders réapparaît. Je désigne la plus jeune des deux femmes.

— Comment s'appelle-t-elle ?

— Allison Mayer.

— Elle me dit quelque chose.

— C'est normal, c'est une actrice.

— Mais son nom m'est inconnu.

— Et vous êtes qui, vous, Sharon Stone ?

Je laisse glisser.

— C'est une vieille photo, n'est-ce pas ?

— Maintenant que vous le dites, oui. Enfin je crois. J'ignore pourquoi nous n'en avons pas de plus récente.

Je suis sur le point de lui demander le nom de l'autre femme quand elle m'interrompt.

— Il a dit qu'il allait vous recevoir.

— Bien. Merci.

— Il recevrait même Godzilla, marmonne-t-elle en me conduisant à son bureau.

J'entre et referme la porte derrière moi.

La pièce est dominée par une énorme table de bibliothèque en noyer qui fait office de bureau. Je me tourne vers la droite, aperçois Schroeder et réprime de justesse un cri.

Il est assis dans un fauteuil roulant et enveloppé de draps ; seuls sa tête et ses bras émergent. Les bras sont masqués par un pull marron mais les mains sont toutes ridées, les doigts rabougris. Son visage est très alarmant.

Il est visiblement très malade.

— Je ne suis pas gay, déclare-t-il.

— Désolée de l'apprendre, dis-je, incapable de me retenir.

Je sais pourquoi il a fait cette déclaration avant même de dire bonjour, et ça m'agace.

— Je ne l'ai pas attrapé parce que je suis gay.

Il parle du sida. Il sait qu'il a ce visage ravagé du malade du sida et veut mettre les choses au clair avec moi.

— Mr. Schroeder, je suis vraiment navrée que vous soyez malade mais je ne suis pas intéressée par vos préférences sexuelles.

— Vous avez rencontré ma femme, Marissa, dit-il comme si cela constituait une preuve irréfutable de son hétérosexualité.

— Oui, nous nous sommes vues.

— Nous avons été mariés vingt-deux ans.

— Félicitations.

Des petites touffes de cheveux parsèment son crâne comme des herbes tenaces. Il est impossible de deviner à quoi il ressemblait avant, ses traits sont tirés, sa peau d'un gris terreux.

— Je ne suis pas non plus toxicomane, dit-il.

— Avez-vous partagé une douche à l'armée ?

— A l'armée ?

— Comment avez-vous contracté la maladie ? Transfusion sanguine ?

— Non. Une putain.

Dois-je le considérer différemment parce qu'il est marié et qu'il a attrapé le sida en couchant avec une prostituée ?

— Une sale pute. J'espère qu'elle est morte aujourd'hui.

— C'est fort probable.

— Tant mieux. Je tenais à ce que vous le sachiez.

— Que je sache que vous n'êtes pas gay ?

— Exact.

Il passe sa langue sur ses lèvres desséchées.

Dois-je me lancer dans une polémique ? A quoi bon, il sera bientôt mort. Je sais, ma réaction est cynique, mais le monde est ainsi fait.

— Mr. Schroeder, j'aimerais vous poser quelques questions au sujet d'une de vos clientes, de plusieurs peut-être.

— Confidentiel.

— Susie Mcmann.

— Oui, c'est une de mes clientes. N'a pas quitté le navire comme tant d'autres quand cette…

Il désigne son corps de la main comme s'il tenait une baguette magique mais il ne se passe rien.

— Vous voulez dire que, quand vos clientes ont appris que vous étiez malade, elles sont allées voir ailleurs ?

— Je leur ai dit que je n'étais pas gay.

— Peut-être n'était-ce pas important à leurs yeux.

— Que voulez-vous savoir sur Susie ?

— Où puis-je la trouver ?

— C'est moi qui les ai réunies.

Je me fige.

— Que voulez-vous dire ?

— Une histoire étonnante. Vous voulez vous asseoir ?

Il me montre une chaise.

— Vous n'allez pas y croire, dit-il en me décochant un sourire comme un éclat de scalpel.

— Essayez toujours.

— Quand Susie est venue me trouver, j'ai manqué tomber à la renverse parce que j'avais déjà une cliente qui lui ressemblait.

— Sharon Sheedy.

— Oui.

Il a l'air déçu.

— Si vous connaissez l'histoire, pourquoi me déranger ?

— Je ne la connais pas. Je sais qu'elles étaient sœurs.

— Jumelles. Du moins c'est ce que j'ai cru à l'époque. Mais Susie m'a dit qu'elle n'avait pas de jumelle. J'ai sorti mon dossier sur Sharon et je lui ai montré la photo. Elle devint livide, manqua défaillir. Bon sang, je m'en souviens comme si c'était hier.

Son regard se voile et je sais qu'il est plongé dans le passé. J'attends.

— C'est marrant, le temps.

— Comment ça ?

— J'ai passé une bonne partie de ma vie à attendre

que les années s'écoulent, à croire que ce serait différent plus tard, qu'il allait se passer quelque chose. J'attendais que ma vie commence vraiment et maintenant je sais que c'est fini. J'ignorais alors que ça avait déjà commencé. Ne vous projetez jamais dans le futur.

— J'essaie.

— Bien. Où en étions-nous ?

— Susie et Sharon.

— Ah oui. Bien, je mets au point une rencontre entre elle, elles se voient et comprennent. Elles comprennent qu'elles sont jumelles. Sauf qu'elles ne sont pas jumelles.

— Elles ne sont pas jumelles ?

— Non. Enfin, elles pensent qu'elles le sont mais voilà qu'un soir elles découvrent la vérité. Elles sont dans un restaurant quand devinez qui débarque ?

— Qui donc ?

— Une autre. Ce sont des triplées.

J'en reste bouche bée, comme il se doit.

— Oui, je sais. On dirait un film de série B. Mais la troisième n'est pas actrice.

— Oh !

Cela signifie que Susie est morte.

— Du moins ne l'était-elle pas quand elles l'ont rencontrée. Elle travaillait dans le dessin industriel, quelque chose comme ça. Mais les autres l'ont convaincue de venir me voir et elle est devenue à son tour actrice. Le plus drôle, c'est que Samantha avait toujours rêvé de faire carrière dans le cinéma mais elle n'avait jamais eu le cran de se lancer comme les deux autres.

— Cela remonte à quand ?

— Il y a de cela huit, peut-être dix ans.

— Et vous voulez dire, Mr. Schroeder, que ces femmes ignoraient qu'elles étaient des triplées, qu'elles avaient toutes les trois un nom commençant par *s* et qu'elles sont toutes trois devenues actrices.

— Oui et non. Elles ne savaient pas qu'elles étaient des triplées. Je reviendrai là-dessus dans une minute. Leurs noms ne commençaient pas tous par un *s*, sauf Susie, qui est devenue Shelley. C'est moi qui ai trouvé ce nom de Sharon, mais c'était le hasard. Son vrai nom était Helga Wertham. N'importe qui pouvait voir que ce n'était pas un nom d'actrice.

— Et comment avez-vous trouvé ce nom de Sharon Sheedy ?

— Il sonne bien, n'est-ce pas ?

— Est-ce que Susie vous a parlé de Parrish ?

— Parrish ? Qui est Parrish ?

— Je crois que c'était leur père.

— Non. Leur père s'appelait Burke. C'est Susie qui a découvert la vérité. Il semble que leur vrai père s'appelait Burke, un riche salopard qui a dû acheter le silence de toute la clinique et mis Helga en adoption. Même chose pour Samantha, dont le vrai nom était Nora Kassenbaum. Quand elle est devenue actrice, elle a pris le nom de jeune fille de sa mère adoptive, Wilson. Samantha Wilson. J'ai essayé de leur trouver du travail comme triplées mais il n'y avait pas de demande. Pas même une petite pub de merde.

— Savez-vous où elles sont actuellement ?

— Bien sûr. Je travaille toujours pour elles.

— Vous avez leurs adresses personnelles ?

— Naturellement, mais c'est confidentiel.

— Mr. Schroeder, deux de ces femmes ont été assassinées.

— Bon sang ! Lesquelles ?

— Je ne suis pas certaine. Je pense qu'il s'agit de Sharon et Samantha. Leur avez-vous trouvé un rôle récemment ?

— Oui, à Samantha. Elle tourne dans le Village.

— Le film s'intitule-t-il *Je te quitterai toujours* ?

— Oui, c'est cela même.

Je suis soulagée d'apprendre que Susie n'est pas morte, sans doute à cause de Blackie.

— Ça devait arriver, lâche Schroeder.

— Pardon ?

— Beaucoup trop de fric en jeu. Quand il y a autant d'argent en jeu, un meurtre n'a rien d'étonnant.

— Vous savez quelque chose sur l'argent ?

— Peut-être.

Oh non ! Il veut que je le paie ou quoi ?

— Que signifie exactement ce peut-être, Mr. Schroeder ?

— J'ai de gros frais médicaux.

— Je n'en doute pas et j'en suis navrée mais je ne peux pas vous proposer plus de cinquante dollars.

— Ça fera l'affaire, dit-il en tendant une main tremblante.

Je lui donne l'argent en me promettant d'ajouter la somme à ma note de frais.

— Vous disiez donc ?

— Voilà ce que je sais : Susie a été élevée par son père parce que sa mère était partie avec Larry Burke. Elle ignorait qu'elle avait deux sœurs mais savait que

Burke, son vrai père, était riche, très très riche. Et que sa mère, Harriet, vivait avec lui.

Burke et Harriet ? Qui sont ces gens ? Et Parrish et Rebecca, alors ? Il y a décidément quelque chose qui cloche.

— A-t-elle jamais... pris contact avec Burke et Harriet ?

Je me souviens du lapsus de Parrish quand il a déclaré que Susie était une belle jeune femme.

— Bien sûr. Susie est allée les voir dans leur appartement de Central Park West.

Voilà qui concorde. Susie n'a pas voulu dire à Schroeder que Rebecca et Nicholas étaient ses vrais parents.

— Ils lui ont dit que tout ce qu'ils possédaient lui reviendrait un jour.

— Et les autres ?

— Susie n'en a pas parlé aux Burke. Puisqu'ils les avaient abandonnées à la naissance, eh bien, c'est ce qu'ils voulaient.

— Pourquoi vous a-t-elle dit tout cela à vous ?

Il me regarde comme si j'étais folle.

— Un agent est comme un père. Elle savait que je ne dirais rien aux deux autres.

— Mais Sharon et Samantha n'ont jamais cherché à revoir leurs vrais parents ?

— Susie leur a dit qu'ils étaient morts.

19

Dire que cette nouvelle me déconcerte serait un euphémisme. Le fait que Susie ait raconté à ses sœurs que leurs parents étaient d'autres personnes et qu'ils étaient morts, le fait également qu'à présent deux des trois aient été assassinées et que Susie se soit fait promettre l'héritage me conduisent à la pire des conclusions. Susie Mcmann Black est peut-être l'assassin.

Schroeder m'a donné son adresse. Elle vit sur Broadway, entre Washington Place et la 8e Rue.

Mais je dois d'abord aller chez le coiffeur. Oui, les détectives se font couper les cheveux comme tout le monde. Quand je sors du métro à Sheridan Square, un type avec une longue barbe me demande :

— Quelques pièces pour que je m'achète de l'herbe.

Je dois reconnaître que l'approche est originale, mais ma conscience m'interdit d'encourager l'achat de stupéfiants.

J'évite Greenwich Avenue chaque fois que c'est possible parce que cela me fait penser à Megan. Mais Rose et Margie ont leur salon ici, et je n'ai pas le choix.

Le *XLS Salon* est au deuxième étage, au-dessus d'une boutique qui change tout le temps. Pour l'instant, c'est un encadreur. Rose est la seule à savoir me couper les cheveux comme je le veux. Dénicher le bon coiffeur c'est comme tomber sur le bon thérapeute.

Quand j'entre dans le salon, Rose et Margie me disent bonjour. Elles sont toutes deux originaires de Porto-Rico mais vivent ici depuis longtemps. Rose a rencontré Margie quand elle était étudiante à l'école de coiffure. Margie est la plus jeune des deux. Rose était alors divorcée et se croyait hétéro jusqu'à ce que Margie entre dans sa vie. Je connais toute leur histoire. La salle est grande et couverte de miroirs, il y a les fauteuils habituels, des lampes chauffantes pour les permanentes, et beaucoup de plantes.

Margie, qui est la plus petite, a un physique trapu, un joli visage avec de beaux yeux marron, des cheveux noirs et bouclés. Elle pétille littéralement.

— Comment va Kip ? demande Margie.

— Très bien.

— Embrasse-la de ma part.

— Je n'y manquerai pas.

Je m'installe pour me faire laver les cheveux par une employée. Je préférais quand c'était Rose qui me les lavait, mais cela ne serait plus décent à présent qu'elle est propriétaire de son salon. Quand c'est fini, la jeune femme entoure mes cheveux dans une serviette éponge et me conduit vers le coin de Rose.

— Comment tu vas, Lauren ? demande Rose.

Elle a la cinquantaine et elle est grand-mère. Margie et elle font toujours des régimes et leur existence est souvent tumultueuse.

— Comment va Kip ?

— Elle va bien ?

Toutes deux adorent Kip.

Elle se penche vers moi et murmure à mon oreille :

— Elle est comment ?

— Kip ?

— Cybill Shepherd.

— Pourquoi est-ce que tu murmures ?

— Eh bien, tu sais…

Rose murmure beaucoup. Je crois que c'est dû à des années et des années de pratique du secret.

— Elle est très gentille. Très pragmatique.

— Oh, je l'adore. Margie et moi, on est folles de *Clair de lune*. Et je suis au courant pour le meurtre. Tu la connaissais, Lauren ?

— Non.

— Nous, si.

— Vous connaissiez Samantha Wilson ?

— Les trois sœurs. Elles venaient ici.

Je lui dois la vérité :

— Deux d'entre elles ont été assassinées.

— Oh non ! fait-elle en portant une main à son visage. Lesquelles ?

— Sharon et Samantha, je crois.

— Oh mon Dieu ! Margie, viens ici.

Margie arrive et Rose la met au courant. Les yeux marron de Margie s'élargissent comme ceux d'un personnage de dessin animé.

— Je le savais, dit-elle.

— Savais quoi ? faisons Rose et moi en chœur.

— Je sais ce que je sais.

Rose et moi échangeons un regard dans le miroir.

— Margie, ne sois pas comme ça. Si tu sais quelque chose, dis-le nous. Lauren est détective.

— Je croyais qu'elle était lesbienne, fait Margie, et elle éclate de rire.

— Les deux, rétorque Rose.

— Exact, dis-je. Donc tu sais quelque chose, Margie ?

— Susie, elle n'aimait pas les deux autres. Elle m'a dit qu'elles étaient des… des actrices de second rang. C'est ce qu'elle a dit.

Je rumine. Je ne veux pas que Susie soit l'assassin. Je ne veux pas devoir apprendre une telle chose à Boston Blackie. Non que je pense que quiconque irait tuer par manque de talent. Encore que, quand on y réfléchit… non, ça serait plutôt le contraire.

— Qu'a-t-elle dit d'autre ?

— A quel sujet ?

Margie se coince une cigarette entre les lèvres.

— Pas ici, dit Rose.

— Je ne l'allume pas.

— Tu n'as pas intérêt.

— Margie, dis-je, est-ce que Susie t'a appris autre chose concernant les deux autres ?

— Juste qu'elle comptait aller à Paris.

— Pourquoi ?

— Parce qu'elle serait bientôt très riche.

— Elle t'a donné des détails ?

— Ouais. Elle a dit que ses parents avaient plein de fric et qu'elle allait hériter.

— Et Sharon et Samantha ? demande Rose.

— Rien.

— Comment ça, rien ?

— Rien, ça veut dire rien. Les autres n'auraient rien.

— Elle t'a dit pourquoi ?

— Elle s'est contentée de sourire quand je lui ai posé la question. Peut-être qu'elle les a tuées toutes les deux.

— Ne dis pas ça, Margie.

Margie hausse les épaules.

— Elle est toujours comme ça, m'explique Rose. Elle dit ce qu'elle veut, quand elle en a envie, à n'importe qui.

On croirait qu'elle parle d'un enfant.

— Va savoir, Rose. Tout est possible, n'est-ce pas, Lauren ?

— Oui, tout.

Les coiffeuses sont connues pour leurs langues bien pendues et je compte en tirer profit.

— Tu n'a jamais parlé de tout ça à Sharon ou Samantha ?

— Parlé de quoi ? demande Margie.

— De ce qu'a dit Susie.

— Non, jamais. Tu veux savoir pourquoi ?

— Oui.

— Parce que les deux autres, elles ne parlaient jamais de leurs parents. En fait, elles disaient qu'ils étaient morts, alors je me suis dit : il se prépare quelque chose de pas normal et je ne veux pas introduire le doute dans leurs relations.

— Pourquoi ne m'as-tu jamais rien dit ? fait Rose.

— Je ne sais pas. Ça m'est sorti de l'esprit.

— Comment as-tu pu oublier une chose aussi importante ?

— J'ai d'autres préoccupations.

— Du genre ?

— Toi.

Margie lui décoche un regard langoureux, l'embrasse rapidement sur la joue et s'éloigne.

*
* *

Il fait de plus en plus chaud. J'aimerais être sur une plage. Je ne désespère pas de convaincre Kip d'aller à North Fork au mois d'août.

Les vendeurs de livres à la sauvette font des affaires en or. On pourrait croire que les employés de la librairie *B. Dalton* s'offusqueraient d'une telle concurrence sauvage mais il n'en est rien.

Devant la boutique de location de vidéos, deux tables exposent des nouveautés. Je sais que j'ai tort, que je n'ai pas le temps. Je ne vais pas obtenir de réponse honnête, alors à quoi bon ?

— Excusez-moi, dis-je à la femme.

— Oui ?

— Où avez-vous trouvé ces livres ?

— Pardon ?

— Ce sont des nouveautés. Certains viennent juste de paraître. Comment vous les êtes-vous procurés ?

— C'est simple. J'ai un ami qui a un ami qui a un ami qui connaît un type qui connaît un type. Vous me suivez ?

— Euh…

— Et ce type, le dernier dont je viens de parler, il connaît une femme qui connaît une femme qui connaît…

— Ça va, j'ai compris.

— Non, attendez un peu. Vous vouliez savoir, alors je vais tout vous dire.

— J'ai changé d'avis.

Elle m'attrape le bras et ses ongles s'enfoncent dans ma chair comme des lances de lilliputiens.

— Vous, peut-être, mais pas moi. J'ai décidé de vous répondre et c'est ce que je vais faire. Donc, comme je le disais…

Elle recommence depuis le début, c'est incroyable. Finalement, elle en arrive où elle en était restée.

— … une femme qui connaît un enfant. Ce gosse a un bon copain qui travaille dans un entrepôt. Un entrepôt de livres. Et cet ami, dans l'entrepôt, il vend les livres au gosse, qui…

Et c'est reparti dans l'autre sens, enfin je crois. Quand elle a fini, elle me sourit d'un air angélique.

— Merci, dis-je.

— A votre service.

Elle me laisse partir.

Nous savons toutes deux que je n'interrogerai plus jamais ces gens. Je l'entends qui ricane dans mon dos comme je prends à gauche sur Washington Place. Je m'aperçois que je suis en pétard.

Un voleur vient de m'humilier.

Et alors ? Pourquoi suis-je furieuse ?

Parce que j'ai fait quelque chose de stupide. Et elle m'a bien eue.

La fontaine de Washington Square Park gicle comme si elle avait le hoquet. Quelques enfants passent en courant sous son jet fin. De nombreuses personnes sont assises autour, prennent le soleil, se sèchent, lézardent. Ça me rend encore plus en colère.

Question : pourquoi ne sont-ils pas en train de travailler ?

Réponse : parce qu'ils sont plus malins que toi, Lauren.

Le numéro que je cherche est le 722. Je le trouve coincé entre deux boutiques, un étroit bâtiment à huit étages. Je regarde la liste des noms. Et il y est : Susie Mcmann.

Aussi simple que ça.

20

J'appuie sur la sonnette du cinquième sans grand espoir. Presque immédiatement j'obtiens une réponse. Une voix de femme demande qui est là et je lui réponds.

Elle déclenche l'ouverture de la porte.

L'entrée est petite. A côté des boîtes aux lettres, il y a un ascenseur. J'appuie sur le bouton noir. Rien ne se passe. Un moment plus tard il monte jusqu'au cinquième. J'entends la porte qui s'ouvre, se ferme, puis la cabine redescend. Quand j'examine une seconde fois le bouton d'appel je constate qu'il y a une serrure dessous. Ils n'ont pas lésiné sur la sécurité, ici. D'habitude vous pouvez accéder à l'entrée, puis l'habitant vous ouvre d'en haut. Ici, la méthode est différente.

L'ascenseur s'ouvre et je monte dedans. Je ne prends pas la peine d'appuyer sur le bouton du cinquième parce que la cabine est contrôlée depuis l'étage. Je suis tout excitée à l'idée de rencontrer enfin Susie.

Elle est sur le palier quand les portes s'ouvrent. Il n'y a pas de doute possible, parce qu'elle ressemble à ses sœurs et même à la femme sur la vieille photo que Blackie m'a montrée.

— Je me demandais quand on viendrait, dit-elle d'une voix melliflue. Mais bien sûr je pensais que ce serait la police.

— Pourquoi ne les avez-vous pas contactées, elles ?

— Pourquoi faciliter les choses ?

— Comment avez-vous su ?

— Winifred Collins, d'abord. Et le meurtre de Perry Street était dans tous les journaux. Vous pensez que je ne connais pas le nom d'actrice de ma sœur ? Je suis la prochaine et je le sais.

— Vous n'avez pas l'air inquiète.

— Vous voulez entrer ?

Je la suis. Elle porte un T-shirt de chez GAP couleur pêche et un pantalon d'été foncé. Elle m'ouvre la porte de son appartement. Le salon est vaste et spacieux. Il y a des plantes vertes partout, mises en valeur par du mobilier blanc. Elle se dirige vers un canapé recouvert d'un drap blanc.

— Vous voulez boire quelque chose ?

Je décline et hausse les épaules, prends place dans un fauteuil blanc. Entre nous, une énorme table en marbre blanc est recouverte de revues. Il y a également un roman de Sue Dunlap avec un marque-page à la moitié. Je me demande si elle l'a acheté chez les deux J.

— Vous l'avez lu ? me demande-t-elle, ayant suivi mon regard.

— Le fait est que oui. Clinton aussi.

— C'est pour ça que je le lis. Vous êtes détective et vous lisez des romans policiers ?

— J'aime lire de tout.

Elle sourit.

— Moi aussi. Autrefois je lisais le dos des paquets de céréales quand j'étais petite. J'ai été élevée par un père qui assimilait la lecture à un rituel sataniste.

— Et votre mère ?

Ses yeux deviennent tristes et elle ne me répond pas.

— Quand je suis allée à l'école, plus rien ne pouvait m'arrêter. J'empruntais sans arrêt des livres à la bibliothèque. Je crois que c'est la lecture qui m'a sauvée.

— Vous a sauvée de quoi ?

— D'une mort mentale…, non, d'une mort spirituelle.

— Comment cela ?

— Allez, vous êtes détective, vous savez sans doute tout sur mon compte.

— Je connais certaines choses, pas toutes.

— Mais vous savez de quel milieu je viens, exact ?

— En partie. Je ne sais pas tout sur votre père.

— Mon vrai père ou mon beau-père ?

— Votre beau-père. Mais vous pensiez qu'il était votre vrai père, n'est-ce pas ?

— On racontait beaucoup de choses. Dans une petite ville vous finissez par tout entendre. Mais c'est mon beau-père qui m'a élevée. Le salaud.

— Pourquoi l'appelez-vous ainsi ?

— Parce que William Mcmann en était un. Oh, il ne s'est jamais livré à l'inceste ou quelque chose dans ce genre. C'était juste la personne la plus méchante et la plus désagréable qui soit.

— Pourquoi avoir gardé son nom ?

— Quel nom pouvais-je prendre ? Parrish ? Je n'allais sûrement pas prendre celui de Black et la plupart du temps j'ai utilisé mes différents noms d'actrice. Mais merde, Mcmann est mon nom légal. Je vais vous dire ce qui n'allait pas avec Mcmann, ce même truc qui a de tout temps bousillé le monde. La religion. William Mcmann était religieux.

— Je crois comprendre ce que vous voulez dire.

— Je n'en doute pas. Ces religieux purs et durs fondent leur existence sur la haine. Pas tous, bien sûr. Il y a plein de gens sympas qui sont religieux. Et puis il y a ceux qui sont comme Mcmann. Fallait voir ça. Tout ce qui était différent de lui était mauvais. Une sorte de Pat Buchanan avant l'heure.

Nous éclatons de rire.

— Pourquoi est-ce que je ris ? dis-je. Pat Buchanan me fait peur.

— Parce que vous êtes lesbienne ?

Je sursaute parce que je ne lui ai rien dit et que je ne crois pas avoir le physique de l'emploi.

— Oui. Ça vous dérange ?

— Que vous soyez lesbienne ? Non. Pourquoi, ça devrait ?

— Non. Mais ça en dérange certains.

— Ce sont des idiots.

— Et Sharon et Samantha ? Qu'en penseraient-elles ?

— Rien. Du moins je le crois. Je me demandais parfois ce qu'il y avait entre Sharon et Winifred. Mais les seules chattes qui les intéressaient, c'étaient celles à quatre pattes.

Elle éclate de rire.

Je suis légèrement choquée par cette vulgarité et je me demande si je suis prude ou simplement délicate. J'essaie d'imaginer quelqu'un en train de me décrire comme délicate et fragile. J'en déduis que je suis prude. Est-ce que cela m'assimile pour autant à Buchanan ?

— Vous trouvez que je suis grossière, hein ?

— Non, bien sûr que non, je…

— Mais si. Parfois ça me surprend moi-même. Je me demande bien d'où ça vient. Certainement pas de William Mcmann.

— Peut-être de votre grande sœur ?

— Quelle grande sœur ?

— Almay ?

— Qui ça ?

— Il y a une personne à Stone Ridge qui prétend être votre sœur, Almay Mcmann.

— Jamais entendu parler d'elle.

— Je m'attendais à une réponse de ce genre.

Je lui rapporte mon entrevue avec la fausse Almay.

— On s'est moqué de vous.

— Manifestement. Mais pourquoi ?

— C'est vous la détective.

— Je commence à penser que cette usurpatrice ne voulait pas votre bien.

— Je crois qu'on peut le dire comme ça, fait Susie.

— Qui savait vraiment, dans la région, que vous étiez des triplées ?

— Mon père, et le personnel de la clinique qu'il a payé au moment de notre naissance.

— Comment a-t-il pu acheter le silence de tout un établissement hospitalier ?

— Il était riche et influent, et seules les personnes de la salle d'accouchement étaient au courant, d'après ce que j'ai compris.

— C'est Parrish vous a dit tout cela ?

— Oui.

— Et Rebecca… votre mère, elle n'a jamais su qu'elle avait eu des triplées ?

— Non.

— Il lui a caché la naissance des deux autres enfants ?

— Riche et influent, répète-t-elle avec une trace de mépris. Et mon père et moi ne voyions pas trop l'intérêt de lui révéler la vérité aussi tard.

— Elle aurait pu vouloir les rencontrer, et vous auriez dû alors dire la vérité à Sharon et Samantha.

— Oui, plus le fait que je ne lui ai jamais avoué que nous nous étions retrouvées.

— Était-ce à cause de l'argent, de l'héritage, que vous avez agi ainsi ?

— Oui, et alors ?

Si Parrish n'était pas au courant, pourquoi Susie aurait-elle voulu tuer ses sœurs ? Un instant, j'innocente Susie mais je m'aperçois que les laisser en vie était risqué. Mais Susie a dit qu'elle craignait pour sa vie.

— Votre mort profiterait à qui ?

— J'ignore comment est rédigé le testament.

Je me rappelle que Rebecca a dit à Nicholas qu'ils auraient quelqu'un à qui léguer leur fortune quand je leur ai parlé de Blackie.

— Quel effet cela vous a-t-il fait de voir votre mère après toutes ces années ?

— Il n'y a pas eu de rencontre. Mon père et moi avons caché mon existence à ma mère.

Je suis abasourdie.

— Vous voulez dire que vous avez revu votre père en secret ?

— Oui. C'est une relation tout ce qu'il y a de plus clandestine. En fait, je ne l'ai vu qu'une seule fois.

— Pourquoi ?

— Je crois que je ne lui pardonne pas d'avoir écarté mes sœurs. Et je lui en veux à elle aussi, voilà pourquoi je ne voulais pas la revoir.

— Vous lui en vouliez pour quelle raison ?

— Pour m'avoir laissée seule avec Mcmann. Si elle ne m'avait pas laissé avec lui, je n'aurais jamais épousé Harold.

— Aussi, quand Doyce vous a fait vous rencontrer, vous les connaissiez déjà par Parrish ?

— C'est exact.

— Mais vous avez dit à vos sœurs que vos parents étaient morts ?

— Oui.

— Elles vous ont crue ?

— Oui.

— Y a-t-il une possibilité que l'une d'entre elles ait découvert que vous mentiez ?

— Je ne vois pas comment. Je leur ai dit que nous étions nées dans le Connecticut et que nous avions été placées en adoption. Notre vrai nom était Burke, notre mère s'appelait Harriet, notre père Larry, j'avais retrouvé leurs traces et ils étaient morts. Tués dans un accident de voiture.

— Et votre fils ? Où est-il aujourd'hui ?

— N'est-ce pas à vous de me le dire ?

Bien joué.

— Pourquoi pensez-vous que je le sais ?

— Je procède par élimination. Si Harold est toujours vivant, je ne pense pas qu'il prendrait la peine de vous engager. Ce ne sont pas non plus mes parents qui vous ont engagée, donc…

— Je croyais que vous n'aviez vu votre père qu'une fois.

— C'est exact. J'ai parlé à Nicholas au téléphone.

— Pourquoi ?

— Il m'a appelé pour m'informer de votre visite. Il était inquiet à mon sujet.

— C'est tout ce qu'il vous a dit, que j'étais venue l'interroger sur votre compte ?

— Oui. Il ignorait qui vous avait engagée. Je le savais déjà mais je ne lui ai rien dit. Il a dit également que vous aviez proposé de faciliter une rencontre entre eux et leur petit-fils. Franklin doit à présent être adulte, donc ce ne peut être que lui. Vous devez penser que je suis un monstre.

— J'essaie de ne pas porter de jugements.

— Vous essayez ?

— Ce n'est pas toujours possible.

— Il fallait que je parte et je savais que je ne pouvais m'occuper seule de l'enfant. Harold avait beau être un salopard avec moi, il adorait le gamin. J'ai pensé qu'il se débrouillerait mieux avec lui.

— C'est ce qu'avait pensé également votre mère quand elle vous a laissée avec William Mcmann, non ?

— C'est bas.

— Je suis désolée. Je ne voulais pas être méchante.

J'ai pensé que vous seriez en mesure de la comprendre si vous faisiez la comparaison.

— C'est vous qui avez fait la comparaison.

Je soupire parce qu'elle a raison.

— Revenons à vos sœurs. Admettons qu'elles aient découvert la vérité, et su que leurs parents étaient vivants et riches.

— Impossible. Ça me navre d'avoir à dire une telle chose, mais elles n'étaient pas aussi futées. Samantha a été élevée par des crétins et Shelley par des abrutis. Et qui plus est, elles ont grandi toutes les deux dans le New Jersey.

Je décide de ne pas lui dire que c'est également mon cas. J'ai mes propres raisons de ne pas aimer le New Jersey, mais ça me hérisse quand on dénigre cet État. Je joue les idiotes.

— Je ne comprends pas bien.

— Vous n'avez jamais été là-bas ?

— En fait, si. Il y a plein de gens sympas et intelligents qui viennent de là-bas.

— Un exemple ?

— Thomas Edison.

— Une aberration.

— C'est quoi, votre problème avec le New Jersey ?

— Je n'ai pas de problème. Je déteste cet État, c'est tout.

— Pourquoi ?

— L'odeur.

Je passe.

— Vous ne paraissez guère affectée par leur mort.

— Vous donnez des cours de deuil ou quoi ?

Elle a raison. Chacun pleure un disparu à sa façon.

Je pense aussitôt à Megan. Susie n'a aucune raison de réagir comme moi. Peut-être cette carapace d'indifférence est-elle une défense.

— Quel est votre sentiment sur leurs meurtres ?

— Mauvais.

— Les avez-vous tuées ?

— Oui.

— Quoi ?

— Je plaisantais.

— Je ne trouve pas ça drôle.

— Moi non plus, si vous voulez tout savoir. Mais reconnaissez que votre question était stupide.

— Non, je n'ai pas à le reconnaître. C'est mon métier de poser ce genre de question.

— Possible, mais c'est quand même stupide. Si je les avais tuées, est-ce que je vous le dirais ?

— Pourquoi pas.

— Vous avez vu trop de films. Je vous ai dit que j'avais peur. Je pense être la prochaine. En fait, je suis sûre d'être la prochaine.

— Pourquoi ?

— Pourquoi quelqu'un irait-il assassiner Samantha et Shelley et me laisserait-il en vie ?

— Effectivement.

— Vous voyez, vous n'êtes pas si bête.

— Pensez-vous que ce soit possible que quelqu'un ait découvert qui vous étiez et essaie de vous éliminer parce qu'il pourrait hériter si vous êtes mortes toutes les trois ?

— Oui.

— Et qui serait cette personne ?

— Ma grande sœur Almay ?

— Vous m'avez dit que vous n'aviez pas de grande sœur.

— Peut-être est-ce que je me trompe.

— Non. J'ai vérifié.

— Je ne comprends toujours pas. Pourquoi quelqu'un se ferait-il passer pour ma sœur, ou la fille de ma mère ?

— Je n'en suis pas certaine mais je commence à penser que cette Almay est la clef du mystère.

— Quel mystère ?

— Le meurtre de vos sœurs. Betty Rosner était bien au volant de votre voiture au moment de l'accident ?

— C'est juste. Elle l'avait empruntée ce soir-là pour aller voir Bud Mcmann, son amant. Bud était marié, mais Betty et lui étaient tombés amoureux fous l'un de l'autre cet été. Elle a eu l'accident en allant le voir. Tout le monde a cru que c'était moi et je me suis dit que c'était l'occasion rêvée pour quitter Stone Ridge.

— Bud Mcmann savait que ce n'était pas vous.

— Je suppose.

— Où étiez-vous ?

— J'avais un rendez-vous galant. Betty m'avait déposée juste avant l'accident.

— Vous aussi vous aviez une liaison ?

— Nous avions décidé de nous retrouver ici, à New York, puis de nous rendre à Hollywood. J'ai attendu en vain. Elle a dû trouver trop dur de quitter sa famille.

— Elle ?

— Anne Mcmann.

21

Après avoir téléphoné à Cecchi pour lui communiquer l'adresse de Susie, je rentre chez moi à pied en ruminant tout ce que m'a dit Susie, et en particulier sa liaison avec Anne Mcmann. Je comprends à présent pourquoi Anne a nié connaître Susie. Elle est toujours terrorisée à l'idée que la liaison qu'elle a eue avec une autre femme puisse éclater au grand jour. Bud était-il au courant pour Susie et Anne ? Si c'est le cas, il n'en a rien laissé paraître. Mais pourquoi l'aurait-il fait ? J'ai du mal à l'admettre, mais il va falloir que je retourne le voir. Seule, cette fois.

Maintenant que j'ai retrouvé Susie, je devrais en informer Boston Blackie. C'est mon employeur et j'ai fait mon travail. D'un autre côté, il est un suspect possible. Si les triplées étaient mortes, ce serait lui, l'héritier. Mais il n'est pas au courant pour les triplées.

Susie va-t-elle avouer à son fils qu'elle était lesbienne ? Si oui, comment va-t-il réagir ? Un type dans son genre va sûrement être horrifié. Mais on ne sait jamais. Il est peut-être libéral et cache bien son jeu.

En arrivant dans ma rue je remarque qu'il n'y a plus

d'équipe de tournage et je me rappelle qu'ils tournent sur St. Luke's Place cette après-midi. Je suis soulagée qu'ils ne soient pas là, comme si ma maison était de nouveau à moi.

Kip est en train de lire le journal quand j'entre dans la cuisine. Je prie pour qu'elle ne se lance pas dans une diatribe.

— Tu veux savoir le thème du débat télévisé de ce soir ? me demande-t-elle.

— Je t'écoute.

— Le complexe d'Œdipe chez les prématurés et les séquelles post-mortem.

— Tu n'es pas sérieuse ? Ça ne veut rien dire.

— Non, je ne suis pas sérieuse. (Elle éclate de rire.) Je t'ai bien eue.

— Non, pas du tout.

— Mais si.

— Kip, je n'ai pas marché un seul instant.

Et tout d'un coup je repense à Susie répondant oui quand je lui demandais si elle avait tué ses sœurs. Ce type de réponse me trouble, mais pourquoi ? Je suis sur le point de m'engager dans un long débat stérile avec Kip, quand je remarque qu'elle a l'air troublée.

— Qu'est-ce qu'il y a ?

— C'est Tom.

— Eh bien ?

— Oh, Lauren. Sam a appelé ce matin. Ils prennent l'avion aujourd'hui pour l'emmener à l'hôpital.

— Ce qui signifie ?

— Il va très mal. Sam a dit que Tom voulait rentrer à la maison.

Cela fait trois ans que Tom a appris qu'il était

séropositif. Nous savions que cela devait arriver un jour. Et nous avons tous fait la promesse à Tom de l'aider à mourir plutôt que de le laisser souffrir. Mais il s'agit d'une promesse et je ne pense pas que nous ayons envisagé sérieusement le moment où il faudrait passer à l'acte.

— A quelle heure arrivent-ils ?

— Dans à peu près une heure. Ils vont directement au Sloan-Kettering.

— Et ensuite ?

Je sais que nous ne pourrons rien faire s'il est à l'hôpital.

— Je suppose que quand ils lui auront fait tous les examens possibles et imaginables et compris que c'était la fin, ils le laisseront rentrer chez lui. Je lui ai dit qu'on les retrouverait à l'hôpital. Ça te va ?

— Bien sûr.

Mon enquête attendra.

*
* *

Tom a une mine terrible. Je ne l'ai jamais vu aussi abattu. J'ai l'impression que, si je le touche, il va se briser en mille morceaux, ou tout au moins que je lui ferai mal. Ses yeux sont enfoncés dans ses orbites et paraissent immenses dans son visage ravagé. Mais il émane de lui cette tendresse immense qui lui est propre.

Sam, qui se trouve de l'autre côté du lit, et qui tient sa main osseuse, paraît presque aussi mal en point. Mais lui, c'est la peur, non la maladie, qui le ronge.

Aucun médecin n'est venu depuis que Tom a été admis, deux heures plus tôt. Cela n'a rien de surprenant mais nous sommes tout de même contrariés.

— Tu veux boire quelque chose, Tom ? demande Sam.

— Non, merci.

Sa voix a perdu toute profondeur et paraît réduite à un simple filet.

— J'ai envie d'un Coca, dit Sam. Tu viens avec moi, Lauren ?

— Oui.

J'ai compris également que le frère et la sœur avaient besoin d'être seuls un instant.

Nous ne disons rien et seul le bruit de nos pas résonne sur le carrelage du couloir de l'hôpital. Sam s'est fait couper les cheveux et je me demande s'il a agi ainsi par solidarité avec Tom, qui a perdu les siens à cause de la chimio, mais je n'ose pas lui poser la question. Ils ont droit à une certaine intimité dans leurs choix personnels.

Une fois dans la cafétéria, je prends un plateau marron (pourquoi les plateaux sont-ils toujours marron ?) et vais directement au rayon dessert. Il se trouve que j'aime bien la nourriture qu'on trouve dans les hôpitaux. Je n'ai jamais compris pourquoi. Par exemple, rien ne vaut la purée qu'on sert à l'hosto. Idem pour le tapioca, le chocolat et les puddings, même s'il faut éviter les gâteaux en général. Eu égard à mon cholestérol, je choisis le tapioca. Je prends également une tasse de café, paie et trouve une table contre le mur.

Sam me rejoint avec du pudding au chocolat et un

soda. A voir son pudding, je sais que j'ai fait une grosse erreur. Je goûte mon tapioca : c'est entre la colle que j'utilisais à l'école et les billes avec lesquelles je jouais dans la cour.

— Comment est ton pudding ?

— Parfait.

— Tu as une sale mine.

— J'ai l'impression d'être en enfer. Tu ne peux pas imaginer ce que nous avons vécu, Lauren.

C'est juste.

— L'acupuncture, l'urine de femme enceinte…

— Je croyais que c'était pour les régimes.

— Sans doute. En tout cas, ça ne guérit pas du sida. On a tout essayé, et toujours cette attente, puis la déception.

— Et maintenant ?

— Maintenant on attend le diagnostic final et officiel, du style « nous ne pouvons plus rien faire ». (Il plonge son regard dans le mien.) J'ai envie que tout soit fini.

— Tu n'as pas à t'en vouloir de penser cela.

Et soudain les larmes coulent doucement sur ses joues. Je pose ma main sur la sienne, attends.

Il sort un mouchoir et s'essuie le visage.

— Ce n'est ni l'heure ni l'endroit, dit-il stoïquement. Je l'aime tellement, tu le sais. C'est si dur de voir cet homme autrefois si actif décliner. Parfois on dirait un zombie. Il ne s'intéresse plus qu'à sa maladie, c'est dur à admettre. Quand je lui raconte quelque chose que j'ai lu dans le journal, sur Clinton, la Bosnie, je le vois qui regarde dans le vide, je m'aperçois qu'il n'écoute pas, qu'il s'en fout, comment lui en vouloir ? Tu sais comme il aimait le cinéma ? Je ne crois pas qu'il ait regardé une seule cassette depuis des mois. Je vais à la boutique de location et je passe des heures à chercher un film qui, j'en suis sûr, lui fera plaisir. Finalement je trouve le truc idéal et au bout de vingt minutes il va se coucher, ou s'endort. J'ai l'impression d'échouer sur toute la ligne. Quel gâchis, quel effroyable gâchis. Toute cette vitalité dissipée... Je veux que cela cesse, Lauren. Mais je sais qu'il me manquera. Tu me rappelleras cette conversation en temps voulu ?

— Je te le promets.

— Tu ne me prends pas pour un monstre ?

— Non, pas du tout. Je trouve formidable que tu admettes tous ces sentiments contradictoires, que tu m'en parles.

Il sourit.

— Tu vois, c'est marrant, je t'aime beaucoup mais nous ne sommes pas aussi proches que d'autres amis que j'ai ; pourtant à eux, je ne pourrais pas le leur dire.

— Nous formons une famille.

— Oui, il y a de cela. Mais je pense que tu peux comprendre, et ne pas me juger.

C'est moi qui ai envie de pleurer maintenant.

— Tu as changé, dit-il.

— Oui. Le meurtre de Megan m'a fait reconsidérer pas mal de choses me concernant.

— Pourquoi faut-il toujours que ce soit une tragédie qui nous aide à grandir ?

— Je ne sais pas. Une plaisanterie propre à Dieu.

— Drôle de bonhomme.

— Ou de bonne femme.

— Comme tu voudras, dit-il en souriant.

Nous terminons notre dessert, reposons nos plateaux et nous dirigeons vers l'ascenseur.

La nuit risque d'être longue.

22

Quand le docteur Calhoun vient finalement à dix heures du soir, nous sommes tous épuisés et furieux, mais aucun de nous ne le manifeste. Comme si l'on craignait qu'en exprimant une certaine désapprobation on allait attirer la vindicte sur le patient. C'est de la simple parano, bien sûr, mais personne ne veut prendre ce risque.

Quand Kip et moi rentrons à la maison, nous allons nous coucher sans trop parler. Aussi, au petit déjeuner, nous revenons sur la soirée d'hier.

— Quel arrogant ! dit Kip à propos du Dr Calhoun.

— Rien d'étonnant.

— Pourquoi sont-ils tous comme ça ?

— Sharon n'est pas comme ça.

Sharon Lewin est notre médecin et elle est presque parfaite. Elle le serait en tout cas si elle était restée sur la 11e Rue au lieu d'emménager dans le nord. Mais nous allons quand même la voir, ce qui montre bien qu'elle est compétente.

— Sharon est une femme, dit Kip.

— Tu ne veux quand même pas dire que seuls les médecins de sexe masculin se prennent pour Dieu ?

— Bien sûr que non. Mais Calhoun est typique.

— Oui. Mais au moins il n'a rien contre les homosexuels.

— Exact.

Elle arrête de manger ses céréales et me regarde.

— Tom est dans un état terrible, n'est-ce pas ?

— Il est comme ça depuis longtemps, Kip.

— Oui, mais je ne crois pas qu'il passera Noël.

Je suis abasourdie par cette remarque parce qu'il est clair pour moi que Tom ne passera même pas l'été. Mais qui suis-je pour lui ôter ses illusions, si tant est qu'on puisse parler d'illusions dans le cas précis. Elle n'est pas prête à affronter la vérité, tout simplement.

— Non, je ne pense pas qu'il passera Noël.

Comme si je venais de proférer une sentence de mort, Kip se met à pleurer. Je pose ma main sur son bras pour qu'elle ne se sente pas seule. Quand la crise est passée, je prends ma serviette, essuie ses yeux et l'embrasse tendrement.

— Merci, chérie, dit-elle. Parlons d'autre chose.

Cette réaction est typique d'une thérapeute : ne jamais parler de ce qu'on ressent soi-même.

— Comment se passe ton enquête ?

Je lui raconte et conclus :

— Je vais devoir retourner là-bas.

— Quand ?

— Aujourd'hui, je pense.

— Aujourd'hui ? fait-elle, inquiète.

— Qu'est-ce qui ne va pas ?

— Et Tom ?

Je la regarde sans comprendre.

— Nous ne savons encore rien.

— Et ça va durer encore quelques jours. C'est une des raisons pour lesquelles je préfère faire ce voyage aujourd'hui.

— Oui, bien sûr, tu as raison. Tu ne peux tout de même pas arrêter de travailler parce que Tom est à l'hôpital.

— Tu sais que je viendrai si on a besoin de moi.

— Mon Dieu, Lauren, qu'est-ce que je ferais sans toi ? Que font les gens qui sont seuls ? Je ne m'en sortirais jamais.

Je pourrais lui dire qu'elle se débrouillerait très bien mais à quoi bon ? Ce n'est pas ce qu'elle a besoin d'entendre pour l'instant. Au lieu de cela, j'embrasse ses paupières, ses joues, ses lèvres. Nous nous étreignons un long moment.

*
* *

J'essaie de joindre Blackie mais tombe à chaque fois sur son répondeur. Comme je traverse Perry et me dirige vers le quai où nous garons la voiture, je tombe pile sur l'équipe de tournage. Et sur Susan. Et Rick. Et Cybill.

Immédiatement Susan sent que quelque chose ne va pas.

— Quoi de neuf, Lobes ?

Je lui parle de Tom. Tous émettent des sons compassés mais personne ne sait quoi dire. Il n'y a rien à dire. Je change de sujet.

— Et le film, ça avance ?

— J'adore ce rôle, dit Cybill. Bien sûr, cela aurait été mille fois plus intéressant s'ils avaient accepté que je sois lesbienne. Je ne comprendrai jamais ce qui les effraie.

— Qui ça ?

— Les grands manitous d'Hollywood. Moi je trouve que ça serait génial de montrer deux femmes de quarante et quelques années en train de faire l'amour à l'écran, pas vous ?

Que lui répondre ? Je hoche la tête.

— Ils sont tellement bêtes, reprend Cybill. C'est tout ce que je trouve à dire. Bêtes, bêtes, bêtes.

Un jeune homme se joint à nous.

— On vous demande sur le plateau, Ms. Shepherd.

— Combien de fois devrai-je te le répéter, mon chou ? Appelle-moi Ismaël[1].

— Hein ?

Nous éclatons de rire.

— J'arrive, dit-elle au type troublé. (Puis, à nous :) Contente de vous avoir revue, Lauren. Votre enquête progresse ?

— J'ai du nouveau.

— Et moi je dois filer. Zut alors. Vous leur dites tout et ils me mettront au courant, entendu ?

— Promis.

Elle nous dit au revoir et s'éloigne.

— Alors ? demande Rick.

Je leur raconte.

1. Allusion à la première phrase du roman d'Hermann Melville, *Moby Dick* : « Appelez-moi Ismaël ». *(N.d.T.)*

— Des triplées ? s'exclament-ils tous deux.

— Je sais, je sais.

— Un instant, dit Susan. *Ta ta ta ta tata, ta tata tata ta !* Elle n'était pas seule mais n'était pas mariée. Elle n'avait pas de petit ami mais était très entourée. Qui était-elle ? *Les Triplées,* bientôt sur vos écrans !

— Comment est-ce possible, Lauren ? demande Rick. Même nous n'irions jamais écrire quelque chose dans ce genre.

— Tu crois que j'irais inventer une chose pareille ?

Susan et Rick se regardent et disent ensemble :

— Tu en serais capable.

— Eh bien, ce n'est pas le cas. J'aurais bien aimé. Je suis inquiète pour Susie, la dernière à être en vie.

— La clef, c'est l'argent, dit Susan.

— Ou le sexe, fais-je.

***

J'arrive à la maison des Mcmann à une heure et quart. Quand Anne Mcmann me voit, elle n'a pas l'air ravi.

— Je croyais vous avoir dit que je ne connaissais pas cette Almay.

— Je veux vous parler de Susie.

— Qui ça ?

— Susie Mcmann Black.

— Je vous l'ai dit, je ne suis Mcmann que par alliance.

— Oui, je sais. Je n'ai pas dit que vous étiez

parentes. Mais je pense que vous connaissiez Susie autrefois.

— Eh bien, vous vous trompez.

— Ms. Macmann, j'aimerais vous parler de l'été cinquante-quatre.

— Ce n'est pas le titre d'un film ?

Tout le monde est obsédé par les films.

— C'était *L'Été 44*, je crois.

— Quarante-deux.

— Exact.

— Mais ils ont fait une sorte de suite et c'était quarante-quatre.

— Possible.

— Si. Vous voulez savoir qui jouait dedans ?

— Non. je veux que vous me laissiez entrer et je veux que vous me parliez de Susie Mcmann Black et de l'été cinquante-quatre.

— Et si je vous dis que je n'ai pas la moindre idée de ce dont vous parlez ?

— Alors je serai obligée de vous traiter de menteuse.

Elle me fixe sans rien dire, comme si elle se demandait si se faire traiter de menteuse était important ou pas. Finalement, elle ouvre grande la porte et me laisse entrer.

Les murs du salon sont couleur pêche pâle. Des peintures et des gravures représentant des animaux morts y sont accrochés. Un oiseau empaillé jaune est perché sur une étagère, ses yeux vitreux semblables à des pierres fourbies. Le mobilier date des années soixante, tout en motifs floraux imprimés. Un tapis marron anémique. Des rideaux vaporeux aux fenêtres. L'endroit est plutôt déprimant.

— Vous voulez vous asseoir ? me demande-t-elle sur un ton peu engageant.

— Merci, dis-je en prenant place sur le canapé.

A contrecœur Anne Mcmann opte pour une chaise face à moi.

— Bien ?

— Vous connaissiez Susie, n'est-ce pas ?

— Pourquoi croyez-vous cela ?

— Parce qu'elle m'a dit que c'était le cas.

— C'est ridicule. Susie est morte en 1954. Un accident de voiture. Vous n'avez qu'à consulter les journaux de l'époque.

— Je l'ai fait.

— Et alors ?

— Nous savons toutes les deux que c'était Betty Rosner, et non Susie Mcmann, qui a trouvé la mort dans cet accident.

— Mais il y a eu des obsèques, ils l'ont enterrée.

— Vous en êtes sûre ?

— Elle a péri brûlée dans la voiture, c'est vrai.

— Vous saviez que ce n'était pas Susie.

— J'ignore de quoi vous parlez. (Elle respire avec difficulté, puis demande :) Où est-elle ? Où est Susie ?

— Elle vit à New York.

— Est-elle… ?

— Quoi ? Est-elle quoi ?

Elle secoue la tête comme pour se débarrasser de sa question inachevée.

— Lesbienne ? fais-je.

— Oh, pas ça.

Elle ferme les yeux, une moue dégoûtée tord ses lèvres.

— Quoi ?

— Ne prononcez pas ce mot.

— Que préféreriez-vous que je dise, Mrs. Mcmann ?

— Aucun.

— Eh bien c'est ce qu'elle est, pourtant. Lesbienne.

— Pourquoi le répétez-vous ?

— Parce que c'est la vérité.

— Susie s'est mariée et a eu un fils.

— Je vous en prie, ça n'a rien à voir. Vous aussi étiez mariée. Susie m'a parlé de votre relation.

— Quelle relation ?

— Au cours de l'été 54, vous et Susie Mcmann Black avez eu une liaison, Mrs. Mcmann.

Elle bondit.

— Comment a-t-elle pu insinuer une chose pareille ? Comment osez-vous ? Pourquoi devrais-je croire ce que vous dites ?

— Aimeriez-vous la voir ?

— NON ! Je crois que vous feriez mieux de partir.

— Pourquoi ?

— Parce que, parce que…

Elle éclate en sanglots et se prend le visage à deux mains.

J'attends.

— A quoi rime tout cela ? demande-t-elle enfin.

Si je le savais !

— Mais encore ?

— Pourquoi êtes-vous ici ?

— Deux personnes ont été assassinées.

— Qui ?

— Les sœurs de Susie.

— Les sœurs ? Mais elle était fille unique.

— Non.

Et je lui explique.

Anne me regarde ensuite comme si j'étais folle.

— Je sais que ça paraît bizarre mais c'est la vérité.

— Susie est-elle en danger ?

— Sans doute. C'est pourquoi j'ai besoin de vous.

— Je ne vois pas ce que je peux faire.

— Je crois que la réponse réside dans le passé. Or vous faites partie de ce passé.

Elle soupire profondément.

— A cause de ma relation avec Susie ?

— Oui.

— C'était… c'était une folie. Je n'ai jamais connu ça ni avant ni après.

— Vous voulez dire, avoir une liaison avec une femme ?

— Oui.

— Et vous étiez mariée quand vous avez eu cette liaison avec Susie ?

Elle acquiesce en silence.

— Quelqu'un était-il au courant ?

— Non. Et je ne veux pas que la chose se sache aujourd'hui.

— Quelle différence cela ferait-il ?

— C'est une toute petite ville, miss Laurano… et pas très libérale. C'était dangereux alors et ça l'est encore de nos jours.

— Vous pensez à votre mari ?

— Précisément.

— Vous pensez qu'il vous en voudrait après tout ce temps ? Car enfin, cela fait combien d'années que vous êtes mariée, quarante ?

— Le temps, les années, cela n'a rien à voir. Les choses anormales ne sont pas appréciées. N'allez pas vous méprendre, nous savons tous qu'il y a des gays et des lesbiennes qui ont des maisons ici et qui viennent l'été, mais c'est différent.

— Comment ça ?

— Eh bien, ce sont des étrangers. Peu nous importe ce qu'ils font. Nous n'irions pas leur parler, mais ils peuvent faire ce qu'ils veulent tant qu'ils restent discrets.

Je n'ai pas le droit de laisser passer ça.

— Vous dites ça alors que vous avez eu une expérience lesbienne, même discrète ?

— Ce n'était pas une expérience lesbienne.

— Oh, vraiment ? C'était quoi, alors ?

— Pourquoi lui donner un nom ?

— Mrs. Macmann, quelle sorte de rapport avez-vous avec votre mari ?

— Quelle sorte ? Je ne vois pas ce que vous voulez dire.

— C'est une relation hétérosexuelle, non ?

Elle me regarde bêtement.

— C'est normal.

— Hétérosexuelle.

— Si vous tenez à coller une étiquette.

— C'est comme ça que ça s'appelle. Et ce que Susie et vous faisiez ensemble…

— Vous n'avez aucune idée de ce qui se passait entre nous !

— Vous avez raison. Et si vous me racontiez ?

— C'était magnifique. Je l'aimais. Nous nous aimions. Mais nous savions toutes les deux que ce n'était pas bien. Nous savions que cela devait cesser.

— Vous voulez dire que vous ne comptiez pas vous revoir ?

— Nous nous sommes dit adieu ce soir-là.

Pourquoi Susie m'a-t-elle menti à ce sujet ? S'agissait-il seulement d'un fantasme ? Ou est-ce qu'Anne a menti ? Si oui, pourquoi mentir encore aujourd'hui ?

— Parce que tout le monde a cru que c'était Susie et non Betty qui se trouvait dans la voiture, j'ai pu faire mon deuil de cette femme. Je savais qu'elle n'était pas morte, mais pour moi cela revenait au même.

— Comment Bud a-t-il pris la chose ?

— Il paraissait triste. Vous avez dit qu'elle vivait à New York ?

— C'est exact. Aimeriez-vous la voir ?

— Oui.

— Je suis sûre que cela peut s'arranger.

— Oh, je ne sais pas. A quoi bon ?

— Réfléchissez-y et faites-moi savoir votre décision.

Je lui tends ma carte. Si j'arrive à les mettre en rapport, je saurai qui a menti.

— Où puis-je trouver votre mari ? Au déli ?

— Non. Il est allé à New York.

— Y va-t-il souvent ?

— De temps en temps.

— Pour quelle raison ?

— Je ne sais pas. Il aime bien y aller.

Je lui demande s'il était à New York le jour où Sharon a été tuée et elle ne se rappelle pas. Idem pour le jour où Samantha est morte.

Il faut que j'en aie le cœur net.

23

Il fait encore jour à huit heures et demie quand j'arrive en ville. Je vais directement à Broadway et cherche à me garer pas trop loin du 722. A cette heure-ci de la soirée, trouver une place n'est pas très difficile.

Pourquoi Susie me mentirait-elle au sujet de la fin de sa liaison avec Anne ? Peut-être a-t-elle voulu embellir son rôle, me sachant lesbienne. Plus j'y pense, plus cela me semble plausible. Anne, après avoir admis les faits devant moi, n'aurait aucune raison de mentir sur cette partie de l'histoire.

Il semble qu'Anne n'ait jamais oublié Susie et aurait vécu une existence plus heureuse si elle avait accepté d'être ce qu'elle était vraiment. C'est l'exemple typique de quelqu'un qui a continué de vivre une relation sans joie à cause de ce que pensent les autres. Mais il y a des milliers de femmes qui vivent ainsi.

Il est vrai que certaines ont eu une seule et unique relation homosexuelle puis demeurent hétérosexuelles après ça. Mais il y a de nombreux autres cas. Certaines découvrent leur penchant quand leurs enfants ont grandi, et décident de vivre pleinement leur nouvelle vie. Certaines ont des liaisons clandestines avec d'autres femmes, restent mariées et mènent une double vie. Et d'autres, comme Anne, ont connu une expérience homosexuelle, puis vivent dans le mensonge jusqu'à leur mort.

Je sonne chez Susie. Pas de réponse.

Quelque chose lui serait-il arrivé ? Peut-être est-elle simplement sortie.

Il me faut à tout prix m'introduire chez elle, mais il est trop tôt pour tenter quoi que ce soit. Pas très loin, il y a un McDonald. La perspective d'y passer plusieurs heures n'a rien de réjouissant. Que ferait un détective dans un film policier ? Si je me pose cette question, c'est parce que j'ai l'impression que ma vie se confond avec un film. Alors pourquoi ne pas agir comme si j'étais un personnage de fiction ?

Je vais à Astor Place, où, hier encore, on trouvait une cabine téléphonique en état de marche. Par magie, elle est toujours là et je compose le numéro personnel de Cecchi.

C'est Annette qui répond :

— Il n'est pas là, Lauren. Il travaille.

— Vous ne sauriez pas où je pourrais le joindre ?

— Non. Vous avez son numéro de beeper ?

— Oui.

— Comment va Kip ?

— Très bien.

— On devrait se voir bientôt, cela fait si longtemps.

Je conclus et raccroche. Je compose le numéro du beeper de Cecchi, puis m'aperçois que je ne peux pas lui donner de numéro où me joindre vu que la cabine n'en possède pas. Par miracle, je récupère ma pièce et me mets en quête d'un téléphone qui aurait encore son numéro affiché.

Après une demi-heure de recherches, je conclus qu'une telle merveille n'existe pas. Je doute que se soit un hasard. Le monde merveilleux des télécommunications n'a pas envie que les gens se fassent rappeler dans des cabines payantes. On ne peut pas leur en vouloir, mais moi, je leur en veux.

Avant de changer de coin je retourne au 722 et sonne une nouvelle fois à la porte de Susie. Toujours pas de réponse. Je reprends la voiture et me rends à Perry. Ils tournent une scène de nuit et la rue est bloquée.

Je trouve finalement une place sur la 8e Avenue, en face de la librairie de polars *Foul Play.* Je dois reconnaître qu'il m'arrive d'acheter des livres ici. Je ne sais pas ce que penseraient les deux J si elles l'apprenaient. Comme *Foul Play* est une librairie spécialisée, ils ont souvent des livres que les deux J ne commandent pas. Et puis j'aime bien John et Bob, qui travaillent ici. Mais je n'y achète jamais de grand format parce que les deux J peuvent toujours me les commander.

Au croisement de Perry et de West Fourth, je tombe sur un homme avec un talkie-walkie. Mon instinct me dit qu'il va m'empêcher de rentrer chez moi. Voilà que ça recommence. Plutôt que de me lancer dans une explication, je lui montre ma carte de détective.

— Non, dit-il.

— Comment ça, non ?

— Vous n'êtes pas Cybill.

— Bien sûr que je ne suis pas Cybill.

Il me montre ma licence.

— Elle joue ce rôle.

Oh non !

— Je ne joue aucun rôle, je suis Lauren Laurano.

Il éclate de rire.

— Cybill est grande… vous êtes presque naine. Excusez-moi, mais c'est un fait.

— Ma taille n'a rien à voir avec celle de Cybill.

— Cybill joue le rôle d'une détective, ma petite. Les privés ne sont pas de votre taille.

Je n'aime pas qu'on m'appelle « petite », mais cela ne me paraît pas le plus grave pour le moment.

— Comment vous appelez-vous ?

— Ed.

— Écoutez, Ed, vous connaissez Susan et Rick ?

— Non.

— Ce sont les scénaristes.

— Les scénaristes ? Pourquoi est-ce que je connaîtrais les scénaristes ?

Je comprends à présent pourquoi Rick et Susan se plaignent souvent.

— Je fait est que je suis la vraie Laurano, pas Cybill.

— Alors vous ne connaissez pas Cybill, ma petite. Elle est la personne la plus vraie que je connaisse.

— Ce n'est pas ce que je voulais dire. Écoutez-moi attentivement, Ed. Vous faites partie d'une équipe qui tourne un film.

— Sans déconner.

— Écoutez-moi, c'est tout.

— J'écoute, ma petite.

— Bien. Vous faites un film. Cybill Shepherd est actrice et elle joue le rôle de Lauren Laurano, une détective privée qui habite Perry Street. Je suis la vraie Lauren Laurano, une détective privée, peu importe ma taille, sur qui ce film est basé et je veux rentrer chez moi et il y a des triplées !

— Des triplées ?

— Laissez tomber les triplées.

— Quelles triplées, ma petite ?

— Oubliez-les, faites comme si vous n'aviez rien entendu. D'accord ?

— On n'a pas de triplées dans ce film.

— Entendu.

— Ce doit être une blague.

— J'aimerais bien. Mais, vous avez raison, les triplées n'existent que dans ma drôle de vie.

— C'est un sitcom ?

— Quoi ?

— *Ma drôle de vie.*

— Non, il s'agit de ma drôle de vie à moi.

— Oh, votre drôle de vie.

— C'est cela.

— Vous êtes une triplée ?

— Je vous en supplie : oubliez cette histoire de triplées.

— Mais c'est très intéressant, ma petite. Je n'ai encore jamais rencontré de triplées.

— Ed. Je veux rentrer chez moi.

— Vous dites que vous habitez ici ? Juste là où ils tournent ?

— Oui. Vous pouvez appeler quelqu'un avec ça ? dis-je en montrant son talkie.

— Pourquoi j'en aurais un si je ne pouvais pas m'en servir ?

— C'est exact, alors servez-vous-en. Pour vérifier

qui je suis. Pour voir si j'ai le droit de rentrer chez moi.

— Oh. D'accord.

— Yo, j'ai une triplée ici qui veut passer dans la rue. Elle dit qu'elle habite où ils tournent. Oui. (S'adressant à moi :) C'est quoi votre nom ?

Je rêve.

— Je vous l'ai dit. Lauren Laurano.

Il rigole.

— Non. Votre vraie nom, ma petite.

— C'est mon vrai nom.

— Elle dit qu'elle s'appelle Lauren Laurano. C'est vrai ? Pas possible. D'accord. (Il éteint son talkie.) Beau dit que vous existez.

— Grâce soit rendue à Dieu. Je commençais à croire que j'étais un androïde.

— C'est une variété de triplée ?

— Salut, Ed.

— Magnez-vous, ma petite. Ils vont bientôt tourner.

Je me fraye un passage dans le fouillis de fils et la masse des techniciens.

Jimmy Daniels, mon copain électro, me hèle alors :

— Et ce déjeuner, Lauren ?

— Bientôt.

— CeCe te donne le bonjour.

Il s'agit de Ceil, sa femme.

— Super, dis-je.

Rick et Susan sont avec le réalisateur.

— Hé, Lobes ! me lance Susan. On avait justement besoin de toi.

J'ai du mal à y croire.

— Tu étais sérieuse pour cette histoire de triplées ?

J'acquiesce.

— Il nous faut la dernière, dit Rick.

— Comme ça on n'aura pas besoin de retourner la scène, dit Barry Berry. Voyez-vous, ma chère, celle qui est morte avait une autre scène.

Il me sourit comme si j'étais sa nouvelle égérie.

— Et, reprend-il, ces charmants scénaristes viennent de m'apprendre qu'il existe des triplées, ce que vous semblez confirmer.

— Oui, c'est exact.

— Savez-vous où se trouve celle qui reste ?

— Je sais où elle habite, mais je ne sais pas où elle est.

— Expliquez-vous, je vous prie.

Je recommence.

— Je vois. Eh bien, nous n'allons pas tourner sa scène avant demain. Vous l'aurez d'ici là ?

— L'aurez ?

— Vous l'aurez trouvée, rectifie-t-il impatiemment.

— Je l'espère.

— Bien. Dites-lui de venir à la librairie *Three Lives* à sept heures du matin. Vous savez où c'est situé ?

Je fais signe que oui. Je savais qu'il devait tourner une scène là-bas mais j'ignorais quand, ni qui, y participait.

— Très bien, ma chère. Sauriez-vous par hasard si elle est affiliée à la SAG ?

— Je suis sûre que oui. Et si je ne l'ai pas trouvée entre-temps ?

— Vous devez la trouvez, point final. Nous avons un horaire à respecter.

Il me regarde avec condescendance, tourne les talons et s'éloigne à grands pas.

— Il est censé être quoi ? je demande à Susan.

— Il est censé être un réalisateur anglais, mais nous avons découvert qu'il venait du fin fond de l'Arkansas. Tu crois que tu pourras dénicher cette femme ?

— J'essaierai.

— Silence sur le tournage ! crie quelqu'un.

— Il faut que je rentre, je vous verrai plus tard.

Kip est assise dans le salon et regarde un match de base-ball à la télévision tout en feuilletant *Newsweek*. Elle lève les yeux.

— Tu es rentrée.

— Brillante déduction, Watson. (Je me penche et l'embrasse.) Magazine et télé, hein ?

— J'essaie de me distraire.

— Comment va-t-il ?

— Toujours pareil. Et toi, ça s'est bien passé ?

— Je te raconterai dans une minute.

Je compose le numéro du beeper de Cecchi sur le téléphone, puis mon propre numéro, et raccroche. Je m'assois à côté de Kip, lui prends la main et lui raconte mon entretien avec Anne Mcmann, lui fais part de mes soupçons concernant Bud et de mes inquiétudes à propos de Susie.

— Tu vas demander de l'aide à Cecchi ?

— Oui.

— Je suis contente. Je me sens toujours mieux quand il est avec toi.

— Voilà une remarque sexiste, Kip.

— Je ressentirais la même chose si Cecchi était une

femme. Je faisais allusion à sa dimension professionnelle.

— Je suis une professionnelle, dis-je, vexée.

— Je t'en prie, pas d'arguties. Tu sais ce que je veux dire.

Nous avons décidé de nommer ces petits désaccords linguistiques des arguties.

Soudain Kip me regarde droit dans les yeux et me déclare avec le plus grand sérieux :

— Lauren, nous ne sommes pas de vraies lesbiennes.

— Pourquoi ?

— Nous n'avons pas d'animaux.

— Tu es sérieuse ?

— Très.

— Aurais-tu oublié notre engagement ?

— Quel engagement ?

— Tu as oublié.

— On dirait que oui.

— Quand nous avons décidé de vivre ensemble, nous avons pris certains engagements. Comme de ne pas être considérées comme un couple.

— Succès sur toute la ligne. Quoi d'autre ?

— Pas d'animaux.

— Nous n'avons jamais dit ça.

— Si. Nous avons dit que tous les couples de lesbiennes avaient des chiens ou des chats au lieu de bébés.

— Oui, mais cela remonte à des années et maintenant même les lesbiennes ont des bébés.

— Elles en avaient déjà, mais ça ne comptait pas alors.

— Essentiellement parce qu'elles avaient été mariées. Maintenant elles ont des enfants ensemble. Je veux dire, c'est prémédité.

— C'est donc cela ?

— Quoi ?

— Tu veux un bébé ?

— Jamais de la vie. Je t'ai, toi. Non, je plaisantais.

— Je suis morte de rire.

— De toute façon, nous sommes trop vieilles.

— Non, c'est faux.

— Mais si, voyons.

— Mais non.

— Je ne dis pas que ce soit impossible physiologiquement, mais ça serait risqué à ton âge.

— A mon âge ?

— Tu as deux ans de plus que moi, chérie.

— Et tu ne l'oublies jamais. Une minute, qu'est-ce que ça veut dire ? Trop risqué à mon âge, mais pas au tien ?

— Risqué aussi au mien. De toute façon, si je voulais un enfant, je l'adopterais. Il y a des millions d'enfants qui ont besoin d'un foyer. Je ne comprends pas cet égocentrisme qui consiste à se reproduire alors que meurent de faim tant…

— D'Arméniens.

— Qui ça ?

— Les Arméniens. Ta mère ne t'a jamais dit ça quand tu ne voulais pas manger tes épinards ou tes champignons ? La mienne disait toujours : « Pense aux petits Arméniens qui meurent de faim. »

— La mienne parlait des Hongrois.

— Tout juste. Quel rapport, au fait ? Je veux dire,

pourquoi est-ce qu'on parle de Hongrois et d'Arméniens ? Je ne comprends jamais comment nos conversations en arrivent là.

— Où ça ?

— Tu changes toujours de sujet.

— Tu me fais des reproches, Lauren.

— Je croyais que ça t'intéressait de savoir comment nos conversations finissaient toujours par dévier.

— S'il y a quelqu'un qui change de sujet, c'est bien toi.

— Je crois que tu disais…

— Pas d'arguties.

— Mais je…

— Stop. Ne reprenons pas tout en sens inverse pour me prouver que c'est moi qui ai pris la tangente, d'accord ?

— D'accord.

— Reprenons tout depuis le début.

— Entendu. Tu veux un bébé.

— Non, je ne veux pas de bébé. Un bébé est la dernière chose que je souhaite à mon âge. Je veux un chat.

— Un chat ?

Elle acquiesce en battant des cils.

— Pas un chien ?

— Trop d'ennuis.

— Un chat.

— Un chaton, pour être précise.

— Quel genre ?

— Que veux-tu dire ?

— Un chat de race ou un simple greffier ?

— Comment as-tu su ?

— Su quoi ?

— Que je voulais une certaine race ? Tu vois, c'est pour ça que je t'aime, c'est pour ça que nous sommes ensemble depuis toutes ces années, tu lis dans mes pensées, tu me connais mieux que n'importe quel autre être humain…

— Quelle race ?

— Un persan.

— Tu veux rire.

— Non. Pourquoi ?

— Des visages écrasés ?

— C'est cruel.

— Tu as déjà regardé leur profil ? Ils n'en ont pas.

— J'adore les persans.

— Mais ils ont cet horrible pelage qui n'en finit pas.

— Il est magnifique.

— Il faut les brosser en permanence ou ils deviennent fous furieux. Qui aura envie de peigner leurs faces plates ?

Comme si je ne connaissais pas la réponse.

Le téléphone sonne. C'est Cecchi. Je lui dis de ne pas quitter et pose ma main sur le combiné.

— Kip, c'est non.

— Mais Lauren…

— On en reparlera, lui dis-je, soulagée d'avoir mis un terme à cette stupide conversation.

24

Cecchi et moi sommes assis au *Waverly Place Luncheonette*. Il est deux heures du matin. Ruby ne travaille pas à cette heure-ci. A sa place, il y a une serveuse revêche et un barman sinistre. Ruby me manque.

J'ai mis Cecchi au courant. Il secoue la tête sans rien dire ; cette affaire lui paraît ridicule. Néanmoins, il finit par admettre que Susie court sans doute un danger. Nous ne savons pas du tout où peut se trouver Bud Mcmann et ne pouvons pas lancer un mandat d'arrêt parce que nous n'avons aucune preuve qu'il ait fait quoi que ce soit. Nous sommes allés chez Susie mais personne ne nous a ouvert. Nous avons également téléphoné toutes les demi-heures, mais sans succès.

Cecchi estime que nous n'avons aucun droit légal d'entrer dans son appartement et que nous n'obtiendrons sûrement pas de mandat sur la base de ce que nous avons, à savoir de simples conjectures. Aussi accepte-t-il mon plan, qui consiste à entrer par effraction. C'est une des raisons principales pour lesquelles j'adore cet homme : il n'a rien d'un fonctionnaire.

J'espère qu'il n'aura pas d'ennuis, et surtout pas à cause de moi.

Je reprends une onzième tasse de café. Froid. Je fais signe au serveur d'en rapporter. Tout en me décochant un regard noir, il verse un liquide foncé qui commence à ressembler à du goudron. J'essaie de voir les choses depuis son PDV. Cela signifie « point de vue », dans le jargon du cinéma.

Voilà ce que le serveur revêche voit : Un homme dans la quarantaine avec une femme dans la quarantaine (ou même dans la trentaine… non, la lumière est trop forte ici), qui boivent café après café. Tous deux portent des alliances, bien que différentes, donc ils ne sont pas mariés ensemble. Ils doivent se demander où ils vont aller, où ils vont dormir ensemble, ou même s'ils doivent coucher ensemble. En d'autres termes, il voit deux amants !

— Cecchi, vous pensez que le serveur nous prend pour des amants ?

— Non.

— Pourquoi ?

— Primo il s'en fout royalement, et secundo il s'en fout royalement.

— Mais les alliances ?

— Il ne les a pas remarquées, Lauren. C'est un serveur, pas un détective.

Je n'avais pas pensé à ça. Le cinéma déteint sur moi.

— Kip veut un chat, dis-je.

— Je croyais que vous aviez fait une croix là-dessus.

— Moi aussi. Mais ce soir elle a dit qu'elle voulait un chaton persan.

— Tiens donc ? Tout va bien entre vous ?

— Oui, très bien.

— Alors qu'est-ce qui s'est passé ?

Je me frappe le front. Comment ai-je pu être aussi bête ? *Tom*. Je le dis à Cecchi.

— Ça se tient. Annette a voulu un chien quand sa mère est morte. Vous voulez un chat ?

— J'aime bien les chats.

— Moi je les déteste

— Pourquoi ?

— A cause de l'odeur.

Je pense aux hordes de chats qui peuplent la maison de Winifred Collins.

— Pas quand il y en a un seul. Pas si vous prenez soin de sa litière.

— Je croyais que Kip faisait des allergies.

— C'est le cas, mais elle suit un traitement.

— Contre les chats ?

— Pour d'autres choses, mais je crois que les chats sont compris dans le lot.

— Alors, vous allez en prendre un ?

— Elle m'en a juste parlé tout à l'heure. Mais si vous pensez que c'est lié à la mort prochaine de Tom, eh bien, je ne sais pas, pourquoi pas ?

— Si ça peut l'aider à surmonter le choc.

— Oui.

— Bon, allons-y. C'est la bonne heure.

Nous payons, essayons une fois de plus de joindre Susie chez elle, mais sans résultat, et prenons la voiture de Cecchi, en stationnement sur la 6e Avenue. On a beau être un soir de semaine, le Village grouille de vendeurs à la sauvette comme s'il était midi.

Et c'est la même chose sur Broadway quand nous y arrivons. Ces gens ne dorment-ils donc jamais ? Ou existe-t-il une sorte de roulement tacite parmi ces vendeurs ? Nous nous garons.

Le McDo du coin est éclairé et bondé, il semblerait qu'une fête y soit donnée, les gens palabrent sur le trottoir. Des types vendent de l'encens, des bonbons, des chaussettes, des bijoux, des livres, des cassettes.

— Comment va-t-on faire, Cecchi ?

— Tout le monde s'en fiche.

Nous nous rendons au 722 et sonnons par mesure de sécurité. Personne. Cecchi sort un jeu de clefs et s'attaque à la porte d'entrée. Je lui tourne le dos et monte la garde, telle une vigie. Je guette qui, au juste ? La police ?

— C'est bon, dit-il.

Nous entrons.

Nous nous retrouvons face à l'ascenseur à clef. C'est mon tour. Je sors mes passes et me mets au travail pendant que Cecchi monte la garde. Un quart d'heure plus tard, la porte s'ouvre. Nous montons dans la cabine. Mais, bien sûr, le cinquième est en position verrouillée. C'est la partie la plus vicieuse. Si quelqu'un de l'immeuble appelle l'ascenseur, nous sommes cuits.

Je me remets au boulot pendant que Cecchi transpire à grosses gouttes. Nous entendons des grincements et des grognements, mais personne n'appelle l'ascenseur. Finalement j'y arrive et la cabine s'élève.

Ce n'est que maintenant que je prends peur. Qu'allons-nous trouver ? Un appartement vide, j'espère.

Parvenus au cinquième, nous découvrons que la porte de Susie n'est pas verrouillée. Cela nous facilite les choses, certes, mais c'est mauvais signe. Cecchi et moi nous regardons. Je pousse la porte, nous entrons et refermons sans bruit derrière nous.

L'appartement est plongé dans l'obscurité. Cecchi sort son stylo-lampe, l'allume et balaie de son mince rayon meubles blancs et plantes. J'ai l'impression d'avoir les pieds pris dans du ciment à prise rapide.

Cecchi fait un pas.

A contrecœur je le suis.

Finalement sa lampe révèle un interrupteur et il l'abaisse. A l'autre bout du canapé, une lumière s'allume. La pièce est vide.

Le salon est pourvu de deux portes. L'une est entrebâillée, l'autre fermée. Instinctivement nous nous dirigeons vers la deuxième et nous postons chacun de part et d'autre du panneau. Cecchi tourne la poignée et pousse la porte. Il pénètre dans la pièce en position de combat, son arme à bout de bras braquée droit devant lui. Je trouve l'interrupteur et allume.

Nous sommes dans un bureau. Un meuble gris fait face à une fenêtre et les murs sont couverts de livres. Mais il n'y a personne. J'inspecte le placard, qui ne contient que des vêtements.

C'est alors que nous entendons un bruit et nous figeons, l'oreille aux aguets. Le bruit recommence. On dirait un gémissement. Nous sortons du bureau, retournons dans le salon et attendons. Le gémissement semble provenir de l'autre pièce, celle dont la porte est entrebâillée.

Nous allons voir. Il fait sombre. Quand le cri de

détresse retentit à nouveau, j'abaisse l'interrupteur et un plafonnier illumine la pièce.

Susie Mcmann gît par terre. Il y a du sang sur le tapis blanc. Elle vit encore. J'appelle une ambulance pendant que Cecchi s'occupe d'elle.

***

Je suis dans la salle des urgences du St. Vincent's Hospital sur la 7e Avenue, un café insipide à la main. Il est presque six heures du matin et cela fait des heures que je suis ici.

Faire accepter Susie aux urgences a été un pensum. Nous ne savions même pas si elle avait un numéro d'assurée sociale. Cecchi a dû faire jouer son grade et la ramener un peu, toutes choses qu'il n'aime pas trop.

J'ai fait remarquer au personnel hospitalier que dans la mesure où elle était comédienne et affiliée à la SAG, elle bénéficiait sûrement d'une protection sociale. A contrecœur, ils ont accepté de s'occuper d'elle pendant que je retournais à son appartement pour essayer de trouver des papiers administratifs.

J'ai déniché la carte qu'ils demandaient et satisfait ainsi aux exigences de ces personnes censées dispenser des soins. Mais il semblerait qu'ils ne dispensent rien du tout. Le mot « soin » a perdu toute signification dans le monde médical. Il n'a de sens que dans des phrases du type : « Il a pris soin d'emporter sa carte d'assuré social. »

— Ms. Laurano ?

Je me lève d'un bond et me dirige vers la femme qui porte un stéthoscope autour du cou.

— Vous êtes Laurano ?

— Oui.

— Venez avec moi.

Je suis cette femme en blouse blanche le long d'un couloir carrelé. Nous pénétrons dans une salle où des patients sont alités. Elle tire un rideau vert qui entoure le troisième lit de la rangée de gauche et me révèle la forme de Susie Mcmann, le visage livide, les yeux clos.

— Nous allons la garder, m'annonce-t-elle comme s'il s'agissait d'une surprise, et peut-être devrais-je me montrer reconnaissante.

Je réprime une petite réplique bien sentie.

— Comment va-t-elle ?

— Elle a reçu un coup de couteau. Heureusement ses jours ne sont pas en danger. Son agresseur n'a atteint aucun organe vital. Il est un peu trop tôt pour se prononcer, mais je pense qu'elle va s'en sortir.

— Tant mieux.

Mme Blouse Blanche consulte sa fiche, le stylo à la main.

— Que s'est-il passé exactement ?

C'est la trois cent vingtième fois que je raconte. Mais qu'est-ce qu'une fois de plus à l'échelle de la comptabilité céleste ?

Après avoir reconnu que je n'avais commis aucun crime, le docteur me dit de rentrer chez moi parce que Susie ne va pas se réveiller avant des heures.

25

Dehors, le soleil ressemble à une énorme mandarine dans le ciel dégagé. Il n'est que sept heures du matin mais il fait déjà chaud, d'où j'en déduis brillamment que nous allons encore avoir droit à une journée caniculaire comme seul New York en a le secret, avec recrudescence des odeurs d'urine au point que le *Livre des Records* risque de s'y intéresser dans sa prochaine édition.

Je descends la 7e Avenue, plutôt calme à cette heure-ci, mais aucunement déserte. Il y a ces étranges personnes qui vont travailler à des heures normales ; des hommes en costume, des femmes en robe. Je me demande brièvement comment ce doit être de mener une vie ordonnée et sans surprise. Cette pensée me déprime.

Je change de trottoir et respire mieux en voyant que Perry Street n'est plus assiégée par les camions de l'équipe de tournage. Je ne sais plus trop où ils en sont dans leur calendrier et n'ai aucune idée du lieu de tournage d'aujourd'hui.

Comme j'approche de ma maison, William sort de l'immeuble. Il porte un T-shirt noir et un short. Ses superbes jambes sont toutes bronzées.

— Tu rentres juste ? me demande-t-il en haussant un sourcil blond.

— Le boulot.

— Je ne sais pas comment Kip peut supporter ça, dit-il facétieusement.

— Ça ne lui plaît pas du tout, si tu veux tout savoir.

— Difficile de lui en vouloir, non ? Dehors toute la nuit Dieu sait où et avec Dieu sait qui.

— William, tu me chambres, là, n'est-ce pas ?

— Pourquoi je ferais ça ?

Je souris.

Il se penche et dépose un baiser sur mes lèvres.

— Je vais à la gym, dit-il. Il faut se maintenir en forme, on ne sait jamais quand on devra l'exposer.

— L'exposer ?

— Son corps. Faire la une de *Vanity Fair*, par exemple.

— Oh ! Je croyais que tu pensais à quelque chose d'important.

— Ne sois pas grinçante, Lauren. Tout est possible. Qui sait si *L'apprenti mécanicien* ne va pas m'appeler.

— Exact.

Nous nous disons au revoir et je glisse la clef dans la serrure. Kip doit être en train de prendre le petit déjeuner, parce que je sais qu'elle a un rendez-vous à huit heures et demie aujourd'hui.

Je pénètre dans la cuisine. Gagné, elle est là. Mais il y a quelqu'un d'autre !

— Qu'est-ce que c'est que ça ?

— C'est un chaton, dit-elle, tout sourire.

— Je le vois bien. Qu'est-ce qu'il fiche ici ?

Je crois connaître la réponse.

— Il vit ici, répond-elle.

C'est bien ce que je craignais. La chose en question ressemble à une petite boule de fourrure blanche et trône sur la table.

— Je n'arrive pas à croire que tu aies pris seule cette décision.

— Je n'ai pas eu le choix.

— Vraiment ? Et pour quelle raison ?

— Tu n'étais pas là et la décision devait être prise. Elle n'est pas adorable ?

Elle, bien sûr. Seul un idiot pourrait imaginer le contraire, mais je ne suis pas disposée à baisser les bras. Comme je m'apprête à protester, je sens quelque chose me mordiller la cheville et je hurle. Je baisse les yeux et vois une autre boule blanche.

— Et ça c'est quoi ?

— Un chaton.

— Ça suffit, Kip. Je vois bien que c'est un chaton et…

— Tu m'as demandé, je t'ai répondu, Lauren.

— Arrête. S'il te plaît. Ne me dis pas que tu en as pris deux.

— Si.

— Tu en as vraiment pris deux ?

— Oui, Lauren, elle se serait sentie si seule. C'est toujours mieux quand ils sont deux. Tout le monde sait ça.

Je songe aux hordes de chats de Winifred Collins et à l'odeur qu'ils dégageaient. La petite chose à mes pieds s'attaque à mes lacets.

— Tu dois bien reconnaître qu'il est chou lui aussi.

— Il ? Je croyais que tu ne voulais pas de mâle ?

— Il m'a fait craquer. Ils coûtaient seulement deux cent cinquante dollars pièce, déclare-t-elle comme si elle venait d'acquérir une BMW pour un dollar.

— *Seulement ?*

— C'est très bon marché pour des persans à pattes dorées.

— Tant qu'à avoir des chats, pourquoi ne pas prendre de vulgaires matous ? C'est quoi, cette histoire de pedigree ?

— Cela n'a rien à voir. Ils sont mignons, c'est tout. Regarde-les.

— C'est ce que je fais. Ils n'ont aucun profil.

— Bien sûr que non.

— Des visages écrasés. Comment veux-tu que je fasse confiance à un chat qui n'a pas de profil ?

— Je ne comprends même pas ce que tu racontes, dit-elle.

Le fait est que moi non plus. Et j'essaie de me rappeler que sa décision est liée à la mort prochaine de Tom. Mon choix est le suivant : soit je fais un drame, soit je laisse tomber. Les chatons sont là et elle a besoin d'eux, alors à quoi bon lui tomber dessus ? D'un autre côté, elle a agi sans me consulter et si je laisse passer, qui sait ce qu'il adviendra la prochaine fois ? Je ne sais absolument pas comment réagir. Et pendant que je gamberge, la chose à mes pieds suce mes lacets. Je me penche et la ramasse.

Je tiens le chaton dans mes bras et observe son visage. Mon cœur chavire. Je ne crois pas avoir jamais vu quelque chose d'aussi mignon. Il ouvre la bouche comme pour parler mais il n'en sort aucun son.

— Il est muet, dis-je.

— Ça lui arrive de faire ça.

— D'ouvrir sa bouche et de ne rien dire ?

— Si tu veux.

— Tu l'as déjà entendu dire quelque chose ?

— Oui.

Et il miaule. Je sursaute.

— Qu'est-ce qu'il veut ? fais-je, paniquée.

— Des câlins. Caresse-lui le ventre.

J'obéis et un bruit semblable à un climatiseur détraqué retentit.

— Il ronronne, dit Kip.

— Je le vois bien. J'ai eu des chats quand j'étais petite.

— Je l'ignorais.

— Il y a plein de choses que tu ignores me concernant, ma belle, dis-je, en parlant comme Humphrey Bogart.

— C'est une des raisons pour lesquelles je t'aime. Tu m'étonnes en permanence.

— Ne te fatigue pas, Kip. On va les garder.

— Oh, merci, merci beaucoup, missié.

— Arrête.

Nous savons très bien toutes les deux qu'elle avait gagné d'avance. Kip prend dans ses bras la petite chatte et s'approche de moi. La femelle est encore plus belle que le mâle. Il est mignon, d'accord, mais elle a tout d'une star de cinéma.

— Je suppose qu'ils sont parents.

— Frère et sœur.

— Tu leur a donné des noms ?

— Non. Je pensais qu'on le ferait ensemble.

Elle me jette un os. Ou, dans le cas présent, plutôt une souris.

— Mais je suppose que tu y as réfléchis.

— En fait, non. Je pensais attendre un peu que leurs noms s'imposent d'eux-mêmes.

— Pas la peine d'attendre. J'ai déjà trouvé.

— Vraiment ? Tu les connais à peine.

C'est vrai mais ça n'a aucune importance. Et je sais qu'elle va accepter pour faire passer son initiative unilatérale.

— Je n'ai pas besoin de les connaître. J'ai trouvé les noms parfaits.

— Oh, Lauren. Ce n'est pas juste.

— Et depuis quand la vie est-elle juste ?

— Entendu. Comment comptes-tu les appeler ?

— Nick et Nora.

Elle ne dit rien. Elle regarde les chatons, puis moi.

— Comme Nick et Nora Charles[1], je suppose.

— Exactement.

— Très bien, dit-elle, en embrassant Nora, puis Nick, puis moi.

— Autre chose. Je ne veux pas arriver en troisième position quand tu distribues les baisers.

— Désolée, chérie. Cela ne se reproduira plus.

— Je peux te poser une question, Kip. Est-ce que tu te sens comme une vraie lesbienne à présent ?

— A cent pour cent.

— Quel soulagement ! J'ai eu peur un moment

1. Nick et Nora Charles sont les héros de *L'Introuvable*, roman de Dashiell Hammett. (*N.d.T.*)

d'être une usurpatrice. Nick, Nora, merci de nous légitimer.

Et cette fois-ci c'est moi qu'elle embrasse en premier.

*
* *

Après avoir pris mon petit déjeuner et m'être douchée, j'appelle l'hôpital. L'état de Susie n'a pas changé. Je téléphone à Cecchi. Il est sorti. Je m'assois à mon bureau, allume mon ordinateur et mon modem, puis compose le numéro d'Invention Factory.

Soudain j'entends un miaulement à mes pieds et baisse les yeux. C'est l'un d'eux. Comment saurai-je duquel il s'agit ? C'est alors qu'il ouvre la bouche sans qu'aucun son n'en sorte. C'est Nick.

— Qu'est-ce que tu veux ?

Il me regarde. Je le prends et le pose sur mon bureau. Il se promène ici et là, et à ma surprise s'assoit à côté de l'ordinateur, croise ses pattes de devant et s'endort. Je dois reconnaître qu'il est vraiment trognon, surtout vu de face.

Un signal musical me prévient que mon courrier a été téléchargé. Je quitte I.F., le logiciel de communication, lance mon traitement de texte et ouvre mon nouveau fichier-courrier. Je me rends en premier à Messages personnels. Il y en a cinq. Je clique sur le bouton Index pour savoir de qui ils émanent. David, Eric Loeb, Pearl Greenberger, Bob Blank, et Bill Slattery. Ce sont tous des habitués sauf Bob Blank. Je n'ai encore jamais vu son nom. Il m'a laissé un message sur un forum baptisé Étrange. Je ne lis pas toujours tout dans celui-ci parce qu'il attire nombre de… eh bien, de personnes étranges, ce qui est normal après tout.

Je fais glisser le curseur vers le bas et clique sur le message de Bob Blank. Et je lis :

Lauren,

Je suis tes interventions et consulte souvent cette boîte, aussi je suis presque certain que tu liras ceci. Ce que je veux te dire, c'est qu'une étrange expérience peut être un peu tout. Ce peut être une rencontre avec des jumeaux, des triplés ou des quintuplés. La mort aussi est étrange. Le meurtre également. Étrange regroupe de nombreuses choses. Étrange convient aussi parfois à un endroit où il ne vaut mieux pas se trouver. J'espère que tu comprends le sens étrange de mon message. Je pense que oui parce que tu es une fille intelligente, bien qu'étrange.

Bob Blank

Au bas de chaque message figure le nom et le numéro de téléphone du serveur correspondant. Celui-ci est intitulé Bango Bingo et le code région est 914. C'est celui de l'Ulster, dans l'État de New York.

J'ai peur, bien sûr, parce que le message n'a rien d'ambigu, mais ce qui me déplaît par-dessus tout, c'est que cette personne sache qu'elle peut me joindre par modem. Je me sens envahie. Bob Blank est manifestement un pseudonyme.

Je note les coordonnées de son serveur et referme précipitamment mon fichier-courrier, retourne au logiciel de communication et compose le numéro.

N'étant jamais venue sur ce serveur, je dois remplir un questionnaire personnel, d'où j'en déduis qu'il existe un certain filtrage au départ. Mais je sais d'expérience qu'il est très rare qu'ils vérifient votre identité en vous appelant au téléphone.

Quand j'ai fini de répondre aux questions me concernant, on m'informe que je subirai un contrôle vocal d'ici trois jours et qu'en attendant j'ai droit à un quart d'heure. Le menu principal apparaît. Comme d'habitude il s'agit d'un listing intitulé « (P)age Sysop ». Cela veut dire que vous pouvez dialoguer avec l'opérateur du système. Je clique sur (P) et attends. Je n'ai pas trop d'espoir, car en général les Sysops ne sont jamais là. Mais soudain j'ai la surprise de voir l'écran changer et les lignes suivantes apparaître :

S.O. bonjour que puis je pour vous

L.L. j'aimerais faire une recherche sur un des utilisateurs de votre serveur

S.S. pourquoi

L.L. je suis détective privée et j'enquête sur une affaire, or un de vos utilisateurs m'a laissé un message énigmatique mais menaçant

S.O. comment s'appelait cette personne

L.L. bob blank

S.O. hmmmm comme ça je ne sais pas qui c'est

J'ignore pourquoi, mais quand les gens saisissent du texte en temps réel (et surtout les Sysops), ça donne toujours des *hmmm*.

L.L. pouvez-vous vous renseigner
S.O. pourquoi devrais-je le faire
L.L. parce qu'il s'agit d'une affaire de meurtre
S.O. JSPDR !

En jargon clavier, ça veut dire : Je suis plié de rire.

L.L. ce n'est pas une plaisanterie ma vie est peut être en danger
S.O. hmmm
L.L. je sais que ça paraît dingue mais c'est la vérité.
S.O. mais ça paraît quand même dingue dans quel forum ce blank vous a-t-il écrit

C'est bien ce que je redoutais. Comment lui dire qu'il s'agit de Étrange et espérer qu'il me prendra au sérieux ? Mais je n'ai pas le choix parce qu'en tant que Sysop il a accès à tous les messages. Oh, et puis zut, au pire il me jettera.

L.L. c'est dans Étrange
S.O. pourquoi ne pas l'avoir dit plus tôt attendez

Il disparaît. Je sais qu'il procède à une vérification. Je fixe mon écran pendant une éternité. Il est de retour.

S.O. je ne sais pas qui est ce blank je n'ai jamais vu son nom avant et il n'est pas répertorié dans nos listings ce doit être un hacker qui s'est infiltré désolé je ne peux pas vous aider mais je peux faire une recherche si vous voulez
L.L. oui s'il vous plaît

S.O. rappelez dans quelques heures.

L.L. puis-je vous contacter à un numéro téléphonique

S.O. hmmmm d'accord

L.L. Merci beaucoup

S.O. pas de quoi (914) 256-1761 ciao

Je retourne au menu principal et quitte le serveur. Nick ouvre la bouche et émet un son déchirant qui doit être un miaulement.

— Bonne idée, dis-je.

De toute évidence, ce chat va m'être d'une grande utilité dans mon travail.

Je retourne à ma boîte aux lettres et consulte le message de David.

Chère Lauren,

Si t'as l'occasion de venir, n'hésite pas. Ici c'est mortel !

David

Mortel ! Il ne sait pas de quoi il parle ! Il faudra que je lui fasse promettre de ne plus utiliser ce genre d'expression quand il s'adresse à une détective privée.

Je laisse de côté le reste de mon courrier, éteins ma machine, emporte Nick dans le salon où je le dépose et sors. Il faut que je passe à mon bureau où se trouvent toutes mes notes et mon répertoire. Et je dois contacter Boston Blackie. Il voudra peut-être aller voir sa mère à l'hôpital.

26

Le *Tiffany* occupe le rez-de-chaussée de l'immeuble où se trouve mon bureau. Depuis qu'il a cessé d'être un petit bistrot grec ordinaire pour devenir un petit bistrot grec ordinaire qui vend de l'alcool, je ne le regarde plus du même œil. Je ne suis pas membre d'une ligue anti-alcoolique pas plus que je ne suis portée sur la bouteille, mais j'ai du mal à imaginer qui irait commander ici un cocktail avant de dîner. Au niveau de l'ambiance, c'est zéro. Mais si l'on veut juste se payer un café et un bagel à déguster en marchant, parfait.

Je me traîne littéralement à mon bureau, par suite du manque de sommeil. Voici un exemple parfait de ce que je déteste dans le fait de vieillir. Je me rappelle avec nostalgie l'époque où je pouvais passer une nuit blanche sans problème.

Je glisse la clef dans la serrure mais m'aperçois que le verrou n'est pas mis. C'est le bouquet. Quelqu'un s'est visiblement introduit dans mon bureau et je doute que ce soit Dora, ma blonde et séduisante secrétaire. D'un autre côté, ma vie s'étant mise à ressembler à un film ces derniers temps, peut-être que j'ai vraiment une blonde et séduisante secrétaire répondant au nom de Dora.

Quoi qu'il en soit, je sors mon arme et me prépare au pire. Je pose mon sac en papier par terre et tourne lentement la poignée. Elle ne fait aucun bruit parce que je l'entretiens soigneusement en prévision de ce genre d'éventualités. La porte s'ouvre et j'entends ceci :

— Entrez, y' a pas de lézard.

Boston Blackie.

— Justement je voulais vous voir, dis-je. Mais pourquoi cette effraction ?

— C'est pas moi. J'ai trouvé les lieux comme ça.

Je jette un coup d'œil superficiel à la pièce. Rien ne paraît dérangé. J'inspecterai les classeurs plus tard.

— J'ai eu votre message et je me suis dit qu'il valait mieux que je passe directement. Alors, vous savez qui a tué ma mère ?

Je m'assois derrière le bureau, ôte le couvercle de mon gobelet de café et dispose le bagel sur une serviette en papier. Ça ne va pas être facile.

La méthode directe me semble la meilleure.

— Elle n'est pas morte.

Il se raidit et se penche en avant.

— Je viens de la voir à la morgue.

— C'est sa sœur que vous avez vue.

— Sa sœur ?

J'attendrai un peu pour aborder la question des triplées. Je suis sûre à présent qu'il n'était pas au courant et que ce n'est pas lui le coupable. Appelez ça l'instinct.

— Elle est à l'hôpital St. Vincent si vous voulez la voir.

Une expression paniquée passe sur son visage comme un éclair de chaleur.

— Elle est malade ?

— Pas vraiment. Quelqu'un a essayé de la tuer.

Je passe les dix minutes qui suivent à lui expliquer la situation. Et plus j'explique, plus toute cette histoire paraît dingue, vraiment un mauvais scénario. J'ai de plus en plus de mal à prononcer le mot « triplées ». Je ne lui dis pas que sa mère était/est lesbienne. Ça regarde Susie.

— Donc vous dites que quelqu'un a tué ses… comment on les appelle ?

— C'est ce que tout le monde se demande, dis-je. Je crois que « sœurs » fera l'affaire.

— Mouais. Quelqu'un a tué ses sœurs et essaie maintenant de la tuer, elle ?

— C'est ce que je vous dis.

Soudain je m'aperçois que, en ce qui concerne Blackie, l'enquête vient de toucher à son terme.

Il se lève.

— Entendu, je vais aller la voir. A l'hôpital. Et vous, vous allez découvrir qui a tué les autres et essayé de refroidir ma mère, d'accord ?

— Si c'est ce que vous voulez.

— Bien sûr que c'est ce que je veux. Vous me prenez pour qui, hein ? Eh, c'étaient mes tantes. Et ma mère est ma mère.

Je serais prête à l'embrasser. J'aurais continué l'enquête de toute façon, mais à présent je sais que je serai payée. Cela a son importance.

— J'arrive pas à percuter, dit-il en se dirigeant vers la porte. Des triplées.

Après son départ, je téléphone à Nicholas Parrish pour prendre rendez-vous. Il me doit quelques explications.

— Ah, oui, Ms. Laurano, dit-il. Comment allez-vous ?

— Très bien. Mr. Parrish, il faut que je vous parle.

— Passez donc.

— Pourrions-nous discuter sans Rebecca ?

Il s'ensuit un long silence.

— C'est ce que vous voulez ?

— Oui.

— Je vois. Très bien. Retrouvez-moi sur Broadway au *Walker's*. Nous déjeunerons.

Il me donne l'adresse et nous fixons le rendez-vous à midi.

Mon téléphone sonne à peine j'ai raccroché. C'est Kip.

— Ils renvoient Tom chez lui, dit-elle.

Je sais ce que cela implique.

— Je suis désolée, chérie, dis-je en me demandant si mes paroles sonnent aussi creux à ses oreilles qu'aux miennes.

— J'ai annulé tous mes autres patients. Je vais y aller avec Sam.

— Tu veux que je vienne ?

— Non. On va se débrouiller.

— Je ne parle pas de se débrouiller, Kip.

— Oh. Non, vraiment, ça va aller.

Je soupire.

— Je t'assure, Lauren. Qu'est-ce que tu veux que je dise, que je vais m'effondrer et que j'ai désespérément besoin de ta présence ?

— Non. Mais il y a des fois où j'ai peur que tu ne saches pas vraiment ce que tu veux.

— Lauren, je suis thérapeute.

— Justement.

Selon moi, ce sont les derniers à connaître leurs besoins.

— Je ne suis pas d'humeur à plaisanter, dit-elle.

— Moi non plus. Y a-t-il quelque chose que je puisse faire ?

— Pas pour l'instant. Appelle-moi plus tard chez eux, d'accord ?

— Promis. Je suis vraiment désolée que ça se passe ainsi. Je t'aime, Kip.

— Moi aussi.

Nous raccrochons. Je me sens paralysée. Combien de temps Tom va-t-il attendre une fois rentré chez lui ? Un frisson de peur me parcourt et je me demande un instant si je vais pouvoir accéder à sa requête. Puis je me dis qu'une promesse est une promesse.

C'est Kip qui m'inquiète le plus. Sera-t-elle en mesure d'exprimer son chagrin ? Peut-être devrait-elle aller voir le Dr. Lubow. J'espère qu'elle n'attendra pas d'être le dos au mur pour faire appel à lui, comme à son habitude. Un immense sentiment d'impuissance me submerge et je mords dans le bagel. Mais pourquoi un bagel n'est-il pas aussi satisfaisant qu'un pot de crème glacée ?

*
* *

Il est midi moins le quart et je viens d'arriver au restaurant le *Walker*. J'ai décidé de ne pas m'asseoir en terrasse et ai donc opté pour une table dans la grande salle derrière le bar. Des ventilateurs pendent du plafond en tournant lentement mais il fait si frais qu'à mon avis c'est dû à la climatisation. Il est encore tôt et je suis la seule cliente. Une serveuse m'apporte mon Coca à la cerise sans sucre.

— Et voilà, dit-elle en souriant.

— Merci, Linda.

Un instant elle paraît surprise, puis se souvient qu'elle porte un badge avec son nom.

— Je n'arrive pas à m'y habituer. Mais c'est mieux que de devoir dire qui on est, vous savez, comme ils font dans certains restaurants.

— Je connais. Moi aussi je déteste ça. Je dis toujours « Je m'appelle Lauren et c'est moi que vous allez servir ce soir. »

— Ouais, pas mal de gens sortent ça.

Je suis mortifiée. Je me croyais originale.

— En fait, ce truc du badge est débile. La plupart des clients vous sifflent ou vous disent « Excusez-moi ». Je n'ai jamais compris pourquoi il s'excusait. Vous êtes un sur mille à m'appeler par mon nom. C'est sûrement pour cela que ça me surprend.

— Sûrement.

— C'est Spume. Mon nom de famille. Vous croyez que je devrais en changer ?

— Ça dépend. Souhaitez-vous devenir actrice ?

Je n'ai encore jamais rencontré de serveuse qui ne caresse pas ce rêve.

— Oui.

— Linda Spume, dis-je.

— Pas terrible, hein ?

— Ça change.

— Ah bon, vous trouvez ?

— Oui. Moi je le garderais.

— Sérieusement ? Hum ! Merci.

Comme elle s'éloigne, je me demande en quoi mon opinion l'intéresse. Suis-je réalisatrice ? Productrice ? Pourquoi Linda Spume pense-t-elle que je sais reconnaître un nom d'actrice ? Je me sens importante. J'ai résolu un problème. Et c'est plus que je ne pourrais en dire au sujet de mon enquête.

De quoi s'agit-il, tout compte fait ? De triplées. Dont deux mortes. Et une presque morte. Une personne qui n'existe pas, Almay. Un fantôme du nom de Blank qui m'envoie du courrier. Une vie qui ressemble à un film et un film qui ressemble à la vie.

— Bonjour, miss Laurano.

C'est Parrish. Aujourd'hui il porte un costume en coton et un nœud papillon bleu. Ça va bien avec ses cheveux blancs.

— Merci d'avoir accepté de me voir, dis-je.

— Vous voulez dire que j'avais le choix ?

— En fait, oui.

— Un faux choix, vous ne trouvez pas ?

— Je ne pouvais pas vous forcer.

— Mais vous pouviez demander à la police de passer me voir.

— Exact.

— Je préférais vous voir, vous.

— Merci.

— Alors, qu'avez-vous découvert ?

— Des triplées.

Il sourit, hoche la tête et appuie le bout de ses doigts contre la fossette de son menton.

— Oui, vous avez agi sagement en me donnant ce rendez-vous ici.

— Je crois savoir que Rebecca n'est pas au courant.

Linda vient prendre les commandes. Parrish demande un gin-tonic et se tourne vers moi.

— C'est exact. A quoi cela servirait-il ?

La colère s'empare de moi. Cet homme a abandonné deux enfants sans le consentement de leur mère. C'est scandaleux.

— Comment pouvez-vous dire ça ?

— Vous êtes contrariée.

— Je suis furieuse, oui.

— Mais pourquoi ?

— Parce que c'était à Rebecca de prendre une telle décision.

— Vous avez peut-être raison.

— J'ai raison.

— Vous devez vous rappeler comment c'était à l'époque, Lauren. Les choses étaient différentes, alors. Le fait qu'elle ait un enfant de moi était mal. Comment aurait-elle pu rentrer chez elle avec des triplées ? William Mcmann était quelqu'un de fourbe. La suite a montré qu'il n'a pas cru un seul instant que Susie était de lui.

— Mais vous avez abandonné les enfants de Rebecca sans lui demander son avis.

— Je ne peux pas le nier. C'étaient également mes enfants, je vous le rappelle. J'ai essayé de les retrouver plus tard, mais il n'y a que Susie dont j'ai réussi à retrouver la trace.

— Donc vous m'aviez menti à son sujet ?

— Oui.

— Pourquoi ?

— Pardonnez-moi, mais je n'avais aucune idée de qui vous avait engagée. Pourquoi vous aurais-je dit où était Susie ? En outre, Rebecca était là.

Je comprends.

— Il semble que vous ayez pas mal de secrets l'un pour l'autre. Vous ne saviez pas que Susie connaissait ses sœurs, n'est-ce pas ?

— Non. Que voulez-vous dire par « connaissait » ?

— Elles ont été assassinées.

Parrish retient son souffle et son visage devient subitement livide.

— Tous les journaux en ont parlé.

— Je ne… nous ne lisons pas les journaux. Ils n'apportent que des mauvaises nouvelles.

— Et je suppose que vous ne regardez pas les infos à la télé ?

— Grands dieux, non. Et Susie ? Elle va bien ?

— Non. Elle a également été agressée et se trouve à l'hôpital.

— Doux Jésus. Qui a fait cela et pourquoi ?

— C'est précisément ce que je m'efforce de découvrir. Pensez-vous que ce peut être Harold Black, l'ex-époux de Susie.

— Je n'en sais rien. Ça peut être n'importe qui.

— Non, je ne crois pas. Comptez-vous laisser de l'argent à Susie ?

— Oui.

— Et au cas où elle mourrait avant vous ?

— Le plus proche parent serait désigné. Et ce petit-fils que nous avions selon vous ?

— Je ne crois pas qu'il était au courant pour les triplées avant que je lui en parle. Alors, qui d'autre à part lui ?

— Ma foi, en toute honnêteté, je n'y ai jamais réfléchi. Je ne sais pas trop.

— Mr. Parrish, vos trois filles sont devenues actrices. Y a-t-il eu des précédents dans la famille ?

— Des précédents ?

— Oui.

— La famille de William Mcmann compte quelques comédiens.

Qui donc étaient ces gens, les Barrymore[1] de l'Ulster ?

— Mais ça n'explique rien, dis-je, parce qu'elles n'étaient pas de sa famille.

— Fort juste.

Parrish a l'air tout penaud, comme s'il mentait. Il s'autorise alors un petit rire retenu.

— Qu'y a-t-il de drôle ?

— Pardonnez-moi. Je ne devrais pas rire en de pareilles circonstances mais je n'ai pas pu m'empêcher de repenser à un membre de la famille Mcmann. Un cousin éloigné de William, je crois. Il a quitté sa femme pour se rendre à Hollywood après avoir joué quelques années dans une petite troupe amateur du coin. Pathétique, vraiment.

1. Célèbre famille d'acteurs américains de la première moitié du XXe siècle. *(N.d.T.)*

— Que lui est-il arrivé ?

— Oh, il est revenu chez lui, la queue basse. Le plus étrange, c'était que cet homme adorait jouer des rôles de femmes et ne manquait jamais une occasion de le faire.

— Vous voulez dire que c'était un travesti ?

— Je ne sais pas. Il était marié, avait des enfants. Mais ça ne veut pas dire grand-chose, non ?

— Non.

— Jeune, il excellait dans sa partie. Je me souviens qu'il avait débarqué à une soirée d'Halloween habillé en femme et tous les hommes avaient été horrifiés en découvrant le pot-aux-roses parce qu'ils l'avaient trouvé très séduisant. C'était avant qu'il ne monte sur les planches, aussi personne ne connaissait son travers. Quoi qu'il en soit, il a joué dans plusieurs pièces. J'ai entendu dire qu'il avait fait un malheur dans le rôle de Maggie dans *La Chatte sur un toit brûlant.*

— Qui vous a dit ça ?

— Je ne sais plus trop. J'ai cessé de voir tous ces gens. Mais on m'a dit qu'il avait mis fin à sa carrière quand il avait commencé à perdre ses cheveux. Il aurait pu jouer les autres rôles masculins, mais ça n'intéressait pas Bud.

— *Bud ?*

— Oui. Bud Mcmann.

— Je croyais que vous n'étiez pas parent direct des Mcmann.

— Il y a eu un mariage qui a en quelque sorte réuni nos familles.

— Vous voulez dire qu'un Mcmann a épousé une Parrish ?

— Oui. Vous savez quoi, Mr. Parrish ? Je pense que Bud Mcmann a ressorti sa garde-robe.

27

Bud Mcmann = Almay = Bob Blank.

Pas étonnant que ce fumier m'ait paru aussi familier quand je l'ai dérangé au déli l'autre jour. Je l'avais déjà vu déguisé en Almay. Et, bien sûr, quand j'ai téléphoné, c'est lui qui m'a répondu et m'a indiqué comment me rendre à la caravane. Mais comment a-t-il su que c'était moi ?

Il n'y a qu'une seule explication : il a un complice.

Je n'arrive pas à croire à quel point j'ai été aveugle, parce qu'il ne peut y en avoir qu'un : Boston Blackie. Et moi qui lui ai dit où trouver sa mère ! La femme que lui ou Bud avait essayé de tuer ! L'argent, le sexe, la vengeance… on en revient toujours à ça. Bud a l'argent et le sexe comme mobiles ; Blackie, lui, l'argent et la vengeance.

Je téléphone à Cecchi pour lui demander d'aller cueillir Boston Blackie. Je n'ai pas peur pour Susie, parce que je sais que la police monte la garde devant sa chambre d'hôpital vingt-quatre heures sur vingt-quatre. Mais on ne sait jamais.

— Vous en êtes sûre ? demande Cecchi.

— Je ne peux pas le garantir, mais tout porte à croire que j'ai raison.

— Entendu. Je m'en occupe. Et pour ce travelo ?

— Je vais appeler chez lui.

— Lauren, vous savez que vous prenez un risque ?

— Comme pas mal d'autres personnes.

— N'allez pas là-bas sans moi.

— Je vous rappellerai dès que j'aurai retrouvé sa trace.

Nous raccrochons. Je compose aussitôt le numéro de Mcmann. La sonnerie retentit quinze fois sans résultat.

Dois-je me rendre à son domicile ? Et si Bud est en ville ? La perspective de retourner tout là-bas ne m'enchante guère. Je décide d'attendre et de rappeler plus tard.

*
* *

A l'angle de la 7e Avenue et de la 10e j'aperçois les camions de l'équipe de tournage pas loin de la librairie *Three Lives*, et je me rappelle que Barry Berry m'a demandé de ramener Susie pour reprendre le rôle de sa sœur. Bien sûr il avait dit sept heures du matin, aussi je suppose qu'il a compris qu'elle ne viendrait pas. Mais ce n'est que politesse de le mettre au courant.

Par chance, je tombe sur ce bon vieux Ed. Au moins lui sait qui je suis et je n'aurai pas à me farcir une nouvelle fois tout ce… cinéma.

— Salut, fifille, dit Ed.

Il me laisse passer parce qu'ils ne sont pas en train de tourner et une fois dans la librairie je tombe sur Susan, Rick et les deux J qui déjeunent. Theo les observe placidement.

— Salut, Lobes, me dit Susan. Je croyais que tu devais nous retrouver la frangine manquante.

Je lui explique que Susie s'est fait agresser et se trouve, à l'heure où nous parlons, dans un lit d'hôpital.

— Ce n'est pas grave, dit Rick. On a quelqu'un d'autre et il va falloir retourner la scène. C'est la galère et ça revient cher, mais on n'a pas le choix.

— Si, Rick, c'est grave. Cette femme a failli mourir.

— Ce n'est pas ce que je voulais dire, Lauren.

Je ne suis pas sûre que ce soit la vérité, mais je lui présente quand même mes excuses.

Rick sourit, soulagé.

— Tout ça m'inquiète, dit Jenny. J'ai hâte que cette scène soit tournée.

— Comment savoir qui sera la prochaine victime ? fait Jill.

— Si vous voulez mon avis, ce sera moi, dis-je.

— Comment ?

— Toi ?

— Je n'aime pas ça du tout, fait Jenny.

— Ne t'en fais pas, je suis sur mes gardes. Qui as-tu trouvé comme remplaçante, Susan ?

— Un agent nous a envoyé une fille qui ressemble à Shelley McCabe. On ne fera pas de gros-plans et tout ira très bien.

— Quel agent ?

Rick et Susan se regardent et haussent les épaules.

— Où est-elle, cette actrice ?

— Elle est partie. On n'avait pas besoin d'elle tout de suite. Que se passe-t-il ?

— Donc elle va revenir ?

— D'ici une heure, je crois, fait Rick en consultant sa montre.

— Son nom ?

— Euh, je ne me rappelle pas, dit Susan. Et toi, Rick ?

— Non. Qu'est-ce qui ne va pas, Lauren ?

— Qui connaît le nom de cet agent et de cette actrice ?

— Barry, je suppose. Et son assistante, Micky. Barry n'est pas là pour l'instant.

— Et Micky ?

— Je crois qu'elle est dans la caravane, dit Susan.

— Jill, je n'aime pas ça du tout, fait Jenny.

Je sors de la librairie, déniche la caravane de Micky et frappe à la porte métallique. Une voix m'invite à entrer.

Micky est grande et mince. Debout devant l'évier, elle lave une laitue.

— Vous voulez de la salade ?

— Non, merci. Je serai brève. Il me faut deux noms.

— Organique. La laitue. Vous ne savez pas ce que vous ratez.

Une madame bio ! Surtout, ne pas insister.

— Pourriez-vous me dire le nom de l'actrice qui a remplacé Shelley McCabe ?

— Bien sûr.

J'attends.

— Chou-rave, betterave, céleris en branche…

— Micky ? Le nom, je vous prie.

— Allison Mayer. Vous savez, vous devriez en prendre. Vous avez une tête à faire du cholestérol.

L'heure n'est pas au débat.

— Et le nom de l'agent qui vous l'a conseillée ?

— Vous savez comment je l'ai deviné ?

J'attends.

— La couleur de votre peau et le blanc de vos yeux. Ou plutôt, le non-blanc de vos yeux. Vous savez de quelle couleur sont…

— Le nom de l'agent, s'il vous plaît.

— Doyce Schroeder.

***

De retour à mon bureau, j'appelle le Sysop au sujet de Bango Bingo. Il décroche à la première sonnerie. Je lui dis qui je suis et il m'apprend que Bob Blank est bien un hacker mais qu'il est impossible de remonter jusqu'à lui.

J'appelle ensuite Mcmann et c'est Anne qui répond.

— Il est en ville aujourd'hui, me dit-elle.

— Possède-t-il un ordinateur et un modem ?

— Vous voulez rire ! Il n'en décolle presque jamais.

Je la remercie et raccroche. Je crois avoir établi que Bud Mcmann et Bob Blank ne sont qu'une seule et même personne. C'est alors que je me rappelle le message de David. Un nouveau soupçon m'étreint.

Quand j'arrive au théâtre, David est en train de faire les cent pas sur la scène comme un animal en cage. Je l'appelle et il descend à ma rencontre.

— Tu as eu mon message. Je n'arrive pas à y croire. Deux dans la même semaine.

— Que se passe-t-il au juste ?

— Le spectacle part en morceaux. Le rôle principal m'a plaqué et maintenant c'est au tour d'une des actrices de disparaître, un petit rôle, mais qui avait son importance. Je déteste le théâtre.

— Cette actrice, elle ne s'appelait pas Allison Mayer ?

— Comment le sais-tu ?

*
* *

Quand je suis de retour à la librairie, ils sont déjà en train de tourner et je dois attendre. Ça me laisse le temps d'appeler Cecchi. Il déboule bientôt au volant d'une voiture de la police.

— On a coincé votre type à l'hôpital, m'annonce-t-il. Il est au poste. Mais je ne pourrai pas le garder longtemps, Lauren.

— Ce n'est pas grave. Je ne crois pas qu'il soit dans le coup.

— Vous me faites marcher ?

— Désolée, Cecchi. Mais je n'aurai de certitude que lorsque cette scène sera terminée et que les acteurs sortiront.

— Pourriez-vous m'en dire un peu plus, bon sang ?

— Comment va Susie Mcmann ? C'est moins grave que ce qu'on pensait, pas vrai ?

— Oui. Comment le savez-vous ?

— Je suis détective.

— Et une vraie comique.

— Également.

— Le docteur a déclaré qu'elle avait pu s'infliger elle-même les blessures.

— C'est bien ce que je pensais.

— Mais pourquoi ?

— Ça me tue, dis-je.

— Quoi ?

— Qu'une femme soit une criminelle. Surtout une lesbienne.

— Ça prouve qu'elle est humaine, dit Cecchi.

Je souris mais ne réponds pas.

— Comment avez-vous su que c'était Susie ?

— Elle n'a commis aucun meurtre, Cecchi. Mais elle les a commandités.

— Et qui donc a agi ?

— Bud Mcmann ?

— Pourquoi ?

— L'argent, le sexe et la vengeance. Susie avait eu une liaison avec la femme de Bud. Bud était au courant et il a fini par se mettre avec Susie à l'époque où les autres triplées Parrish ont refait surface. Et bien que Susie ait déclaré aux deux autres que leurs parents étaient morts, elle savait que quand Parrish et Rebecca passeraient l'arme à gauche, la vérité finirait par éclater. Il fallait que ses sœurs meurent.

— Ça fait froid dans le dos. Tuer ses propres sœurs.

— C'est pour cette raison qu'elle ne pouvait pas faire elle-même le sale boulot. Elle s'est trouvé un alibi pour le moment de leur mort.

— Exact, on a vérifié. Je ne vois toujours pas comment l'un des deux a su que Blackie vous avait engagée.

— Par Doyce Schroeder.

— L'agent ?

— Oui.

— Il est dans le coup, lui aussi ?

— Pas sciemment. Quand j'étais dans le bureau de Doyce, j'ai examiné les photos au mur. Pas un seul nom ne me disait quoi que ce soit. Il y avait bien deux actrices qui m'étaient familières mais je n'arrivais pas à leur coller un nom. L'arrière-plan sentait les années cinquante, mais sur le coup le détail ne m'a pas marquée. Puis Nicholas Parrish m'a appris que Bud Mcmann avait été acteur il y a de cela des années et j'ai alors compris.

— Vous venez de dire qu'il s'agissait d'actrices sur les photos ?

— Tout juste.

— Comment ça, tout juste ?

Je suis sur le point de lui répondre quand Barry Berry hurle : « Coupez ! » Les acteurs ne vont pas tarder à sortir de la librairie.

— Soyez prêt à procéder à une arrestation, Cecchi.

— Lauren, vous jouez avec mes nerfs.

Nous nous rapprochons de la porte.

La première à sortir est Cybill.

— Salut, Lauren. Du nouveau ?

Je lui fais signe de sortir en vitesse. Elle obtempère sans se faire prier. Puis c'est le tour des deux J, qui décampent, et enfin des techniciens, Jimmy Daniels en tête.

— Salut, beauté, me dit-il. N'oublie pas qu'on doit déjeuner.

— Tout juste, Auguste.

Alors, encadré par deux techniciens, apparaît

Allison Mayer. Cette fois-ci je n'ai aucun mal à la reconnaître.

— Lieutenant Cecchi, dis-je, je vous présente Bud Mcmann.

*
* *

Une fois au poste de police, je parviens à rassembler sans trop de mal les dernières pièces du puzzle.

Boston Blackie avait négligé de me communiquer un petit détail le concernant. C'est une drag queen. La seconde photo sur le mur de Doyce Schroeder qui avait attiré mon attention le représentait.

Il n'est pas étonnant qu'ils aient tous eu le même agent. Blackie était au courant pour son cousin Bud Mcmann et avait fini par le retrouver. Bud lui avait donné le nom de son agent, Doyce. Quand Blackie a voulu reprendre la tradition familiale, il est allé voir Schroeder.

Blackie n'avait pas abandonné Doyce quand ce dernier était tombé malade et devait voir en lui la figure du père. Aussi quand Blackie m'a engagée pour découvrir qui avait tué sa mère, il en a informé Doyce, et Doyce a tout répété à Susie lors d'une conversation anodine sans se douter que Blackie était son fils.

Puis Susie a averti Bud que j'étais sur sa piste. Il a guetté mon appel et s'est métamorphosé en Almay, espérant ainsi me déboussoler. Nicholas et Rebecca devaient être les suivants et Bud et Susie se seraient partagés huit millions de dollars.

Quand Barry Berry a cherché une remplaçante, Bud tenait un rôle dans la pièce de David. Mais quand Doyce a su que Berry cherchait quelqu'un, il a appelé Bud parce qu'il se rappelait la légère ressemblance avec les triplées, et Bud n'a pu résister à la perspective de tourner dans un film. C'était pour lui une première.

Si tout avait marché comme prévu, Bud aurait tué Susie, je crois. Ou bien Susie aurait tué Bud. Je ne les imaginais pas partager le magot, de toute façon. Ils étaient fondamentalement rivaux.

Blackie est dans le bureau de Cecchi.

— Je n'arrive pas à croire que ma mère soit une criminelle, lâche-t-il, l'air abattu.

Moi, je n'arrive pas à croire qu'il soit une drag queen. Après tout, qu'est-ce qui l'en empêcherait ? Je fais preuve de préjugés et cela me perturbe. Personne, je dis bien personne, n'est à l'abri des préjugés.

— Je suis désolée, dis-je. Au moins la vérité a-t-elle éclaté, à présent.

— Oui. Et tout le monde va être au courant, également.

Je comprends qu'il parle de son penchant, pas de sa mère.

— Personne n'en saura rien si c'est ce que vous voulez.

— Et comment que je le veux ! Les autres types avec qui je bosse me… ben, vous pouvez imaginer.

Je n'ai jamais su quelles étaient ses autres activités, mais je le soupçonne de fréquenter des types pas très nets.

— Je ne pense pas que vous aurez besoin de les revoir, dis-je. Vous serez un jour riche. Je suis sûre que vos grands-parents vont modifier leur testament en votre faveur.

— Mais si jamais ils apprennent pour moi ?

— Croyez-moi, Blackie, Nicholas et Rebecca seront les derniers à se formaliser.

— Vous croyez ?

— Oh oui.

Cecchi nous rejoint.

— Blackie, décrochez le téléphone.

— Qui est-ce ?

— Oprah sur la trois. Donahue et Geraldo sur la quatre et la cinq[1].

Je ne suis pas trop surprise par la vitesse à laquelle les informations circulent.

— Vous n'êtes pas obligé de leur parler, vous savez. Ils vont vouloir que vous déballiez toute l'histoire sur les chaînes nationales.

— Sans déconner, lâche Blackie.

Il décroche le combiné, hésite une seconde, et prend la ligne trois.

1. Célèbres animateurs de *talk-show* télévisés. *(N.d.T)*

28

Kip est dans l'entrée quand je reviens. Elle est prête à partir et m'attendait. Je sais tout de suite que l'heure est grave. Je pense savoir de quoi il s'agit, mais n'ose le formuler dans ma tête.

Nous nous regardons.

— C'est le moment, dit Kip.

Juste ces quelques mots. Ces quelques mots épouvantables. Je ne sais pas quoi dire, mais je lui ouvre mes bras. Elle se colle contre moi et je l'étreins quelques instants. Nous sortons, hélons un taxi. Dans la voiture, nous nous tenons la main sans parler. Il n'y a rien à dire parce que d'une certaine façon tout a été dit. L'heure n'est plus aux questionnements, aux tergiversations. Nous avons pris une décision, nous nous sommes préparées à ce moment. Mais la gravité de ce qui se trame semble comprimer mes poumons et je m'aperçois que j'ai du mal à respirer.

Le taxi s'arrête devant l'immeuble où habitent Tom et Sam. L'ascenseur monte lentement jusqu'au dixième étage. Nous parcourons un long couloir. La porte est fermée, mais pas à clef.

Dedans, dans le salon, se trouvent six de leurs amis : Bob et Phillip, Marsha et Terry, Rich, Claude. Nous les connaissons tous plus ou moins.

Nous les saluons solennellement. Je regarde Marsha et Terry et me demande si Kip et moi reflétons la même peur et le même désespoir qu'eux. Je suppose que oui.

— Où est Sam ? demande Kip.

— Dans la chambre avec Tom, répond Rich.

L'heure n'est ni au bavardage, ni aux grands débats.

— Nous vous attendions, déclare Terry.

Kip se rend dans la chambre, vraisemblablement pour annoncer à Sam que nous sommes tous là à présent. Je choisis de rester avec les autres. Puis Sam sort et nous rejoint. Il m'embrasse.

Les yeux de Sam sont rouges tellement il a pleuré et manque de sommeil. Il a perdu quelques kilos depuis la dernière fois où je l'ai vu.

Je serre sa main.

— Il est étonnant, dit Sam. Il est prêt.

Puis il s'effondre en larmes. Nous le réconfortons du mieux que nous pouvons.

Personne d'autre ne pleure, mais tous les yeux sont humides. Nous savons que nous devons retenir nos larmes pour l'instant.

Kip sort alors de la chambre.

— Il est prêt, annonce-t-elle d'une voix plate et vide de toute émotion.

Ce que nous allons faire m'effraie soudain, non parce que c'est illégal, mais parce que cela revient à jouer à Dieu. Tout le monde hésite et regarde Kip comme s'il s'agissait d'une inconnue nous invitant à prendre part à une entreprise dont nous n'avions aucune idée. Rien, pourtant, n'est plus éloigné de la vérité. Je me souviens de la réunion que nous avons tenue tous les dix. Les discussions infinies sur la mort, la dignité et le droit de mourir.

Sam nous conduit dans la chambre à coucher. Tom est allongé au milieu du grand lit. Il paraît incroyablement mince, comme submergé par les oreillers qui soutiennent sa tête et l'entourent. Ses traits sont squelettiques, des taches sombres comme de l'herbe brûlée marquent ses pommettes. Ses yeux sont enfouis profondément dans ses orbites. Il parvient à sourire.

— Salut, vous tous, murmure-t-il entre ses lèvres craquelées. Je suis désolé d'avoir autant de mal à parler.

Nous lui assurons que nous le comprenons très bien.

— C'est gentil… vraiment.

— Garde tes forces, lui dit Sam.

— Pour quoi ? demande Tom en souriant.

Tout le monde rit et la pièce paraît plus claire, Tom plus grand.

— Je… veux… vous remercier.

— Tom veut vous remercier chacun individuellement, dit Sam.

Nous le regardons, comme s'il s'était exprimé dans une langue inconnue.

— Un par un, ajoute-t-il. Rich ?

C'est alors que nous comprenons. Rich est le premier. Nous formons une sorte de chaîne humaine, chacun attendant son tour de dire au revoir à Tom. Oui, c'est cela. Au revoir.

Soudain c'est mon tour. J'ai l'impression d'être paralysée. Quelqu'un me touche l'épaule et je m'avance, m'assois délicatement au bord du lit. Je prends sa main frêle comme un oiseau dans la mienne, me penche vers lui, mon oreille près de ses lèvres, ainsi que l'ont fait les autres.

— Lau… ren, murmure Tom. Tu es ma belle-sœur préférée. Je suis heureux parce que Kip t'aura toujours près d'elle… même si personne ne sait ce que sera ce « toujours »… Merci pour tout.

Il m'embrasse sur la joue de ses lèvres brûlantes. Je l'embrasse sur la bouche.

— Je t'aime, dis-je.

— Moi aussi, répond-il puis il ferme les yeux, mettant fin à notre séparation.

Marsha et Bob sont derrière moi. Je vais à côté de Kip, cherche sa main. Nous attendons.

Sam prend un magnifique panier mexicain qui était posé sur le buffet.

— Que chacun en prenne deux, dit-il.

Il fait circuler le panier. Quand c'est mon tour, je plonge la main et en sors deux gélules. Je m'aperçois que je ne peux pas les regarder, mais je les tiens serrées dans mon poing comme un gosse le ferait avec des bonbons. Mais les regarder ne servirait à rien. Elles sont toutes semblables, comme convenu.

Sam et Rich redressent maladroitement Tom pour qu'il soit en position assise, puis Sam prend une cruche en porcelaine et verse de l'eau dans un verre. Il est le premier à donner à Tom les gélules.

C'est un moment que je garderai toujours dans ma mémoire. Un commencement et une fin. Un nouveau voyage pour Tom, et une fin pour nous tous, parce que nous allons le perdre.

Sam a réussi à obtenir les médicaments qui permettront à Tom d'en finir avec la vie. L'un d'entre nous, plusieurs d'entre nous, peut-être, les tient dans sa main — toutes les autres sont des placebos. C'est le principe du peloton d'exécution ; personne ne saura qui a donné à Tom la dose mortelle.

Je sais que ce que nous faisons pour Tom est bien. Il s'agit de sa vie, de sa mort, et il n'y a aucune raison pour qu'il souffre plus qu'il n'est nécessaire.

Soudain, c'est mon tour. Quand je tends les deux capsules vertes et blanches, je vois que je tremble. Tom tend la main et me touche les doigts. Je baisse ma paume et il prend les gélules. Sam l'aide à boire. J'attends que Tom ait avalé, difficilement, la première puis la deuxième gélule. Mon rôle s'arrête là. Il me regarde avec reconnaissance alors que je retiens mes larmes. Nous nous sourions et je m'écarte pour que Terry puisse prendre ma place.

Le temps s'écoule lentement. Puis, comme si tout cela n'avait duré qu'une seconde, Tom avale la dernière gélule. Nous avions décidé qu'à l'exception de Kip et Sam, nous irions attendre dans le salon.

Je pose un dernier regard sur mon cher beau-frère, qui maintenant est allongé, les yeux clos. En silence, je lui dis une fois de plus au revoir et m'en vais.

Il est minuit moins cinq quand Kip et Sam sortent de la chambre de Tom : nous savons que c'est fini. D'un même mouvement, nous nous levons et les uns après les autres, nous nous embrassons, laissant libre cours à nos larmes. Je me tourne enfin vers Kip.

Elle sanglote et je la tiens contre moi, je lui caresse les cheveux. Mes larmes se mêlent aux siennes.

Enfin, nous nous disons tous au revoir et laissons Sam seul avec Tom. Au matin, Sam appellera les personnes qu'il faut et Kip le reste de sa famille.

Je rentre avec mon amour.

Fondu au noir.

Achevé d'imprimer en janvier 1997
sur les presses de Cox & Wyman Ltd
(Angleterre)

FLEUVE NOIR – 12, avenue d'Italie
75627 PARIS – CEDEX 13.
Tel: 01.44.16.05.00

Dépôt légal : avril 1996
Imprimé en Angleterre